英国王妃の事件ファイル⑬

貧乏お嬢さまの危ない新婚旅行

リース・ボウエン　田辺千幸 訳

Love and Death Among the Cheetahs

by Rhys Bowen

コージーブックス

LOVE AND DEATH AMONG THE CHEETAHS
(A Royal Spyness Mystery #13)
by
Rhys Bowen

コージーブックス

2021年5月発売の新刊

新シリーズ開幕！ 古いホテルには秘密がいっぱい

Murder at Hotel 1911（原題）

オードリー・キーオン／寺尾まち子［訳］

20世紀初頭に富豪が建てた屋敷を改装した〈ホテル1911〉。このホテルを愛してやまない変わり者オーナーのもとで働く従業員たちもまた、それぞれが秘密を抱えながら客を出迎えていた。そんなある日、宿泊中の老婦人が謎の死を遂げ……!?

予価1200円（税別） ISBN978-4-562-06115-0

大好評既刊書

幸せなハネムーンが、まさかのサバイバル旅行に!?

英国王妃の事件ファイル⑬

貧乏お嬢さまの危ない新婚旅行

リース・ボウエン／田辺千幸［訳］

980円（税別） ISBN978-4-562-06114-3

突然決まった新婚旅行の行き先は、なんと植民地ケニア！　あちこちにいる野生動物よりも本当に危険だったのは、そこで暮らす英国貴族たちだった。彼らの愛憎劇に巻き込まれた新婚夫婦の運命はいかに!?

これから出るコージーブックス

※邦題は未定、また刊行時期などは予告なく変更されることがあります。

7月 英国ちいさな村の謎⑯ M・C・ビートン 羽田詩津子[訳]
The Perfect Paragon

8月 卵料理のカフェ⑨ ローラ・チャイルズ 東野さやか[訳]
Egg Shooters

9月 チョコ職人と書店主の事件簿② キャシー・アーロン 肱岡千泰[訳]
Truffled to Death

11月 英国王妃の事件ファイル⑭ リース・ボウエン 田辺千幸[訳]
The Last Mrs. Summers

12月 英国ひつじの村⑥ リース・ボウエン 田辺千幸[訳]
Evans to Betsy

原書房 〒160-002 東京都新宿区新宿 1-25-13
TEL03-3354-0685 FAX03-3354-0736 価格は税別です。

マリス・チャリティ・オークションで登場人物に名前をつける権利を勝ち取った
ふたりの愛情深き謎の女性、本物のディディ・ルオッコとエンジェル・トラップに。
自分たちが何者になったのかを楽しんでもらえますように！

謝辞

いつものごとく、わたしの素晴らしいチームに感謝します。編集者のミシェル・ヴェガ、エージェントのメグ・リューラーとクリスティーナ・ホグレブ、そして最初の読者でありもっとも口やかましい編集者である夫のジョンに。

著者覚書

本書で触れたテーマは、現代の感覚を持つわたしたちにとっては不快な思いをすることが多い、難しいものでした。読者のみなさんのなかには、現地ケニア人に対する登場人物の口のきき方に反感を抱かれたかたもいるでしょう。ですがわたしは、できるかぎり現実的であろうとしました。ここに書かれているのは、英国が実質的に世界の三分の一を支配していた時代の話です。当時の英国の人々は、原始的な社会に平和や病院や鉄道や西洋文化をもたらしたので、自分たちには現地の人間を支配する権利があると考え、自分たちのほうが優れていると思っていたのです。白人の入植者たちは、劣った人間のように先住民を扱いました。あたかも、子供を扱うように。成人男性に家のなかでの仕事をさせ、〝ボーイズ〟と呼びかけました。キクユ族やマサイ族の社会では男性は家事をしませんから、これは最大の侮辱にあたります。けれども、植民地で暮らしていくためには、耕作や物々交換ではなくお金が必要だったのです。ついに一九五〇年代になって、マウマウの反乱が起きたのも驚くことではありませんでした。キクユ族は激しいゲリラ戦を展開して数多くの農場を襲撃し、入植者たちを殺害し、最終的にケニアの植民地時代に終止符を打ったのです。

貧乏お嬢さまの危ない新婚旅行

主要登場人物

ジョージアナ（ジョージー）・オマーラ……ラノク公爵令嬢
ダーシー・オマーラ……アイルランド貴族の息子。ジョージーの夫
フレディ・ブランチフォード……ダーシーの古い友人。英国政府の職員
ロウェナ・ハートレー……ジョージーの同窓生
ルパート・ハートレー……ロウェナの双子の弟
ブワナ（ロス）・ハートレー……ロウェナの父。チェリトン卿
エンジェル・トラップ……ブワナの妻。アメリカ人。資産家
ジョゼフ……ブワナの使用人。マサイ族
パンジー・ラグ……英国人。ブワナの元愛人
ハリー・ラグ……パンジーの夫
ジョスリン・プリティボーン……英国人
ディディ・ルオッコ……ケニア在住の英国人
ウィリアム・ヴァン・ホーン……アフリカ人。盗品の宝飾品売買の疑いがある
タスカー・エガートン……元少佐
ベイブ・エガートン……タスカーの妻。ブワナの愛人
シリル・プレンダーガスト……ハンター
イディナ……英国の貴族
チョップス・ラザフォード……農場主
カミラ・ラザフォード……チョップスの妻
ミスター・トムリンソン……農場主
シェイラ・トムリンソン……ミスター・トムリンソンの妻
ピキシー・アトキンス……植民地官僚

1

一九三五年七月三一日
バックス、マーロウ郊外のハウスボートにて

ミセス・ダーシー・オマーラとして初めて日記を書く。いまでも信じられない。結婚して丸三日だけれど、これまで日記を書いている時間がなかった。とても忙しかったから……。

「わたしがいま、すごく欲しいものはなんだかわかる?」わたしは体を起こし、ハウスボートの狭いキャビンの天井に頭をぶつけそうになった。

かたわらに横たわるダーシーを眺めた。正確に言えば、シーツで大事な部分だけをかろうじて隠しただけの姿で、かたわらに横たわっている。蒸し暑い午後で、わたしたちは激しい運動のあとの休息を取っているところだった(なんといっても、新婚旅行の四日目なのだか

ら)。

ダーシーがのろのろとまぶたを持ちあげると、その目にはわたしが常々魅力的だと思っていた、どこかみだらでいたずらっぽい表情が浮かんでいた。

「本当に？　また？　もう？」

わたしは彼のむきだしの肩を叩いた。

「違うわよ。ばかね。わたしがいま欲しいのは、キュウリのサンドイッチ」

「でもここにキュウリはないよ。新鮮なパンも」

「そうなのよ」わたしはため息をついた。わたしたちが借りたハウスボードは、バッキンガムシャーのマーロウ郊外でテムズ川の人気《ひとけ》のない岸辺に係留されていて、結婚式を終えてすぐここに逃げ出してきたのだった。ダーシーの友人がボートを提供してくれたうえ、ありとあらゆるおいしいもの――牡蠣、スモークサーモン、トロリとしたチーズ、チョコレート、桃、そしてシャンパンをたくさん――まで用意してくれた。ひとことで言えば、国王陛下と王妃陛下が参列してくださったのみならず、ブライズメイドが幼いふたりの王女だった結婚式で緊張しまくったあとなら、だれもが欲しくなるものすべてがここにあった。驚くことに、式は滞りなく終わった。わたしはトレーンに足を引っかけなかったし、身廊の真ん中で顔から倒れこんだりもしなかった。胸元にケーキをこぼすこともなかった。幸せに満ちた人生の魔法のように完璧なスタートだった。ハウスボートも素晴らしいアイディアだった。数キロ四方にはだれもいない。ここぞというひとときを邪魔する使用人もいない。フェンスの向こうから数頭の雌牛がこちらをのぞいているだけだ。わたしたちは食べ、飲み、愛し合い、何度もそれを繰り返した。シャンパンのグラスを手に上のデッキに寝そべり、星を眺めた。こんなにロンドンに近いところなのに、流れ星まで見ることができた。なにもかも、一点の曇りもなかった。

けれど、そろそろ現実が忍び寄ってきていた。食べ物はあらかた食べつくしてしまった。アイスボックスのなかの氷は融け、パンは硬くなり、チョコレートは茶色い水たまりと化している。そしてキュウリはなかった。それはつまり、一番近い店まで運河沿いの道を延々と歩かなくてはならないことを意味していた。熱波が来ていたし、メイドのクイーニーが鞄に入れたのがお洒落な靴だけで、サンダルを用意していなかったこともあって、あまりそそられる考えではなかった。もうひとつの選択肢が、新婚旅行の第一段階が終わったことを認め、キュウリのサンドイッチとゆったりつかれる本物のバスタブと着替えがあって、髪を洗える文明の地に戻ることだった。原始的な状況を味わう喜びは格別だけれど、しばらくすると現代的な快適さが恋しくなってくる。それに、キャビンの天井とギャレーのドアロの低さのせいで、頭にはいくつも痣《あざ》ができていた。わたしたちのどちらも認めたくはなかったけれど、そろそろ家に帰る潮時だった。

正確に言えば、家ではない。アインスレー――わたしが受け継いだ形になっているカントリー・ハウス――に戻り、母や祖父やサー・ヒューバートとの暮らしをはじめる心の準備はまだできていなかった。もちろん、三人とも大好きだけれど。人里離れているとは言え、アイルランドにあるダーシーのお城に行くのもあまり気が進まない。兄と義理の姉がいるロンドンのラノクハウスに滞在する気にもなれなかった。わお――義理の姉のフィグが耳を澄ましていることを知りながら、ダーシーといちゃいちゃすることができると思う？　ひょっとしたら鍵穴からのぞこうとしているかもしれないのに？　一生、そんなことをしたくなくなってしまうかもしれない。ロンドンの優雅な邸宅にいつでも温かく迎えてくれる友人のゾゾ――ザマンスカ王女――でも、事情は同じだ。わたしたちがベッドでなにをしようと彼女は気にしないだろう。それどころか、なにかを提案してくれるかもしれない。それでも、いまはどれもふさわしくないと思えた。これは新婚旅行だ。わたしたちはふたりきりの時間を過ごし、だれからも邪魔されることなく互いを知らなくてはいけない。

結婚する前、新婚旅行はぼくがなんとかするとダーシーは約束していた。「心配いらないよ、ちゃんとするから」と彼は言った。どこか異国情緒のある素晴らしいところに行こうと。彼には、世界を飛び回る旅にわたしを連れていくだけのお金がないことはわかっていたから、なにも言うつもりはなかった。けれどいまわたしは、ロンドン郊外のボートで過ごした四日間で新婚旅行は終わりなのだろうかと考えていた。これが夢見ていたことのすべて？　新しいシルクのニッカーズを身に着ける機会さえなかったのに！

ダーシーはまだわたしの顔を見つめていた。「なにを考えているの？　船旅を堪能した？」

わたしは声をあげて笑った。「テムズ川の岸辺に係留されているハウスボートを〝船旅〟とは呼べないと思うけれど。でも、そうね、少し窮屈な気がしてきたわ。川で体を洗うんじゃなくて、ちゃんとしたお風呂に入りたいし、それにすごくキュウリのサンドイッチが食べたいのよ」

「家に帰りたいんだね」

「そうね。あなたは？」

ダーシーはため息をついた。「正直言って、あのくそったれのドア口には、もう充分すぎるくらい頭をぶつけたよ」

「もう結婚したから、わたしの前で悪態をついてもよくなったの？」わたしはわざと上品ぶって訊いてみた。

「もちろんさ。もちのろんだよ」ダーシーは笑い声をあげ、またわたしをベッドに組み敷いた。「ぼくたちは結婚したんだから、きみがひいおばあさんみたいにならないようにしないとね」

「でも曾祖母は、プリンス・アルバートを敬愛していたのよ。ふたりはとても幸せな結婚生活を送ったわ」

「だが彼女はきわどいジョークは好きじゃなかった」ダーシーが指摘した。「それに、スコットランド人のミスター・ブラウンと情事にふけっていたという話もある」

「情事にはほど遠いわよ。彼女は六〇代だったのよ」わたしは笑った。

「とにかく」ダーシーはわたしを自分のほうに向かせ、髪を撫でた。「きみには、いくつもの欠点を含めて、ありのままのぼくに我慢してもらわなきゃいけない。時々悪態をつくのもそのひとつだ。それにぼくたちはヴィクトリアとアルバートと同じくらい幸せになって、少なくとも九人の子供を作るんだ」

「九人？」

「きみは子供が好きだろう？」

「ええ……でも九人？」

ダーシーは声をあげて笑い、わたしの髪をクシャクシャにした。

「たくさん、楽しいことをしよう、ジョージー。人生は冒険なんだ」

「そうだといいけれど」わたしは彼の裸の胸にもたれかかり、生まれて初めて安らぎを覚えていた。これまでそんなことをじっくりと考えたことはなかったけれど、母はわたしが二歳のときに出ていった。父はモンテカルロに入り浸っていて、最後は自ら命を絶った。貴族でないほうの祖父と会うことは許されなかった。優しい乳母と、少し大きくなってからは厳しい女性家庭教師がいたとはいえ、本当にわたしを愛し、大切にしてくれた人はいなかった。けれど、いまは違う。わたしはアイルランドのキレニー卿の跡取りであるジ・オナラブル・ダーシー・オマーラの妻になったのだ。それでも公爵の娘であることに変わりはないから、レディ・ジョージアナの肩書はそのままだ。なにもかも申し分なかった。

わたしは再び体を起こした。「冒険と言えば、このあとはなにか計画があるの？　なにか極秘の任務に呼ばれているなんて、お願いだから言わないでね」（夫には決まった仕事がないのだが、英国政府のためになにかをしているらしく、地球のどこかに出かけていくことがしばしばあることを言っておくべきだろう。なにをしているのかを彼が話してくれたことはない)。

「これからはもう極秘の任務はないよ、ジョージー」ダーシーは穏やかな口調で言った。「外務機関の内勤の仕事を打診されているって言っただろう?」

「でも、本当はいやなんでしょう?」わたしは不安げなまなざしで彼を見た。

「家庭のある男にはそのほうがふさわしいだろう? いずれ、子供だってできるんだ。父親が家にいるのは大事なことだ。きみにとってもね」

「その話はいまはやめておきましょうよ。このボートから出たあとはどこに行くのかということ以外、先のことは心配したくないわ」

「アインスレーに戻ってもいい。あそこにはきれいな庭がある。スイミングプールを作ってほしいってきみのおじいさんに頼んでもいいかもしれないな」

「ええ、きれいなところよね。でもあそこには、サー・ヒューバートと使用人だけじゃなくて、お母さまとおじいちゃんもいるのよ。お母さまは絶対あれこれと首を突っ込んでくるから、プライバシーなんてなくなるわ。なにより、アインスレーはこれからわたしたちが暮らすところよ。あそこに戻るっていうことは現実の世界に帰ることだもの。わたしはまだその準備ができていないの」

「それなら、どうする? キレニー城に行ってもいいぞ。父は喜ぶだろうな。ゾゾもいるかもしれない」

「それよ。そのうえ、ちょっといかれたあなたの大おばさまと大おじさま……家族が多すぎるわ」

「きみのお兄さんと義理のお姉さんも含めてっていうことだね」

「兄と義理の姉がいるラノクハウスはありえない」思っていた以上に険しい口調になった。

「結婚披露パーティーをしてくれたのはとても感謝しているけれど、でもフィグに我慢できるのはちょっとのあいだだけだわ」

「結婚プレゼントをまだ見ていないね」ダーシーが言った。「とりあえず顔を出して、プレゼントをアインスレーに送る手はずを整えるべきじゃないかな」

「そうね、そうしたほうがいいでしょうね。それに、きっと楽しいと思うわ。なにをもらったのかを知りたくて、うずうずしているんだもの」

「今頃アインスレーは、きちんと整えられていると思うよ。これ以上必要なものなんてあるのかな」

「自分たちの磁器や銀器で新しい生活を始められたら、素敵じゃない？」

ダーシーは顔をしかめた。「女性はそういうふうに考えるんだろうね。ぼくは食べ物を載せる皿があるのなら、それがロイヤル・ドルトンだろうとブリキだろうとどうでもいいけれどね」

「あなたってひどいのね」にやりとしたダーシーに向かってわたしは言った。

「結婚して四日しかたっていないのに、きみはもうぼくをひどいと言うんだね」ダーシーはため息をついた。「新婚旅行はやっぱり終わったみたいだ」

「あら、そんなのいやよ。どこか特別なところに行くんだと思っていたんだもの」

「ここは特別とは思えない？」

「本当に素晴らしかったわ。完璧よ。でも、もう少し長くふたりきりでいたかったの。まだ、フィグや母や世界と向き合いたくはないわ」

「どこかに行くよ。約束する。でもいまは……」

「なにも計画はないんでしょう？」わたしの声に交じる落胆の響きに、ダーシーは気づいたはずだ。わたしを驚かせる新婚旅行の計画があると、証人もいる前で宣言したのにと言いたくなった。これがそうなんだろうか？　感謝すべきだとわかっていた。この世の中には、工場で働いていたり仕事がなかったりして、わたしたちが当たり前のように感じている暮らしができる望みもなくスープの列に並んでいる人が大勢いる。大人になるときが来たのよ、ジョージー。わたしは自分に言い聞かせた。

「まずは片付けなければいけないことがいくつかあるんだ」ダーシーが言った。「もう少し、辛抱してほしい」

わたしはなんとか笑顔を作った。「わかった。ラノクハウスにプレゼントを見に行きましょう。急げばお茶の時間に間に合うわ。ミセス・マクファーソンがきっとキュウリのサンドイッチを作ってくれる」

2

七月三一日
ラノクハウス、ベルグレーブ・スクエア、ロンドンW1

　現実の世界に戻ってきた。ため息。幸せのシャボン玉のなかにもっと長くいられればよかったのに。ダーシーが長く魅惑的な新婚旅行を手配できなかったことに、がっかりした顔を見せてはいけない。彼はできるかぎりのことをしてくれたはずだもの。残りの人生はずっと彼といっしょなんだから！

「お帰りなさいませ、お嬢さま」ベルグレーブ・スクエアにあるラノクハウスの玄関に立ったわたしを、兄の執事である老いたハミルトンが笑顔で迎えてくれた。「これほど早くお帰りになるとは存じませんでした。わかっていましたら、お嬢さまの部屋の空気を入れ替えさせておいたのですが」

「ただいま、ハミルトン」わたしは笑みを返した。「それは無理よ。急に決めたことだったんですもの。突然、キュウリのサンドイッチが食べたくなったの」

「それはそれは。そういうことでしたら、サンドイッチを作るように早急にミセス・マクファーソンに伝えます。奥さまがお茶をお待ちになっているテラスに運ばせましょう。お嬢さまの到着をわたしがお伝えしましょうか？」

「いいえ、わたしたちだけで大丈夫よ。それよりもサンドイッチをお願い」

ハミルトンは、タクシーの運転手に料金を支払ってからわたしの隣にやってきたダーシーに会釈をした。

「ようこそ、ミスター・オマーラ。鞄はそこに置いていただければ、すぐに運ばせます」

「ありがとう、ハミルトン」ダーシーが言った。「元気そうでよかった」

「天気がいいおかげです、サー。少しばかりじっとりして寒いラノク城からこちらに参りますと、リウマチは驚くほど改善しますね」ハミルトンは小さくお辞儀をしてから、階下へとおりていった。ダーシーはわたしの肩に手をまわし、わたしたちは並んで廊下を進んだ。

「ハミルトンのような執事が見つかるといいんだが」

「なかなか見つからないと思うわ。もうあんな昔ながらの執事はいないのよ」

家の裏手にある舞踏室のドアを開けた。この部屋はあまり使われることはないのだが、ここにあるフレンチドアから美しいテラスに出ることができる。英国の夏の天気を考えれば無理もないが、テラスを使うことも滅多になかった。けれど、そこで行われたわたしたちの結婚披露パーティーはとても素敵だった。いまフレンチドアは開け放たれ、だれかがデッキチェアに座っているのが見えた。ダーシーがわたしを軽く押した。

「ぼくたちが来たことは、きみから義理のお姉さんに伝えたほうがいいと思う」

「臆病者」わたしは非難がましく言った。

ダーシーはにやりと笑った。「礼儀作法に従っているだけさ。ただの男爵の息子が、公爵の娘より先にテラスに出ていくわけにはいかない」

わたしは彼に向かって舌を突き出すと、薄暗い舞踏室からまばゆい陽射しのなかへと歩み出た。デッキチェアに寝そべっているフィグは、ショートパンツに肌の色とよく似たどぎつい ピンク色のホルターネックという格好で、茹でた大きな海老のように見えた。

「こんにちは、フィグ」わたしは明るく声をかけた。

フィグは体を起こし、驚いて目をぱちくりさせた。「あらまあ、ジョージアナ。こんなに早いとは思っていなかったわ。わたくしが警告しなかったなんて、言わないでちょうだいね」

「いったいなんの話？」

「結婚生活は終わったっていうことでしょう？　夫の真の姿と彼の下劣な気質にようやく気づいたのね。そうなるってわかっていたのよ。ちゃんと噂を聞いていたんだから」

わたしの夫は非の打ちどころのない紳士で、わたしはこれ以上ないほど幸せだと言おうとしたところで、ダーシーがテラスに姿を現わした。「真実に気づいたんですか、フィグ？

彼女はぼくを捨てて、イタリア人のブランコ曲芸師のもとに走ったんですよ。ぼくの人生は打ち砕かれた」

フィグは彼女なりの〝面白うない〟のしかめ面を作った。「それじゃあ、どうしてこんなに早く戻ってきたの？」

「妻が突然キュウリのサンドイッチが食べたいと言い出したんですよ」ダーシーはまずわたしのために、それから自分の分のローンチェアを運んできた。

「もう妊娠したなんて言わないでちょうだいね、ジョージアナ」フィグが眉毛を吊りあげた。

「まさか。まだ四日しかたっていないのよ。わたしたちはハウスボートに滞在していたのよ、フィグ。ありとあらゆるおいしいお料理とシャンパンがあって、三日間は天国みたいだった。でも食べ物はなくなるか、もしくは悪くなってしまったし、氷は融けたし、天井でいやというほど頭を打ったし、数キロ四方にキュウリもなかった。だから仕方なく戻ってきたというわけ」

「それで、このあとはどこに行くの？　あなたが受け継いだという、あの田舎の家に戻るの？」

「まだ決めていないのよ」わたしはなにか言ってくれることを期待して、ダーシーをちらりと見た。「まずはここに来て、結婚プレゼントをアインスレーに送る手配をしようと思ったの」

「それはいい考えだわ」フィグが言った。「我が家の応接室があなたたちへのプレゼントでいっぱいになっているんですもの。母がこのあいだ来てくれたのに、モーニングルームでもてなさなくてはいけなかったのよ……午後も半ばだったのに！」

「ごめんなさい」わたしは謝った。「ところで、ビンキーは？」

「ポッジをセーリングに連れていったわ」

「セーリング？　ビンキーが船に乗れるなんて知らなかった！」

「ケンジントン・ガーデンズのラウンド池に浮かべた模型船よ。まったくばかげた趣味だこと」フィグは口をつぐみ、耳を澄ました。「ちょうど帰ってきたみたいよ」

ぱたぱたと走る足音が聞こえてきたかと思うと、甥のポッジがフレンチドアから飛び出してきた。「ママ、ぼくたち、ほかの船と競争して勝ったんだよ」

「あれはただの玩具の船よ、ポッジ」フィグが言った。「それにすべてはいい風が吹くかどうか次第だから、船を動かすのになにか特別な技術が必要だとは思わないことね」

兄のビンキーが息子に続いてテラスに現われた。白い開襟シャツ姿で、顔は日に焼けて真っ赤だ。「わたしたちは技術を駆使して勝ったんだよ、ポッジ。きみは楽しみに水を差すようなことばかり言うんだね、フィグ」

「それは違うわ。わたくしはただ現実を見ているだけ。子供には人生の大切なことに誇りを持ってほしいのよ。模造船で遊ぶのではなくて」

「悪いが、それは現実を見ているとは言わない。きみはぬいぐるみのディズマル・デズモンドみたいに陰気だね。楽しみをぶち壊したいなら、自分の楽しみにしてくれ」

　フィグは顔をしかめてさらになにか言おうとしたが、ポッジがすでにダーシーとわたしに気づいていた。「ジョージーおばさん！」そう言ってわたしの胸に飛びこんできた。

「ごらんなさいな、ビンキー。あなたとふたりきりで午後を一度過ごしただけで、この子はすっかり手に負えなくなっているじゃありませんか」

「ジョージーとダーシーに会えて喜んでいるだけだよ。わたしもだ」ビンキーが言った。「おまえたちに会えてよかったよ。新婚旅行は楽しかったかい？」

「ええ、とても。ありがとう。ハウスボートの近くにお店が一軒もなくて、食べるものがなくなってしまったのよ」

「それじゃあ、しばらくここに滞在するんだね？　よかった」ビンキーはデッキチェアに腰をおろし、ポッジを膝に乗せた。

「ふたりは、結婚プレゼントをできるだけ早くカントリー・ハウスに運びたいんですって」フィグがあわてて言った。

「そうなの」義理の姉がわたしをそばに置いておきたくないのと同じくらい、わたしもこれ以上ラノクハウスにいたくはなかった。「プレゼントを見てみて、それから梱包して送る手配をするわ」

「かなりの荷物だぞ」ビンキーが言った。「ちょっとのぞいてみたが、わたしたちがもらったものよりよさそうだ。そうじゃないか、フィグ？」

「あら、どうかしら。おばのエスメラルダはとても美しいハランをくれたじゃないの。すぐに枯れてしまったのが残念だったわ」

ビンキーは笑いをこらえて言った。「わたしたちはまだプレゼントをあげていなかったね」

「プレゼントなんて必要ないわ」わたしは言った。「素晴らしい披露パーティーを開いてくれたし、それに教会でわたしと一緒に歩いてくれたじゃないの」

ビンキーのピンク色の顔が、さらに赤みを増した。「本当に誇らしかったし、うれしかったよ。だが正直言ってわたしは、ものすごく緊張していたんだ。おまえのトレーンを踏んだらとか、転んで陛下のどちらかにぶつかったらとか、段につまずいたらとか、不安でたまらなかった」

「でも、そんなことにはならなかった。わたしもね」わたしはビンキーに笑いかけた。「わたしたちは、先祖のだれかから不器用さを受け継いだんだと思うわ。きっと、スコットランドのほうの家系ね。ヴィクトリアとアルバートは転んだりしなかったでしょうから」

「転ぶことができなかったのよ」フィグが口をはさんだ。「階段をおりるときには、いつもだれかが手を取っていたから」

「それで、結婚プレゼントのことだが」ビンキーが言った。「なにかふさわしいものを贈りたいんだが、なにがいいのか決まらなくてね」

「あなたは充分に設備の整った邸宅を受け継いだんですもの」フィグが苦々しげに言った。

「フィグは、ラノク城にある牡鹿の頭を贈ったらどうだと言うんだ。いい提案なんだが、サセックスにはあまり合わないいんじゃないかと思ってね」

わたしはうなずいただけだった。

「新しい子牛におまえたちの名前をつけたらどうだろうと考えた」ビンキーは言葉を継いだ。「ハイランド牛たちの血統をよくしたくてね、新しい牡牛を買ったんだよ。そうしたら、素晴らしい子牛が二頭生まれたんだ。それにジョージーとダーシーという名前をつけようと思っている」

「そしてその子たちを食肉用に解体するんですね」ダーシーが冷ややかな口調で言った。

ビンキーは気まずそうに笑った。「そうか。それは考えていなかった。少しばかり無神経だったかもしれないな」

「素敵なアイディアだわ、ビンキー」わたしは言った。

フィグはまだ眉間にしわを寄せていた。「子供がまだここにいるなんてどういうことかしら？　子守を呼んでちょうだい」

「もうお茶の時間じゃないか、フィグ。一緒に食べようとポッジと約束したんだ」

「ミセス・マクファーソンがわたしのためにキュウリのサンドイッチを作ってくれるの」わたしは甥に微笑みかけた。「好きでしょう、ポッジ？」

「ぼくはケーキのほうが好きだな」ポッジが応じた。

それが合図だったかのように足音が聞こえ、従僕がひとつめのティートレイを運んできた。サンドイッチとケーキを持ったメイドがそのあとをついてくる。紅茶が注がれ、キュウリのサンドイッチと小さなメレンゲ菓子とミセス・マクファーソンお得意のショートブレットとプラムケーキをいただいているあいだ、しばらく会話は途切れた。フィグは食べ終えるなり、皿を置いて言った。「さあ、お茶の時間は終わりよ、ポッジ。子供部屋に戻る時間ですよ。連れて行ってくれるかしら、ローズ?」(紅茶を注ぐために残っていたメイドに向けた言葉だった)

「いいじゃないか、フィグ」ビンキーが言った。「頼むから、おばとおじと過ごす時間をこの子に与えてやってくれ。わたしは寒々しい子供部屋でずっとひとりで過ごしてきたんだ。息子にそんな思いをさせなければいけない理由がわからない」

「あなたはここ最近、ずいぶんと理屈っぽくなったのね、ビンキー。いったいどうしたというのかしら。いいでしょう、ポッジ。お行儀よくするのなら、もう少しここにいてもかまいません」

「アデレイドはどこかしら?」わたしは訊いた。「最近は、あの子をお茶に連れてこないの?」

アデレイドはポッジの妹で、なかなかに手に負えない二歳児だ。

「アディは色が白いから、日光はあまりよくないと思うの」フィグが答えた。

ビンキーはちらりとわたしに目を向けた。わたしは笑いたくなるのをこらえた。

「それで、あなたたちはしばらくロンドンに滞在するの?」わたしは巧みに話題を変えた。

「いつもこの時期はスコットランドにいるようにしていたんじゃなかった? ブリーマーのハイランド・ゲームズは欠かさず観ていたでしょう?」

「帰るつもりだったんだけれど、王室のガーデンパーティーに出席しなくてはならなくなったの」フィグはその言葉を口にできるのが、うれしくてたまらないようだった。「国王陛下と王妃陛下は、ここで開いたあなたの結婚披露パーティーをとても楽しんでくださったらしくて、バルモラルに行く前にバッキンガム宮殿で行うガーデンパーティーに、ぜひわたくしたちにも出席してほしいとおっしゃっているの。バルモラルにも招待してくださったんだけれど、わたくしたちは隣人と言ってもいいくらいだからってビンキーがお断りしたのよ」

「ここだけの話だが、あそこにはとても我慢できないんだよ」ビンキーが言った。「どこもかしこもタータンチェック。頭がおかしくなるには充分だ」

「それはともかく」ビンキーに口をはさまれたフィグはいらだったように言った。「国王陛下たちはようやく、わたくしたちが近い親戚で、家族の集まりに招待するべきだっていうことに気づかれたんだと思うわ」フィグは得意満面だった。〝わたしたちは招待されたけれど、あなたたちは招待されていない〟とその顔に書いてある。「でもつまるところ、ビンキーには王位継承権があるんですものね。あなたはそれを放棄したから、もうあの方たちの一員ではないと思われているんでしょうね」

「わたしの記憶が正しければ、ビンキーの王位継承権は三二番目のはずよ」わたしは指摘した。「黒死病がまた流行して、ぞっとするような荒れ地にあるおかげでラノク城だけが無事だったなんていうことにならないかぎり、ビンキーが国王になることはまずありえないわ」

「考えられないようなことは起きるものよ」フィグが言った。「王家の方々全員がバッキンガム宮殿に集まっているときに、無政府主義者が爆弾を仕掛けるかもしれない」

「それとも、ガーデンパーティーのときとか？」ダーシーがわたしにウィンクしながら言った。

「それに、英国の国民はヘイミッシュなんていう名前の国王を絶対に認めないでしょうね」わたしはくすりと笑った。

「そのとおりだ。もしそんな事態になったら、ふさわしい名前に変えなければいけないな。ジョージとか」ビンキーはいたって真剣だった。「ジョージ六世か」

「ただのガーデンパーティーなのよ、ビンキー。戴冠式じゃないんだから」わたしは言った。

「いまの世継ぎよりは、お兄さんのほうがいい国王になるでしょうけれどね」

「デイヴィッドはいいやつだぞ」ビンキーが反論した。

「どこかのアメリカ人女性のいいなりになっていなければ、いい人だったでしょうね」ダーシーが言った。

「そのときが来れば、彼女とは別れるさ」ビンキーはきっぱりとした口調で言った。「きっと正しいことをする。いずれわかる」

「そうだといいんだけれど」わたしは応じた。ビンキーはわたしほどシンプソン夫人のことを知らない。

「そういうわけで、あなたの手助けが必要なのよ、ジョージアナ」フィグが切り出した。意外な台詞《せりふ》だった。「どんな手助けかしら？」

「あなたは何度も王室のイベントに出席しているでしょう？　ほかの方々がどんなものを着ているか、わたくしよりもよく知っているわ。なので、着るものを決める手助けをしてほしいの。新しい帽子を買わなくてはいけないかもしれない」

「もちろんお手伝いするわ、フィグ。それってフォーマルなの？　それとも堅苦しくないものなのかしら？」

「わからないのよ。正式な招待状はまだいただいていないの。王妃陛下は出席してほしいとおっしゃっただけで、日付は聞いていないの。バルモラルに行く前だということだったけれど。二週間以内のはずよ」

フレンチドアの前にハミルトンが現われた。「午後の郵便で手紙が届いております、旦那さま」そう言って、ビンキーに大きな封筒を手渡した。「それからお嬢さまにも」同じような手紙がわたし宛にも来ていた。

ビンキーが封を切った。「ああ、届いたよ」うれしそうな顔で、手紙をフィグに渡した。「素晴らしいタイミングだったね。八月三日、バッキンガム宮殿にてガーデンパーティー。正装だそうだ」

わたしも自分宛の手紙を開けた。

ジョージ五世国王およびメアリ王妃は、レディ・ジョージアナとジ・オナラブル・ダーシー・オマーラを八月三日にバッキンガム宮殿で行われるガーデンパーティーに招待いたします。

その下には王妃陛下直筆の文字があった。

新婚旅行から戻ってきているのなら、ぜひ出席してくださいね。

わたしは招待状をフィグの前でひらひらと振った。

「びっくりだわ！　わたしたちにも届いたみたい」

3

七月三一日
ラノクハウス

結婚プレゼントをアインスレーに送る手配をするために、ラノクハウスに泊まっている。ひと晩だけで本当によかった。わたしたちもガーデンパーティーに招待されていることがわかって、フィグはかんかんだ。

「きみのお姉さんの顔」寝室でふたりきりになったところで、ダーシーが切り出した。「表情で人を殺せるものなら、きみはいまごろ棺桶に横たわっていただろうね」

「実を言うと、とても楽しかったわ」

「それなのにぼくは、優しくて思いやりのある女性と結婚したと思っていたんだ」ダーシーがからかうように言った。

「うそばっかり。わたしがどんな人間なのか、あなたはよく知っているじゃないの。殺人者たちの頭を殴ったことがあるって、知っているでしょう？」

「確かに。でも、義理のお姉さんをからかって楽しむのはどうなんだろう？」

「フィグはそうされても仕方がないのよ、ダーシー。ビンキーと結婚してラノク城に来たときから、ずっとわたしに辛く当たってきたんだもの。先祖代々の家にはわたしの居場所はないって言われたし、わたしのためにお金を使わないようにビンキーを説き伏せたし、スコットランドに残りたいのならポッジの家庭教師になって生活費を稼げとまで言われたのよ」

「ひどい話だな。それも、きみのほうが生まれながらに彼女より立場は上だというのに」

「フィグが腹を立てているのはそのことじゃないのよ。わたしが王妃陛下と親しくなったこと——あら、実際に親しくなったわけじゃないけれど、何度かちょっとした頼まれごとをしたわけだから」

「王妃陛下のためにスパイのようなことをしたという意味かい？」

「盗まれたアンティークを取り戻したりね」わたしは笑顔で応じた。「王妃陛下は、口実を使うことが時々あるから」

「それできみは、ガーデンパーティーまでロンドンにとどまりたいの？」

「まさか。ここはいやよ」わたしの声は思った以上に大きくなったので、あわててドアを見た。フィグが鍵穴に耳を押しつけているかもしれない。「プレゼントをアインスレーに運んだら、ガーデンパーティーの前日にロンドンに戻ってきて、ゾゾのところに泊めてもらいましょうよ。彼女がいれば、だけれど」

ダーシーはうなずいた。「いい考えだ。それで、いまからどうする？　キュウリのサンドイッチは堪能したよね？」

「プレゼントを開けてみたいけれど、まずはゆっくりお風呂に入りたいわ。あなたは？」

「いいね。ぼくもそうしよう」

「一緒に？」わたしは冗談を言った。

「いいんじゃないかい？」

「ばかなこと言わないで、ダーシー。床に水がこぼれて、天井から染み出すわ。フィグが大騒ぎするわよ」

ダーシーはため息をついた。「わかったよ。きみはこの階のバスルームを使うといい。ぼくは上のを使うから」

「鍵はかけないでね」わたしは、タオルを取りに行こうとしたダーシーの腕をつかんだ。「あのバスルームの鍵が開かなくなって、ビンキーはもう少しでわたしたちの結婚式に出られなくなるところだったのよ」

「初めて聞いたよ」

「あなたに話していないことはたくさんあると思うわ。あなたが話してくれていないこともね」わたしは彼の首に腕をからませた。

「それなら、年を取っても話の種が尽きることはなさそうだね」ダーシーはわたしを引き寄せた。「ほかのことをするには年を取りすぎてもね」

「あなたが年を取りすぎるなんていうことはないわ」わたしが笑顔を向けると、ダーシーはキスをしてきた。

やがて、髪を洗い、きれいな服に着替え、さっぱりしたわたしたちはプレゼントを確かめるために応接室に向かった。

「わお！」部屋いっぱいの様々な包みの山を見て、思わず声が出た。自分に腹が立って、顔をしかめた。結婚したら、子供っぽい〝わお〟などという言葉は口にするまいと決めていたのに。「まあ、って言いたかったの。ずいぶんたくさんあるのね。こんなに大勢の知り合いがいるなんて知らなかった」

「ぼくには親戚と友人がたくさんいるんだ。きみだって親戚は多いだろう？」

ダーシーはすでに、ひとつめのプレゼントの包装紙を破りはじめていた。

「これはとりわけ重いな」一拍の間があった。「こいつは面白い。牡鹿だ」

「牡鹿？」ラノク城にある牡鹿の頭をフィグが贈りたがったことをわたしは忘れていなかった。あの家には、その手のものが壁にずらりと並んでいるのだ。わたしは彼に近づいた。

「どんな牡鹿？」

ダーシーはそれを持ちあげてわたしに見せた。「銀だよ。なかなかいいものだが、まったく役には立たないな」

わたしはそれを受け取った。すごく重い。「前にもこういうのを見たことがあるわ。たいていは、狩猟小屋の食卓の真ん中に飾ってあるの。ラノク城にもあったと思う」

「なにか役目はあるのかな？　なかに塩を入れておくわけじゃないよね？」ダーシーは牡鹿をさかさまにした。

「入れないわよ」わたしは笑った。「これの役目は、〝これを見ろ。わたしは狩猟小屋に銀の動物を置いておけるくらい金持ちなんだ〟って主張することくらいね」

「だとしたら、残念ながらぼくたちには当てはまらないな。だが、どこかに飾るところはあるだろう――サセックスには少しばかりふさわしくないにしても」

「少なくとも、贈ると言われたもうひとつの牡鹿よりはましよ」わたしは声を潜めた。「牡鹿の頭を贈りたがるなんて理解できないわ。最悪のプレゼントだと思う」

「いや、違うね」次の贈り物を開いたダーシーが顔をあげた。「これが一等賞だ」

彼が手にしていたのは油絵だった。六歳の子供か頭のいいチンパンジーが描いたかのような、鮮やかな原色を塗りたくった家と庭の絵だ。一方の端にある薔薇の茂みのなかをパラソルを手にした女性が歩いている――多分そうだろうと、わたしはそう思った。とんでもなくひどい油絵だ。

「だれからかしら？」わたしは、包装紙にカードがついていないかどうかを確かめようとした。

「見る必要はないよ。わかっているから」ダーシーが言った。「大おばのアーミントルードだ。自分は才能ある絵描きだと信じていて、家族の特別な日には絵を贈るんだ」

「まさか、これを壁に飾らなきゃいけなかったりしないわよね？」

「彼女が訪ねてきたときだけでいいよ。いまはヨークシャーに住んでいて、もう旅はしたがらないから、おそらく来ることはないだろうけれどね」

「ふう。よかった。ちょっと待って。メモを取るまで、次のプレゼントは開けないで。お礼の手紙をたくさん書かなきゃいけないんだから」

「送り主が訪ねてくるまで、屋根裏に隠しておかなきゃいけないプレゼントもたくさんあるね――そのときにはプレゼントの山をかきまわして探し出し、ふさわしい場所に飾らなきゃならないけれどね」ダーシーが次に手にしていたのは、片側にくるくるねじれた緑色のつる植物、反対側に大きな赤いハイビスカスが描かれた趣味の悪い紫色の花瓶だった。

「若い夫婦が新しい人生をはじめるのに、どうしてこんなものが必要だと思うのかしら？シーツとかティーポットとか、実際に使うものを贈るほうがずっと実用的なのに」

ダーシーはにやりと笑った。「結婚プレゼントでもらったものの気に入らなくて、自分たちの家の屋根裏に押しこんであったんじゃないのかな。ぼくたちもだれかが結婚するのを待って、贈ろうか。永遠に回り続けるプレゼントの輪だ」

「ダーシー、その花瓶は大嫌いな人にしか贈れないわ。多分それを運んでいる最中に、うっかり壊れてしまうんじゃないかしら？」

ダーシーは笑った。わたしたちは次々とプレゼントを開けていった。なかにはわけのわからないものもあった。老いた親戚のひとりは銀のスプーンを贈ってきた。一本だけ。

「洗礼式のスプーンを早めに贈ったつもりかもしれない」ダーシーが言った。

なかにはとても素敵で、役に立つプレゼントもあった。銀の魚肉用ナイフとフォーク、ペストリー用フォーク、ロイヤル・ウースターのコーヒーセット、クリスタルのブランデーグラス、アインスレーのテーブルに使えるくらい大きなアイリッシュ・リネンのテーブルクロス。国王陛下と王妃陛下がくださった、美しいオルモルの置時計には感激した。これはあたしのひいおばあさまの結婚式に贈られたものですよ、と王妃陛下の手紙が添えられていた。わたしは言葉もなくその時計を見つめた。ヴィクトリア女王がわたしの曾祖母であることは頭のなかではわかっていたけれど、彼女の結婚式に贈られたものがいまは自分のものになったのだと思うと、血のつながりが現実のこととして感じられた。

プレゼントをすべて確かめ終えるころには、ディナーのための着替えをする時間になっていた。

「朝になったらカーター・パターソンに電話をするよ。梱包してアインスレーに送ってもらおう」ダーシーが言った。「サー・ヒューバートがこれらを使ったり、飾ったりしたいのかどうか、確かめなくてはいけないね」

わたしがなにか言う前に、ダーシーは言葉を継いだ。「正式にはきみの家だということはわかっているが、彼があそこにいるあいだは考えて行動しなくてはいけないからね。違うかい？」

「そのとおりね。でも、プレゼントのいくつかは歓迎してくれると思うわ。あのとんでもないギャングたちに上等の銀器をたくさん盗まれてしまって、多分戻ってこないでしょうから」

「そうか。それじゃあ、食卓にあの牡鹿を飾れるね」ダーシーは階段をあがりながら、ぎゅっとわたしの肩をつかんだ。

翌日、朝食を終えてすぐに運送業者がやってきた。

「それじゃあ、わたしたちも行くわね、フィグ」わたしは言った。「荷物が届く前に、アインスレーに戻っていたいから」

フィグは動揺しているようだった。「でも、いま行かれたら困るわ、ジョージアナ。まだだめよ」

フィグがわたしにいてほしがっているの？　こんなことは初めてだ。けれどフィグはすぐに言い添えた。「宮殿でのガーデンパーティーに着る服を選んでくれるって約束したでしょう？　あなたは何度もあそこに行っていて、なにを着ればいいのかをわかっている。それなのにわたくしは王家の方々と一緒に過ごす機会なんてほとんどなかったのよ。あの方たちがスコットランドにいらしたときくらいで、そんなときはハイランド用の装いだったもの」

わたしはフィグが気の毒になった。その気持ちならよく知っている——自分がふさわしいドレスを持っていないこと、ほかの女性たちがパリで仕立てた服に身を包んでいるのに、自分には猟場番人の妻が作ったものしかないことがよくわかっているから、なにを着ればいいのか、不安でたまらないのだ。わたしにいま、おしゃれなドレスが何着かあるのは母とゾゾのおかげだ。

「シルクかレースにするといいわ。丈の長いものを」わたしは言った。

フィグは絶望したようなまなざしをわたしに向けた。「シルクかレース？　膝丈のサマードレスが二着あるけれど、それだけよ。ラノク城は夏用の服を着るほど暑くなることはないんですもの」

「わたしの結婚式に着たドレスがあるじゃないの。あれはとても素敵だったわ」

「本当にそう思う？」フィグの顔が赤らんだ。

「ええ、本当よ」わたしは嘘をついた。彼女が選んだのは、青白い肌や赤い髪を引き立てていたとは言えないサクランボ色のツーピースだった。

「フォーマルすぎないかしら？」

「バッキンガム宮殿に行くのに、フォーマルすぎることはないと思うわ」わたしは言った。「あとは、帽子は大きすぎないほうがいいわね。ガーデンパーティーでは邪魔になることがあるの――だれかの目を突いてしまうかもしれない」

わたしにしては、素晴らしく気の利いた助言だった。フィグの帽子には四方に突き出した鮮やかなピンク色の羽根がついていて、まるで彼女の頭に止まった大きな鳥が巣を作ろうとしているように見えるのだ。

「それはそうね」フィグはうなずいた。「でもわたくしは帽子もあまり持っていないのよ。

麦わらの帽子と教会に行くときのフェルトの帽子だけ」

「ゾゾに相談したらどうかしら。彼女は山ほど帽子を持っているのよ。きっと貸してくれるわ」

「外国人に帽子を借りるわけにはいかない」容赦ないフィグの言葉だった。

「ゾゾは王女さまなのよ」

「ポーランドの王女じゃないの。きっとあの国には王女が山ほどいるのよ」

「それなら、いまあるものをどうにかするほかはないわね」わたしは言った。「シンプルな麦わら帽子の片側に羽根の飾りをつけたらどうかしら」

「いいかもしれない」フィグは希望に満ちた表情になった。「手伝ってもらえる？」

「ええ、いいわ」そういうわけでわたしたちは午前中いっぱい、帽子と羽根とシルクで作った薔薇のつぼみと格闘し、かなり満足できるものを作りあげた。

「ああ、本当にありがとう、ジョージー」フィグは帽子を頭に載せ、鏡に映った自分の姿を確かめながら言った。「あなたは本当に頼りがいがあるわ。とても才能があるし。あなたがいなければ、とてもこんなものは作れなかった」

わたしはなにも言えなかった。フィグが口にした、初めての優しい言葉だったと思う。

4

八月三日　土曜日
バッキンガム宮殿

ダーシーが言うところの、バック・ハウスに向かう。これから先のことについては、まだ中ぶらりんのままだ。本当にアインスレーでの当たり前の生活に戻るの？　ダーシーは外務機関だかどこだかの内勤の仕事を引き受けて、毎朝八時四五分から働きはじめるの？　それでもわたしはとても幸せだし、おおいに感謝していた。わたしは世界一素晴らしい男性と結婚したのだ。それ以上なにを望むことがある？

その日は朝から晴天だった。かなり長いあいだ晴れの日が続いていたので、とうとう天気が崩れて、傘の下でガーデンパーティーが行われることになるのではないかと、わたしは気をもんでいた。けれど、ダーシーとわたしがイートン・スクエアにあるゾゾの美しい屋敷で朝食の席についた朝九時には、すでに暑くなっていた。

「その宴会は何時からなの？」スクランブルエッグとスモークしたタラをたっぷりとお皿によそいながら、ゾゾが訊いた。

「二時よ」わたしは答えた。

「日陰にいないと、それまでにこんがり焼けてしまうわ。涼しい服を着るんでしょうね？」

「新しい淡青色のシルクのドレスを着るつもり」

「まあ、あれはだめよ。袖があるじゃないの。脇の下に汗をかくわ。ええ、レディが汗をかかないものだっていうことは知っているけれど、でもかくわよね。汗をかいたら、しみてしまう。袖のない、軽いものにしなきゃだめよ」

「わたしが持っているドレスで袖がないのは、カクテルドレスだけなんですもの」

ゾゾは指を振りながら言った。「いい考えがあるわ。このあいだわたしがパリから持って帰ってきた、新しいシャネルのドレスを着ればいいのよ」

「ゾゾ、あなたのドレスを着るわけにはいかない」

「どうして？　あなたに似合うと思うわ」

「そうじゃなくて、あなたの新しいシャネルだもの。わたしが着るべきじゃない」

「ばか言わないの。人を幸せにするのがわたしの任務だってこと、知っているでしょう？」ゾゾは言った。「そうそう、わたしは月曜日にはアイルランドに向かうから。あなたの義理のお父さんと約束したのよ。もうすぐ大きなレースがあるの」

ゾゾがアイルランドに行くのは馬のためではなく、ダーシーの父親に会うのが目的であることはよくわかっていたけれど、わたしは黙ってうなずいた。ふたりのロマンスがなんらかの形になればいいと思っていたが、ふたりの距離はいまだに縮まってはいないようだ。正直言って、人里離れたアイルランドの城に身を落ち着けるゾゾは、想像できなかった。

そういうわけでわたしはゾゾに身支度を整えてもらった。濃紺のトリムがあるベージュのシルクのドレスに粋な濃紺の小さな帽子と手袋は、どこか船乗りを思わせる装いだ。ダーシー曰く、わたしはとても、とてもしゃれて《トレ・トレ・シック》見えるらしい。紳士はモーニングスーツと帽子を決して脱ぐことはできないから、かわいそうなダーシーは暑くて辛い思いをするだろう。

「ぼくは大きな木を見つけて、午後はずっとその下にいることにするよ」宮殿に向かうタクシーのなかで、ダーシーが言った。

「それはだめよ。愛想よくして、ちゃんとお喋りをしないと」

ダーシーは顔をしかめた。「ここだけの話だが、ぼくはすくみあがっているんだ」

わたしは驚いて彼を見た。ダーシーがなにかを怖がるのを見たのは初めてだ。

「大勢の王家の人たちと会うのが怖いの？」

「そのとおりさ。きみは忘れているようだけれど、ぼくはきみとは立場が違うんだ」

「でも、いまはあなたも結婚して親戚になったのよ。それにとてもいい人たちばかりよ。デイヴィッド王子は知っているでしょう？」

「ああ。だが彼はいないはずだよ」

「そうなの？」

「連邦を訪問するように言われて、外国に行かされたよ。あの女性から引き離すためにね」タクシーの運転手が聞いているかもしれないので、ダーシーは最後の部分は小声で言った。

車は庭に直接通じている横手の入口の前に止まり、ふさわしい装いでなかに入るのを待っている人々の列に、わたしたちも並んだ。ビンキーとフィグが前のほうにいて、わたしたちに気づいたビンキーが振り返って手を振った。バンドが演奏している。順番に招待状を確認され、やがてわたしたちは敷地内に入ることができた。ビンキーとフィグが近づいてきた。芝生には小さなテーブルがいくつも並べられている。

「見事だね、まったくもって見事だ。そう思わないかい？」ビンキーは子供のようにうれしそうだ。

「とても素敵ね」わたしはうなずいた。

シャンパンとレモネードが振る舞われた。カナッペのトレイが運ばれてきた。わたしはヴォロヴァンをひとつ取り、口に放りこもうとしたところで、ひと口で食べるには大きすぎることに気づいた。半分かじると、胸元の濃紺のトリムの上に軽いパイ生地の薄片がひらひらと落ちた。ぱさぱさしたパイ生地ばかり多くて、中身の詰め物が少ないのだ。

「あまりおいしそうには見えないわね」フィグがつぶやいた。

「パイ生地が多すぎるのよ。それなのに……」そう言いかけたところで、乾いたパイ生地の薄片が食道ではないところに入っていった。いまにも咳きこみそうだ。半分むせながら片手で口を押さえると、パイ生地の薄片がさらに宙を舞った。

まさにそのとき、ドラムが鳴り始めた。『ゴッド・セイヴ・ザ・キング』が流れ、階段をあがりきったところにあるテラスのドアが開いて、国王陛下と王妃陛下、そのうしろから子供たちとその配偶者が現われた。わたしはヴォロヴァンの残りを飲みこむと、咳をこらえながらパイ生地のかけらをはらい、見苦しくないようにしてから謁見の列に並んだ。トリムが濃紺でなければよかったのに。

「大丈夫かい？」ダーシーが小声で訊いた。

「変なところに入ったの」小声で返事をしようとすると、また咳がはじまった。陛下たちが近づいてきたときには、息を止めていたせいでわたしの顔は真っ赤になっていた。灰色のシルクのドレスに身を包んだメアリ王妃はいつものごとく落ち着いていて、優雅だった。一方の国王陛下は、疲れて弱々しく見えた。肺炎で臥《ふ》せって以来、完全には回復していないようだ。

宮殿に着いたとき、わたしは自分がとても誇らしかった。もう恥ずかしがり屋で不器用な少女ではない。洗練された既婚婦人で、夫といっしょにここに来ている。たとえ着ているのがゾゾのドレスだとしても、かなり見栄えがしている。けれどいま、わたしの胸元にはパイ生地の薄片が残っていたし、陛下たちになにか言おうとして口を開いたら、パイ生地の薄片がもっと飛び出してくるのではないかと思ってびくびくしていた。

おふたりが近づいてきて、わたしに気づいて足を止めた。

「おや、ジョージー。もう新婚旅行から帰ってきたのかね？」膝をついてお辞儀をしたわたしに国王陛下が尋ねた。「ここで会えるとは思わなかった」

「新婚旅行の最初の部から帰ってきたんです、サー」ダーシーの言葉を聞いて、わたしは問いかけるようなまなざしを彼に向けた。

「おや、それではこのあとまたどこかに行くのかね？」

「わたくしたちが行く前に、バルモラルをお使いなさいと言ったのですよ」王妃陛下が割って入った。「ふたりだけであそこを使うことができます。新婚旅行にはうってつけですよ。あの美しい景色のなかにふたりきりで、トラウト釣りもできる……秘書に電話をさせて、あなたたちが行くことを伝えるように言いましょうか？」

「ご親切にありがとうございます、陛下」パニックのあまり、わたしの頭はまったく働かなくなっていたから、ダーシーが答えてくれたのは幸いだった。「ですがあいにく、新婚旅行はすでに手配済みなので」

「そうなのですか？　どこに行くのです？」

「ケニアです、陛下」

わたしは思わず息を呑んだが、それが失敗だった。また咳が出そうになったので、口を押さえた。息をする気にもなれず、ただその場に立ち尽くすだけだった。

「ケニア？　新婚旅行にアフリカに行くのですか？」王妃陛下は驚いた顔になった。

「そうです」ダーシーはしたり顔でわたしを見た。

わたしはまだ声を出すこともできず、息も止めたまま、ちらりと彼に目を向けた。

「まあ。ずいぶんと野心的だこと」王妃陛下が言った。

「サファリに行くのだろうね」国王陛下がうなずきながら言った。「象かライオンを仕留めるつもりかね？」

「細かいことはまだ決めていないんです、サー。ただ一日か二日のうちに出発するというだけで」

「とてもわくわくする話ですね。船で行くのですか？」王妃陛下がわたしに尋ねた。

わたしは慎重に息を吸った。「わかりません、陛下。ダーシーは計画のことをわたしに秘密にしているので」

「彼女を驚かせたかったんです」ダーシーが言った。「なので、すべてが決まるまで、なにも言わないようにしていました。飛行機で行きます。長い船旅ではなく、わずか五日で到着するんですよ」

「今年はあなた方とバルモラルで会えないのが残念ですよ」王妃陛下が言った。「ですが、素晴らしい冒険になりそうですね」

列を進むようにと、侍従が陛下たちを促した。ふたりが離れるなり、わたしはダーシーに向き直った。「それって作り話なの？　それとも本当？」

「どうして作り話をする必要があるんだい？　もちろん本当さ。きみになにも言わなかったのは、くわしいことが決まっていなかったのと、空の旅を確保できるかどうかわからなかったからなんだ。だがすべて準備は整った。次のフライトの最後の二席を手に入れたよ。火曜日に出発だ」

既婚婦人になったのだから、もう二度と〝わお〟とは言わないと誓ったはずなのに、そんなことはきれいさっぱり頭から消えていた。「わお」わたしは言った。

バンドが陽気な曲を奏で始め、謁見を終えた人々は庭に散らばっていき、さらに飲み物や食べ物が振る舞われた。わたしはまたなにかを食べてみっともない姿をさらしたくなかったので、レモネードを飲みながらほかの客たちと言葉を交わしていた。ケント公爵夫妻が近づいてきた。マリナ王女が身ごもっていることをわたしは初めて知った。喜ばしいことだ。お祝いの言葉を述べた。

「きみもそれほど遠くない未来にこうなるんじゃないかな」ジョージ王子は訳知り顔でウィンクをした。「きみの夫が時間を無駄にすることはないだろうからね」

ほかの客と話をするためにふたりが離れていったところで、従僕のひとりがわたしにささやいた。「王妃陛下がお話をしたいとおっしゃっています」それから、ダーシーに向かって言った。「しばらく奥さまをお借りしてもよろしいでしょうか、サー？」

わたしは、大きなブナノキの木陰に座っている王妃陛下のところに案内された。

「ああ、ジョージアナ。お座りなさい。冷たい飲み物はいかが？　今日は暑いわね」

長袖のドレスだというのに、王妃陛下はまったく汗をかいていないようだ。王家の方々はどうしてそんなことができるのだろう？　この方たちは、普通の人間の身体機能をまったく感じさせない。一度もトイレに行くことなく一日を過ごせそうな気がする！

　従僕がレモネードを差し出した。わたしは王妃陛下の隣に腰をおろし、陛下がケニアではなくバルモラルに行くようにわたしを説得するつもりではないことを祈った。王妃陛下は自分の思いどおりにことを運びたがる。

「それでは、あなたたちはケニアに行くのですね」王妃陛下が言った。「新婚旅行にしてはずいぶんと遠いところね。どうしてあなたの夫はその国を選んだのかしら？」

「わたしにはわかりません、陛下。どこか特別なところに行くとダーシーは約束してくれていましたが、わたしにも寝耳に水でした」

「きっと素晴らしい時間を過ごせますよ」王妃陛下はグラスをもてあそびながら、言い淀んでいるようだった。「息子がちょうどケニアに着いているころだと知っていましたか？」

「プリンス・オブ・ウェールズのことですか？」人前で、彼をデイヴィッドと呼ぶわけにはいかない。

「そうです。国王が、連邦を巡る長い旅に行かせたのです。もちろん、息子が留守のあいだに、あの女性がほかのだれかを見つけるか、もしくは、息子ですら許せないほどの不始末をしでかすことを期待しての処置です」王妃陛下はわたしに顔を寄せた。「交際をはじめてから、彼女がずっと息子に忠実だったわけではないことはわかっています。中古車販売業者？」王妃陛下は眉を吊りあげた。「ドイツ大使？　噂はいろいろありますが、そのほとんどは事実だとわたくしは確信しています。問題は、息子がどの程度許すつもりなのかということなのです」

「彼女が墓穴を掘るのを待つわけですね」わたしが言うと、王妃陛下はくすりと笑った。

「そのとおりです。一方で……デイヴィッドからの最新の電報によると、公式の予定を終えたあともケニアに残り、ディラミア卿という人と数日過ごすつもりだとか」王妃陛下は再びわたしに顔を寄せた。「理由がわからないのですよ。デイヴィッドはこれまでサファリにそれほど興味を示したことはありません。それどころか、トロフィーのために美しい動物を殺すのはスポーツマン精神に反すると考えていると、公表したことがあるくらいです。ですから、彼があの地でいったいなにをするつもりなのかが知りたいのですよ」

王妃陛下はわたしの手を軽く叩いた。「そういうわけで、同じときにあなたたちがあそこに行くのは、素晴らしい偶然なのですよ。わたくしの目となり耳となってくれますね。あなたを頼りにしていますよ、ジョージアナ」

「もちろんです、陛下」わたしは言った。ほかになにが言えるだろう？

5

八月四日　日曜日
アインスレー、サセックス

もう〝わお〟とは言わないと誓ったけれど、ほかに言葉が見つからない。わお。一日にあれだけの驚きは多すぎる！　ダーシーがとんでもなく変わった新婚旅行を計画していたなんて、まったく知らなかった。素晴らしいものになるはずだった新婚旅行は、王妃陛下の新たなスパイ任務に変わってしまったようだ。どうすればデイヴィッド王子を見張っていられるだろう？　サファリに行くときは、わたしも連れていってと頼むの？

どうしていつも事態はこれほど複雑になるのだろう？　そもそもダーシーはどうしてケニアに行く気になったの？

タクシーでふたりきりになったとたんに、わたしはショックといらだちを吐き出した。

「ケニアに行くことを前もってほのめかしておいてくれてもよかったのに。あなたがそんなことを計画していたなんてまったく知らなかったって王妃陛下に言ったときは、自分がばかみたいに感じたわ」

「本当に行けるかどうか、ぼくも昨日までわかっていなかったんだ」ダーシーが言った。「きみに期待を持たせておいて、結局、だめだったなんて言いたくなかったからね」ダーシーは不安そうにわたしを見た。「でも、気に入ってくれただろう？　一生に一度の旅にしたかった」

「気持ちが落ち着いたら、きっと大喜びできるわ。でも実はわたし、ケニアのことはほとんど知らないの。アフリカにあって、野生の動物がたくさんいることくらいよ。あなたは、どうしてケニアに行こうと思ったの？　前からサファリがしたかったの？」

「古い友人のフレディ・ブランチフォードから、いまケニアに住んでいるという手紙をもらったんだ。素晴らしく楽しい日々を送っていて、もしぼくたちが来ることがあれば歓迎すると言ってくれた……。願ってもないチャンスだと思ったんだよ。行かない手はないってね。それで、まずはそこまで行く方法を調べた。蒸気船に乗るにはしばらく待たなければならないし、その後も船旅だと数週間かかる。だから、飛行機で行くことはできないかと考えた。そうしたら、どうだったと思う？　いまはケープタウンまで行く航空便があるんだ。途中でケニアに立ち寄る」

「わお——驚いたわ」

「火曜日に出発だ」

「今度の火曜日？　着るものとか持っていくものとかを考えている時間がほとんどないわ。テントで寝るの？　とても原始的なところ？」

「その反対だよ」ダーシーは言った。「ぼくたちが滞在するのはホワイト・ハイランズと呼ばれているところで、英国貴族が祖国と同じような暮らしをしている場所なんだ」

「それじゃあ、野生動物とかはいないのね？」

「もちろんいるさ。野生動物の宝庫だと思うよ。それに先住民。マサイ族とキクユ族。使用人は先住民なんだ。面白い経験になるだろうね」

「英国のカントリー・ハウス、先住民の使用人、野生動物。なにを着ればいいのか、さっぱりわからないわ」

「ゾゾに訊くといい。彼女なら、なにを持っていけばいいのか知っているさ」

タクシーがゾゾの家の外に止まったときにも、わたしはまだあれこれと考えていたが、ふと恐ろしいことに気づいた。「わたしがメイドを連れていくと思っているかしら？」ケニアにいるクイーニーを想像してみた。英国にいてさえ、彼女は充分に厄介だ。彼女のように不器用で、事件を引き起こしがちな人間がアフリカで大惨事を引き起こす機会は、多すぎるくらいあるだろう。サイに襲われているクイーニーの姿が脳裏に浮かんだ。もしクイーニーとサイが衝突したら、どちらが勝つかはわからない。彼女はいろいろな意味で恐るべき若い女性だ……ただメイドとしては役立たずだというだけだ。

「向こうでメイドは手配してもらえるんじゃないかな。それにもうきみには、夜に服を脱がしてくれる夫がいるわけだし」

「そうね」わたしはいたずらっぽく彼に笑いかけ、わたしたちは玄関へと続く階段をあがった。

「ケニア？」ゾゾが声をあげた。「まあ、驚きだわ。いいじゃないの。ライオンに……それからチータに囲まれた若いカップル」ゾゾは訳知り顔でウィンクをした。「丈夫なズボンを忘れないようにね」

「ズボン？　わたしが？」

「もちろんよ。あそこの女性はズボンで生活しているんだから。あとは歩きやすいウォーキングシューズね」

「でもダーシーは、イブニングドレスとカクテルドレスを持っていくようにって」

「それもいるわね。ハッピー・ヴァレーの名士たちと会うつもりなら」

「そのつもりだよ」ダーシーが言った。「フレディ・ブランチフォードという男のところに滞在する予定だ。知っている？」

ゾゾは首を振った。「わたしが知っているのはディラミア卿と、最近貴族になったもうひとりの人だけよ」ゾゾは言葉を切って、記憶を探った。「ロス・ハートレー。そうだわ。覚えている？　最近チェリトン卿になったの。いとこが死んで爵位を継いだのよ。英国にいたときは、とても精力的だったの。彼にかかると、無事な女性はいなかった。たしか彼は〝タコ〟って呼ばれていたはずよ。手がたくさんあるみたいだからって」ゾゾは楽しそうに笑った。

「ぼくが知っているのは、フレディ・ブランチフォードだけだ」ダーシーが言った。

「そんなはずないわ。イディナを知っているでしょう？　世界中でイディナを知らない人なんていないもの。結婚したあとの名前はわからないわ。何度変わったか、数えられないんだもの……。妖婦よ。悪名高き妖婦。彼女はいま、あそこの貴族社会の中心人物なんだと思うわ」

「苗字はなんていうのかしら？」イディナという名前に聞き覚えがなかったので、わたしは尋ねた。

「わかるはずないでしょう？　かつてはレディ・イディナ・サックヴィルだった。これまで四人か五人の夫がいたはずよ。愛人にいたっては神のみぞ知るね。でも、彼女が開くパーティーは素晴らしいのよ。あなたたちもきっと楽しい時間が過ごせるわ。また話を聞かせてちょうだいね……」ゾゾはまた言葉を切った。「わたしの飛行機で送っていってあげたいところなんだけれど、あれはふたり乗りなのよ。荷物もあるでしょうしね。わたしが飛んでいこうかしら。何日かかるの？」

「最低でも五日」ダーシーが答えた。「だが長くて危険なフライトだよ、ゾゾ。来ないほうがいい」

「冗談でしょう。わたしは世界一周レースに出たのよ。アラビア砂漠に不時着しなくてはならなくなったんだけれど、三日間だれも助けに来てくれなかったの。結局、シルクのストッキングで飛行機の支柱を結んで、なんとか飛び続けることができたのよ。ケニアに行くくらい、なんてことないわ」

「ゾゾ、あなたって素晴らしいわ」わたしは言った。

ゾゾは謙遜したように微笑んだ。「とんでもない。わたしはただ、生きるために自分にできることをしただけよ。いつもそうしてきたわ」

アインスレーに戻ってみると、サー・ヒューバートだけでなく母と祖父もまだ滞在中だった。アインスレーがサー・ヒューバートが祖先から受け継いだ家だということを知らない人のために、説明しておく必要があるだろう。わたしが彼のただひとりの相続人であり、彼は登山家でかつ探検家なので滅多に英国に帰ってくることがないという理由から、結婚のお祝いとしてわたしにこの家をくれたのだ。住む者のいない家は意味がないと彼は考えていて、自分のためにはひとつの棟の続き部屋があればいいから、わたしにアインスレーの女主人となって結婚生活をはじめてほしいというのが彼の望みだった。奇跡のような、完璧な展開だった。どうしてわたしが彼の相続人なのかと疑問を持つ人もいるかもしれない――彼はわたしの母と結婚していたことがあって、わたしをとてもかわいがってくれて、養子にしたがったた。王家のほうの家族がそれを拒否したのだが、実の父親がギャンブルにはまっていたこともあり、わたしが無一文になるかもしれないことを彼はわかっていた。そして実際にそのとおりになったのだ。

いま彼と母はまた同じ家にいる。ふたりがいまもまだ互いに好意を抱いているのはわかっていた。母は裕福なドイツ人実業家に捨てられたばかりだから、この先どうなるかはわからない。母は男性なしに長くはいられない人だ。そんなことを考えていると、ゾゾが妖婦と称したイディナのことを思い出した。ケニアに行くと告げたあとで彼女の話をすると、母はひどく腹を立てた。

「その女の話は二度としないでちょうだい。なにが妖婦よ。わたしのほうが先に逃げ出したんですからね。彼女が夫から若い男の元に走るより早く、わたしは夫を捨てたのよ。それなのに、彼女は有名な妖婦として歴史に名を残しているんだわ。それもこれも彼女が伯爵の娘なのに、わたしはただの元女優でだれでもない男の娘だからよ」

「あなたが夫を捨てたことは、だれもがよく知っていると思いますよ」ダーシーが言った。

「そう言ってくれるなんて、あなたはとても親切ね」母は魅惑的な笑みを浮かべ、ダーシーの手を叩いた。

「おじいちゃんはだれでもない男なんて言われたくないと思うわ」わたしは言った。

祖父はわたしにウィンクをした。「いいんだよ、ジョージー。もっとひどい呼ばれ方をしたことがあるからね。それで、おまえたちはアフリカに行くんだね？」

「はい、そうです」ダーシーが答えた。

「どれくらい行っているつもりだ？」

「まだわからないんです。数週間以上にはなると思います」ダーシーはちらりとわたしを見た。

「わしは自分の家に帰ろうかと思っていたんだよ」祖父が言った。「だがおまえたちがいなくなるのなら、おまえの母親をひとりにしないためにもここに残ったほうがよさそうだ」

「優しいのね、お父さん」母が言った。「ヒューバートがいつまたいなくなるかわからないんですもの。そうしたらかよわいわたしは、だれも守ってくれる人もなしに、この世界でひとりで取り残されるんだわ」母は、ちょうど部屋に入ってきたサー・ヒューバートを見ながら言った。

わたしは頬が緩みそうになるのをこらえたが、ダーシーはくすくす笑っていた。

「まるで、守ってくれる人が必要だったことがあるみたいですね、クレア。あなたは古い長靴みたいに頑丈ですよ」

「ひどいことを言うのね」母は顔をしかめた。「わたしのことを強いって言いたいのなら、もっと違う比喩を使ってちょうだい。ダイヤモンドみたいに強いとか。それならかまわないわ」

「どちらにしろクレア、いまは置いていかれることを心配しなくてもいいよ」サー・ヒューバートは母が座るソファの肘掛けに腰をおろした。「南アメリカの旅について本を書く約束をしたんだ。次に出かける前にそれを完成させなくてはいけないからね」

本当に彼は本を書かなければいけないのかしらと、わたしは考えた。それとも母と一緒にいたいだけ？　実を言えば、母にはマックス・フォン・ストローハイムよりは、サー・ヒューバートのような人と付き合っていてもらいたかった。マックスがナチスと手を組んでいることは明らかだったし、彼の工場は車や家電の製造をやめて、いまは銃を作っているのではないかとわたしは考えていた。大集会とか好戦的な姿勢とか、ドイツはもう行きたいと思う場所ではなくなっている。

「マックスから連絡はあった？」その夜のディナーのあと、ブランデーと葉巻を楽しんでいる男性陣を残して部屋へと引き取りながら、わたしは母に訊いた。

「なにもないのよ。ひどい人」母が答えた。「母親と一緒に実家にいるんでしょうね。彼女はわたしを認めていなかったのよ。恐ろしく厳格なルター派なんですもの。離婚や不貞をした人間は地獄にまっしぐらだって考えているの。父親が死んだいま、マックスはすっかり彼女の言いなりよ」

「それなら、逃げだせてよかったと思わないと」わたしは言った。「もし彼女が義理の母親になったら、一生お母さまに辛く当たったでしょうからね」

「そうね」母は優れた女優にふさわしい芝居がかったため息をついた。「優しい娘がわたしを引き取ってくれて、住む場所を与えてくれたことに感謝すべきなんでしょうね。それにヒューバートも温かく迎えてくれているし。困っているときに本当にありがたいことね」母はわたしの手を取った。「だからわたしのことは心配しないで、ケニアで楽しい時間を過ごしていらっしゃい。ただ気をつけるのよ。あそこにいる人たちはおそろしく行儀が悪いだろうから」

6

八月六日　火曜日
アフリカに向かう

数分後には、クロイドン飛行場に向けて出発する。ケニアに行くのだとダーシーに聞かされてからずっと、わたしはショック状態だった。けれどそれが現実になろうとしているいま、不安ではあるけれどわくわくしている。なんて途方もない冒険。

わたしはようやく荷造りを終えた。クイーニーが肝心なときに靴を片方忘れがちなのを知っていたから、ほとんど自分でやった。

「新しいシルクのニッカーズを持っていくんですか、お嬢さん？」ベッドの上に置いてあるのを見て、クイーニーが訊いた。「サイに襲われようってときに、あんまり役に立たないと思いますけどね」

「木綿のニッカーズでも役に立たないんじゃないかしら」わたしは笑いながら応じた。「新婚旅行の続きなんだから、素敵な嫁入り衣装は全部持っていきたいわ」

「それならどうしてこの古くさい短靴を持っていくんです？」クイーニーは短靴を持ちあげたかと思うと、白いシルクのペチコートの上に置いた。

わたしはあわててその靴を手に取った。「頑丈な靴とズボンが必要だってゾゾ王女に言われたからよ。それに、スコットランドでヒースのなかを歩きまわるときには、これを履いているの」人前に出るときにははけるような丈夫なズボンは持っていなかったけれど、〈スワン・アンド・エドガー〉でふさわしいと思えるものを見つけることができた。とげやサイの攻撃から身を守れるほど丈夫ではないが、これでなんとかなるだろう。それ以外は、夏の午後に着るためのコットンのドレスに新しいイブニング・パジャマやアンサンブルを用意した。カクテルパーティーにふさわしいといいのだけれど。

「本当にあたしが一緒に行かなくていいんですか、お嬢さん？」クイーニーが訊いた。わたしが〝お嬢さん〟だったことはないし、いまはもう結婚しているというのに、彼女はいまだにわたしをそう呼ぶ。「面倒を見てくれる人間が必要なら、あたしは危険に満ちた奥地にだって行きますよ。メイドがいないからって、ほかの女の人にお嬢さんが見下されたりするのはいやですからね」

クイーニーには驚かされてばかりだ。世界一できの悪いメイドであることは間違いないけれど、ものすごく勇敢だし、ロンドンのイースト・エンド出身であることを考えれば、冒険に対して驚くほど抵抗がない。

「あなたはとても勇敢ね、クイーニー。でもきっと向こうでメイドを貸してもらえると思うわ」わたしは言った。「それにミスター・オマーラは飛行機の席をふたり分しか取れなかったのよ」

クイーニーはうなずいた。「そういうことなら、あたしは行かないほうがいいんでしょうね。巡回遊園地でボート型のブランコに乗ると、胃の具合がすごく変になるんですよ。飛行機はもっと揺れるって聞いてますからね」

クイーニーはそう言うと、再びわたしの靴を包み始めた。ああ、もう。そのことには触れないでほしかった。飛行機には二度ほど乗ったことがあるけれど、ほんの短時間だ。それが今回はアフリカまで？　ものすごく気分が悪くなったら、どうすればいい？


別れの挨拶を交わした。家政婦のミセス・ホルブルックは礼儀作法も忘れ、わたしを抱きしめた。「どうぞ無事に帰っていらしてくださいね、マイ・レディ」その表情を見て、わたしたちは危険がないとは言えない旅に出ようとしているのだということを、改めて思い出した。わたしはなんでもなさそうに微笑んだ。

「あっという間に帰ってくるわよ、ミセス・ホルブルック」実際に感じているよりも自信に満ちた口調で言った。

サー・ヒューバートがクロイドン飛行場まで送っていくと言ってくれた。幸い、それほど遠くはない。車を運転しながら、彼はリラックスした様子でお喋りを続けた。「ケニアはいいところだ。もちろん、あそこの山はたいしたことはないがね。一度、ケニア山にのぼったことがある。午後の散策のようなものだったよ。いまいましい象どもがいなければ、実際そのとおりだったんだが。何度か襲われたんだ。だがきみたちはきっと楽しい時間が過ごせるよ。ディラミアによろしく伝えてくれるかい？　いいやつだよ。とても善良な男だ」

わたしはすっかり不安に呑みこまれてしまっていて、話をすることもできなくなっていた。ダーシーは楽しげに語らっているけれど、彼はこれまでにも長時間飛行機に乗ったことがある。車は飛行場に着いた。ポーターが荷物を受け取りにきた。わたしたちはサー・ヒューバートに別れの挨拶をした。わたしは初めて、駐機場にずらりと並ぶ飛行機を見た。そこから見ると、思っていたよりも小さくて華奢だ――ゾゾの小型飛行機とたいして変わらない。

「わお――まあ。わたしたち、あれでアフリカまで飛んでいくの？」

「まさか」ダーシーが答えた。「まずスイスのバーゼルまで飛ぶ。そこから夜行列車でイタリアのブリンディジに行く。ブリンディジから飛行艇でアレクサンドリアに。そこからハンドレページ社のハンニバル号でカイロ、ハルツーム、ジュバ、そしてようやくキスムだ」

「わ――まあ。でもどうして列車なの？　飛行機でイタリアには行けないの？」

「アルプスを越えることになるんだ。飛行機でも行けるんだが、天候のせいでスケジュールが頻繁に変更になるし、それにはっきり言ってものすごく揺れる。きみは乗り心地のいい列車で、ひと晩ゆっくり寝るほうがいいだろうと思ってね」

「ええ、もちろんよ。いい考えだわ」

「たいていの人はそうするんだ。少なくとも、天気の悪い日に飛行機でアルプス越えをしたことのある人間はね」ダーシーはそう言って微笑んだ。その素晴らしい笑顔を見て、わたしはそもそもどうしてアフリカに向かっているのかを思い出した。これは、生涯忘れられない新婚旅行になるのだ。

搭乗客が集められ、駐機場に案内され、タラップをのぼった。白い上着の若い客室係が迎えてくれた。プロペラが回りはじめ、エンジンがうなり、飛行機は滑走路を疾走したかと思うと、空を飛んでいた。眼下に見えていた野原や農家は、やがてビーチー岬とイギリス海峡に変わった。あまりに素晴らしい景色にわたしは不安になることも忘れていたし、ダーシーは新しいカメラで窓の外の風景を撮っていた。客室係が、磁器の器に入れたハムとサラダのランチと上等の白ワインを運んできた。幸いなことに、ちょうど食べ終えたところで、アルザスの山々に差しかかった。飛行機は激しく揺れだしただけでなく、客室がぐっと寒くなったので、着陸態勢に入ったときにはわたしは心の底から安堵した。

「飛行機でアルプスを越えるのでなくて、本当によかったわ」タクシーで鉄道の駅に向かいながら、わたしはダーシーに言った。「あれだけ揺れれば、わたしはもうたくさん」

「それなら、アフリカを横断するときには飛行機が揺れないことを祈ろう」

寝台車に乗りこんだのはわたしたちだけで、列車は午後遅くに出発した。雪を頂いた山頂を背景に湖に沿って進んでいく列車からの風景は、うっとりするほど美しかった。首にベルをつけたバター色の牡牛たちがアルプスの牧草地からわたしたちを眺めている。どのシャレーのバルコニーにも誇示するかのようにゼラニウムが飾られている。わたしはもう少しで、ケニアなんてどうでもいいとダーシーに言いそうになった――スイスにいましょうよ！　列車がゴッタルド峠を越えてイタリアに入る頃、わたしたちはディナーをとった。食事をしているあいだに日が落ち、部屋に戻るとベッドが用意されていた。

「今夜は、ひとりで眠るきみの邪魔はしないよ」ダーシーが言った。「列車がきみを揺すぶってくれるだろう？」

わたしは下側の寝台だったが、右へ左へと揺すぶられたかと思うと、駅ごとに突然止まるのであまりよく眠れなかった。明け方にローマに到着し、そこで列車を乗り換えて、昼頃にブリンディジに着いた。再びタクシーに乗って港に向かうと、そこには翼が二重になった大きくて不格好な鳥のような飛行艇が停泊していた。ぶざまな様子でぷかぷかと揺れているのを見ていると、空を飛ぶどころか水面から浮くとも思えず、わたしは新たな不安に襲われた。ここでまたパスポートを調べられた。ダーシーはほかの乗客たちを興味深そうに眺めている。

「アレクサンドリアに着いたあと、このなかのどれくらいがケニアに向かうんだろう？　客室係が乗客名簿を持っているかもしれないな」

「それって大切なことなの？」わたしは尋ねた。

「興味があるだけさ」わたしたちを飛行艇に運んでくれるボートが近づいてきたので、ダーシーはそちらに目を向けた。

わたしは乗船を待つほかの客たちを眺めた。中年の男性ふたり、いかにも軍人然とした男性に、真っ黒に日焼けしているところを見るとアフリカの自宅に帰るに違いないと思われる男性。日焼けした男の隣には、気性の激しそうな妻がいた。それからダークスーツを着たビジネスマンが数人。彼らを順に眺めていると、すぐうしろで声がした。「あなたを知っているわ。ジョージアナ・ラノクじゃない？」

振り返ったわたしは、動揺を顔に出すまいとした。

「ロウェナ・ハートレーよ。学校で一緒だったわね」

わたしが忘れているとでも？　どんな学校にも意地の悪い少女たちの集団がある。弱い者に目をつけて、彼女たちの毎日を地獄にしてしまう狼の群れだ。ロウェナはそんな集団のリーダーだった。わたしより一歳年上で、処世術に長けていて、裕福だった彼女は、わたしの純朴さや、服をあまり持っていないこと、世間というものについてよくわかっていないこと、わたしの母が男を渡り歩いているだけでなく、ただのありふれた女優であることを嬉々としてからかった。ベリンダがかばってくれなかったら、わたしの学校生活はひどく惨めなものになっていただろう。幸いなことにベリンダに怖いものはなにもなかったし、ロウェナにとって不足はない相手だった。愛しのベリンダ、心のなかでつぶやいた。

けれど、いまのわたしは世慣れた既婚婦人だ。「あら、ごきげんよう」愛想よく笑顔で言った。「ロウェナ。またお会いできてうれしいわ。エジプトに行くの？」

「いいえ、ケニアに行くのよ」彼女が言った。「しばらく前からケニアに住んでいる父のところに。彼は双子の弟のルパート」ロウェナは、自意識が強そうな顔つきのずんぐりした若い男性の腕をつかんだ。まるでいまからテニスをするか、もしくはテムズ川でボートをこぐかのように、ブレザーとカンカン帽という装いだ。「ルパート、彼女は学校時代の友人のジョージアナ・ラノクよ」

「やあ、こんにちは。知り合いになれてよかった」彼はわたしを見定めるようにじろじろと眺めた。狼のような態度は明らかに遺伝らしい。「ロウェナの友だちはぼくの友だちだ」彼は必要以上に長く、わたしの手を握っていた。その手もずんぐりしていて、じっとりと湿っていた。

「こちらはわたしの夫のダーシー・オマーラよ」彼が妙な考えを持つ前に、わたしは急いで言った。「新婚旅行でケニアに行くところなの」

「本当に？　それならわたしたちはちょくちょく会うことになるわね。あなたたちもハイランドに向かうんでしょう？」

「そうなんだ」ダーシーも彼女と握手を交わした。「きみたちのお父さんはチェリトン卿だよね？」

「ええ、そうよ。父の最初の結婚のときの子供なの。母はレディ・ポーシャ・プレストン。父が伯爵の地位を受け継いだばかりなのは知っているでしょう？　わたしたちがケニアに行くのはそういうわけ。跡取りになったルパートのことをよく知りたいんですって」

「なるほどね」ダーシーが言った。「それじゃあ、以前からお父さんと一緒にケニアで暮らしていたわけじゃないんだね？」

「もちろんさ」ルパートが答えた。「四歳の頃からほとんど会っていないよ。父がたまに家を訪ねてきたときだけだ」

「それで、あなたはなにをなさっているの、ミスター・オマーラ？」ロウェナが尋ねた。いたって罪のない質問のように聞こえたが、わたしはその言葉が意味するところを知っていた。わたしたちはみんな貴族だけれど、あなたはただのミスターなのね。

「あれやこれや、いろいろだよ」ダーシーが答えた。

わたしは黙っていられなくなった。「ダーシーはキレニー卿の跡取りなの。競走馬を育てる手伝いをすることもあるのよ」

「ああ、アイルランドの貴族か。それは面白い」ルパートが言った。「あそこは、イギリス領になれたんだったかな？」

「幸いなことに、ぼくはイギリスの市民権を手放していないんだ」ダーシーが礼儀正しく応じた。「母がイギリス人だった。チャッツワース（ダービーシャーにあるカントリー・ハウスで、デヴォンシャー公爵の邸宅）と関わりがあったよ」

もちろんそのひとことで、ふたりは黙りこんだ。デヴォンシャー公爵とつながりがある人間は、明らかにふたりよりも格が上だ。そしてもちろんわたしも。会話が途切れた。わたしはほかの乗客たちに目を向けた。だれもが気の利いた格好をしていて、リラックスしてこのあとの旅を楽しみにしているように見える。知らない人が見れば、野性味あふれるアフリカへ冒険の旅に出ようとしているのではなく、パリに行くために並んでいるのだと思うだろう。先頭の乗客たちがボートに乗りこんだ――黒髪の女性が着ているのは、明らかにパリで作られたものだ。わたしは改めてロウェナの服を眺めた。今年の作品ではない。ケニアにいる父親は、ふたりに贅沢をさせてくれてはいないようだ。

やがてわたしたちの番が来てボートに乗りこむと、ボートは湾内の穏やかな海を進み始めた。小型の平底船から流線形の豪華なヨットまで、様々な船が近くに係留されていた。小さな漁船が軽やかに脇を通り過ぎていく。ギリシャ行きのフェリーが出航していく。ボートは飛行艇にあがる階段にたどり着き、わたしたちは手を借りて階段をあがった。客席のなかは暖かかった。座席に案内され、レモネードが手渡された。最後の乗客が乗り込み、わたしたちは次に起きることを待った。

「申し訳ありませんが、ただいま最後のお客さまの到着を待っているところです」船長の声がインターコムから流れてきた。「もうしばらくお待ちください」

一艘のスピードボートが豪華なヨットを離れて走り出すのが窓から見えた。ぼんやりと眺めていると、そのスピードボートがこちらに向かっていることに気づいた。力強いエンジンの音が聞こえていたが、やがて緩やかなパタパタという音に変わり、スピードボートは飛行艇と並んで止まった。

「さあ、こちらです」客室係のひとりが言った。

「どうもありがとう」

その声の主がだれであるか、わたしは即座に悟った。シンプソン夫人が客室に現われた。

7

八月七日　水曜日
イタリア、ブリンディジ。飛行艇にて

これまで問題もなく、旅の前半の行程を終えた。ここからがもっと大変なのだろうと思う。ヨーロッパを離れ、飛行艇でエジプトに向かおうとしているところだ。そしてそこからアフリカへ。いまわたしは、ダーシーが新婚旅行の行き先をイーストボーンかトーキーにしておいてくれていればよかったのにと考えている……安全で堅実な海辺のリゾートに。そのうえ、ロウェナ・ハートレーに加えてシンプソン夫人にも対処しなくてはならなくなった。ああ、どうしよう。たったいま気づいた。彼女はデイヴィッド王子に会うためにケニアに向かっている。国王陛下たちがまさに避けたかったことなのに。

シンプソン夫人は、あたかも自分が王族であるかのように鷹揚《おうよう》にうなずきながら、客室を進んできた。ダーシーとわたしのところまで来ると、驚きの表情を浮かべて足を止めた。

「まあ、こんなところでよりによってあなたに会えるとは思わなかったわ」彼女はアメリカなまりの低い声で言った。「元気だったの、ジョージアナ？」

「ええ、おかげさまで」わたしは応じた。「わたしの夫はご存じですね？　ミスター・オマーラです」

「ああ、そうだったわね。あなた、結婚したのよね。わたしたちは式に招待されなかったとデイヴィッドが言っていたわ」彼女は客室中に聞こえるような声で言った。わたしは顔が赤らむのを感じた。

「ごく内輪の式にしたかったんです。それに、披露パーティーは兄の家で行ったので、ほんのひと握りの家族と友人しか招待しませんでした。国王陛下と王妃陛下はどうしても出席したいと言ってくださって、王女たちにブライズメイドをしてもらいました」

「彼女らしいわね」シンプソン夫人が言った。「なにひとつ見逃したくないのよ。それに、あの女の子たちを見せびらかしたくて仕方がないんだわ。シャーリー・テンプルと小さな恐怖」

「シャーリー・テンプル？」わたしは戸惑った。

「デイヴィッドが上の子のエリザベスをそう呼んでいるのよ。いい子ぶりっ子ね。完璧な小さなレディ。でも彼は妹のほうが好きみたい。小さなかんしゃく玉みたいな子ね。本当におてんばなんだから。結婚式ではさぞかわいらしかったでしょうね」

「ええ、本当に」

「もちろん、クッキーもその場にいてふたりに目を光らせていたんでしょうね」

「クッキー？」

「ほら、ふたりの母親の野暮ったい公爵夫人よ。だれかのコックみたいに見えるじゃない。それにかわいそうなバ・バ・バ・バーティ。まったくどうしようもない夫婦よね。王家にとって恥でしかないわ」

　中古車のセールスマンと関係を持っていた二度の結婚歴のある女性のほうがよっぽど恥だと言ってやりたくてうずうずしたけれど、新聞各社が彼女とデイヴィッド王子の関係については無視を決めこんでいることをわたしは知っていた。ビーヴァーブルック卿（一九三〇年代のイギリスを代表する新聞事業者。エドワード八世とウォリス・シンプソンの結婚を支持していた）の力は強大で、一般の人々はシンプソン夫人の存在すら知らない。彼女はさぞいらだっていることだろう。

「あなたもケニアに行くんですね」親戚をけなされてわたしが激怒していることに気づいたらしく、ダーシーが言った。

「ええ、そうよ。言っておくけれど、わたしが言い出したことじゃないから。ウェストミンスター公爵のヨットでとても楽しい時間を過ごしていたのに、連邦諸国を巡る旅の最中のかわいそうなデイヴィッドから電報が届いたのよ。ケニアで数日休みを取るつもりだけれど、独りぼっちなので来てくれないかって。わたしが彼の頼みを断れないことは知っているでしょう？　だからケニアに向かうところよ。さぞ、不快な旅になるでしょうけれどね」

彼女はうんざりしたようにあたりを見回した。実際のところ、客室は充分に設備が整っているし、ゆったりして快適な椅子にひざ掛けもあるのだから、文句を言うようなことがあるとは思えない——これから数日間、わたしたちと一緒にいなければならないことを除いては。扉が閉まり、エンジンがうなりをあげ、大きな鳥は水の上を動きだした。すぐにエンジン音は耳をつんざくほどになり、飛行艇全体ががたがたと揺れたかと思うと、唐突に速度をあげた。どんどん速度を増していく。こんな不格好で巨大なものが宙に浮くなんてとてもありえないと思えたけれど、気がつけば漁船が眼下に見えていた。やがてさっきのフェリーが見え、飛行艇は港を出てギリシャへと向かっていた。

水平飛行に移ったところで、客室係がカクテルの注文を取りに来た。遅いランチが振る舞われた——スモークサーモンとなにかの魚のクリームソースかけ、イチゴクリーム、ビスケットとチーズ、しめくくりがコーヒーだった。穏やかな青い海とところどころにある島の上空を飛んでいるあいだ、かなりの時間が食事に費やされた。揺れる列車のなかではあまりよく眠れなかったので、ランチのあと、わたしはうたたねをしたようだ。ダーシーにつつかれて目を覚ましたときには、飛行艇は降下をはじめていた。エジプトの海岸が視界に入ってきた。ナイル川デルタを走る何本もの川から流れる水が、沈みゆく太陽の光を反射している。飛行艇は旋回しながら徐々に高度をさげていき、海面が迫ってきた。勢いよく着水し、何度かはね、やがて水面をすべるように進んでから止まった。無事にアレクサンドリアに到着した。

飛行艇を降りたわたしたちは、その夜を過ごすホテルに案内された。アレクサンドリアの海岸通りに建つ現代的な高いビルのひとつで、その風景はどこにでもある海沿いのヨーロッパの町のようだった。悪いホテルではなかったものの、とても暑くてむっとしていたし、蚊《か》帳《や》には大きな穴が開いていたので、耳元でぶんぶんと蚊に飛び回られたうえに朝になるころにはいくつも刺されていた。朝食の席で見るかぎり、ほかの乗客たちもここでの滞在を楽しんだわけではないようだ。半熟の目玉焼きにも、わたしたちの気分が上向くことはなかった。ホテルから飛行場に向かうあいだに、わたしたちは初めて本当のエジプトを目にすることができた。物品や薪を運ぶラクダにロバ、野原に作られた奇妙な鳩小屋、長いローブをまとった男女、水車を回すロバ……なにもかもが異国情緒満点だった。

その飛行場では、新しいタイプの飛行機が待っていた——大きな翼のある複葉機だ。ハンドレページ社の最新機種であるあの有名なハンニバル号で、これがはるばるケープタウンまで飛んでいくのだ。飛行艇の客室も充分に快適だったが、こちらはさらに豪華で、まるでゴールデン・アロー（イギリスのロンドンとドーバー、およびフランスのカレーとパリの間を走っていた豪華列車）のサロン車のようだ。テーブルのあるこぢんまりした布張りのブースが並んでいる。乗客は全部で二四人で、わたしたちの世話をするふたりの客室係が、歓迎のシャンパンを運んできてくれた。離陸後三〇分でカイロに到着した。うんざりするほど蒸し暑い仮設のラウンジ——実際は体裁だけ整えた小屋にすぎなかった——で短い休憩を取ったあと、再び機上の人となって飛び立った。今回は南に向けて飛んでいたので、まずはピラミッド、そしてその後はナイル川の見事な景色を楽しむことができた。素晴らしかった。川の両側に鮮やかな緑色の開墾地があり、その向こうに圧倒的な砂漠が広がっている――見渡すかぎり、ただ黄色い砂があるだけだ。

「ピラミッドのいい写真を撮ってね」わたしは再びカメラを取り出したダーシーに言った。

ダーシーは笑って応じた。「旅行の写真で、みんなをうんざりさせることになりそうだな」

「だれもがピラミッドとナイルの写真を持っているわけじゃないわ。素晴らしいわね？」

「ほら」ダーシーがカメラを差し出した。「きみも写すといい」

「わたしはカメラが下手なの。いつも頭の天辺が切れてしまうのよ。わたしたちの冒険の記録係はあなたに任せるわ」彼にカメラを返した。

ロウェナとルパート、そしてシンプソン夫人は、ふたつに仕切られた客室の向こう側にいたので、彼女たちを見かけることはなかった。わたしはほっとしていた。ロウェナが学生時代と変わっていないことは明らかだったし、双子の弟も同じくらい感じが悪い。それにシンプソン夫人には近づかないに越したことはない。

わたしはほとんどの時間を景色を眺めて過ごした。ナイル川やそこを行きかう船、ほこりっぽい道路を歩くラクダの隊列、川の両側の細い緑の帯、生きるものがまったくいない黄褐色の砂漠。なにも動くものはない。木もなければ、道もない。あるのは砂だけ……光と濃い影が模様を描く美しい砂丘が広がっていた。魅惑的ではあるけれど、心がざわつく風景でもあった。もしあそこにおりたら、いったいだれが見つけてくれるだろう？ハルツームに向けて降下をはじめるまで、わたしはその不安を胸にしまったままでいた。

空から見るかぎり、その町は砂漠の延長のようだった。緑色はまったくなく、赤茶色の土の建物がその向こうに広がる砂に溶けこんでいる。西へと向かうラクダの隊列を眺めながら、わたしたちの乗る飛行機は着陸した。強烈な夕方の日差しのなかに歩み出ると、オーブンのような空気に包まれた。

「今夜は町に行って泊まるのかしら?」わたしは客室係に尋ねた。

「いいえ、マイ・レディ。インペリアル航空が近くに宿泊所を建てています。ハルツームは夜を過ごしたいと思うような場所ではありません。こちらのほうが安全ですから」

安心できる言葉とは思えなかった。わたしたちは古いアメリカ車に乗せられ、でこぼこした砂地の先にある新しそうなバンガローに連れていかれた。壁は白しっくい塗りで、ブリキの屋根がベランダまで伸びている。ここでも、建物の周辺を美しく整えようという試みは一切されていなかった。植物もなければ、木も植えられていない。部屋も同じくらい殺風景だったが清潔だったし、ディナーの前にお風呂に入ることができた。ディナーは、天井のファンがなまぬるい空気をかきまわしている食堂の長いテーブルで振る舞われた。運ばれてきたのは、ボリュームたっぷりのシチューだった。シンプソン夫人はフォークでシチューをつつきながら尋ねた。

「これは、生きているときにはなんの動物だったの?」

「料理人に訊いてきます、マダム」テーブルのうしろにかしこまって立っていた白いローブ姿の男性は、そう言ってキッチンへと姿を消し、まもなく戻ってきた。「ヤギだと料理人は言っています、マダム」

「ヤギ?」

「はい、マダム。とても上等のヤギです」

シンプソン夫人の表情は見ものだった。

「少なくとも、ラクダではないということね」わたしの隣の女性が言った。彼女はシンプソン夫人と同じように最新流行のパリのファッションに身を包んでいたが、太陽の下で長時間過ごしていることがよくわかる顔の色をしていた。植民地で暮らす人間にはありがちだ。

「とんでもないわ」シンプソン夫人は片方の眉を吊りあげた。「文明社会からこれほどかけ離れているなんて知らなかった」

「今夜だけよ」その女性が言った。「植民地自体はロンドンと同じくらい文明化しているから。あなたはどこに滞在なさるの?」

「ディラミア卿のところのはずよ」シンプソン夫人が答えた。

「ディラミア卿。最高の環境ね」女性は完璧な形の眉を吊りあげた。

だれもシンプソン夫人が何者かを知らないことがわかって、わたしはほっとした。彼女がお忍びで旅をしていることを報道しなかったマスコミのおかげだ。彼女は、デイヴィッド王子との関係を話すつもりだろうかと考えた。ためらっているところを見ると彼女も同じことを考えていたようだが、やがて言った。「それじゃあ、ヤギ以外のものを楽しみにしていてもいいのね?」

「もちろんよ。トム・ディラミアは肉牛をたくさん飼っているの。湖では魚も捕れるわ。鶏やありとあらゆる野生の動物もいる。きっとおいしいものが食べられるはずよ。それに近隣の家——わたしもそのひとりだけれど——から食事に招待されるでしょうしね」彼女は手を差し出した。「パンジー・ラグ。旧姓はパンジー・バビントン＝ヴァイルよ。以前にお会いしたことはなかったわよね？」

「ウォリス・シンプソンよ。初めまして」シンプソン夫人が優雅に手を差し出した。

「まあ。あなたがだれなのか、知っているわ」パンジーが言った。「ごめんなさい。気づくべきだったわね。デイヴィッド王子のお友だちでしょう？　彼に会いに行くのね。わたしったら、なんて鈍いのかしら」

シンプソン夫人は泰然としてうなずいた。「王子は連邦諸国をまわるきつい旅の途中で、いま休息を取っているの。数日、一緒に過ごさないかと言われたものだから」

「数日を過ごすにしては、あそこは遠すぎるわね」パンジー・ラグが言った。「でもディラミア卿が解放してくれるなら、ぜひディナーにいらして。夫はハリー・ラグというの。ディラミア卿の屋敷からそれほど遠くないところに大きな牧場を持っているのよ。肉牛だけじゃなくて、乳牛もいるの。それに麦やとうもろこしも育てているわ。コーヒーも試したんだけれど、わたしたちがするようなことじゃなかったわね」テーブルの主導権を握った彼女は、ほかの客たちをぐるりと眺めた。「みなさん、ケニアに行くのかしら」

「ええ」ロウェナが答えた。「父のところに滞在するの。父のことは知っているでしょう？

チェリトン卿よ」

パンジー・ラグの顔を興味深い表情がよぎった。面白がっている？　驚いている？

「ええ、ブワナ・ハートレーを知らない人はいないわ。彼はそう呼ばれているの。ブワナ。確か、最初にあの地で農場主になった白人のひとりよね？　英国に家族がいるって聞いたことがあったと思うわ。でもあなたたちがあそこに行くのは初めてでしょう？」

「ええ」ルパートが言った。「つい最近まで父は、ぼくたちが存在しないかのように振る舞っていたんですよ。それに母が再婚したから、父とはほとんど没交渉だった。だが父が爵位を受け継いで、ぼくがその跡取りになることになったので、関係を修復したほうがいいと思ったらしくて、飛行機のチケットを送ってきたんです。そういうことなら行かない理由もないと思ったので」

「まったくそのとおりね。あなたも知っているでしょうけれど、お父さまはとてもうまくやっているのよ」パンジーが言った。「いまの奥さんは家と農場に山ほどのお金をつぎこんだの。まさに宮殿よ。驚くと思うわ」

「いまの奥さん――どんな人なのかしら？」ロウェナが訊いた。

「悪くないわ。お金持ち。お金持ちのアメリカ人よ。名前はエンジェル・トラップ……完璧な名前じゃない？　だれがだれを罠《トラップ》にかけたのかはよくわからないけれど。彼女はお金を持っているわけだから。ものすごくお酒を飲むのよ。でもそれはみんな同じね。アフリカでの暮らしに満足はしていないみたい。結婚生活は長くはもたないかもしれないわ」

ロウェナとルパートは顔を見合わせた。

「それから、そこのハンサムなあなた」パンジーはダーシーにありったけの魅力を振り撒いた。「あなたはどうしてアフリカに？」

「彼女たちは新婚旅行なの」ロウェナがわたしたちの代わりに答えた。「本当に素敵よね？不器用で恥ずかしがり屋のジョージーがこんなに魅力的な男性をつかまえるなんて、いったいだれが想像したかしら？」

パンジー・ラグにしげしげと眺められたうえ、シンプソン夫人が皮肉っぽい笑みを浮かべるのを見て、わたしは顔がかっと熱くなるのを感じた。

「それで、あなたたちはどなたなのかしら？」パンジーが尋ねた。「どこかで見たような気がするんだけれど」

「彼女はレディ・ジョージアナ・ラノク――国王の親戚よ――と夫のジ・オナラブル・ダーシー・オマーラ」わたしたちになにか言う間も与えず、ロウェナが答えた。

「お会いできてうれしいわ」パンジーが言った。「新婚旅行にここ以上にふさわしい場所はないわ。神の王国よ。狩りは好きでしょう？　象？　ライオン？　なんでもいるわ。まるで動物園で暮らしているようなものだもの」

狩りはしないと、わたしは心に決めていた。スコットランドの家で幾度となく狩りをしたけれど、ライチョウを撃つことと象やライオンを仕留めることが同じだとは思えない。残酷で卑劣だと感じていた。けれどダーシーが当たり障りのない返事をしているあいだ、わたしはなにも言わずにいた。

「どなたのところに滞在するの？」パンジーはあくまでもこの場を盛りあげようとしているらしい。「やっぱりディラミア卿のところかしら？」

「フレディ・ブランチフォードがぼくたちを招待してくれたんですよ」ダーシーが答えた。

パンジーはぞっとしたような顔をした。「ブランチフォード？　政府の手下の？　現地の係官の？　まあ。彼は政府が借りあげた、ギルギルという最悪の場所にあるみすぼらしい小さなバンガローに住んでいるのよ。使用人はひとりいるだけ。とてもじゃないけれど、あんなところには泊まれないわ。それに、入植者たちは政府とは関わりを持たないの。そういうことはしないのよ」

「彼とぼくは古い友人なんですよ」ダーシーが言った。「ぼくたちの滞在先については彼が手配をしてくれていると思います」

「そうだといいわね」パンジーはまた、その完璧に整えた眉を持ちあげた。「先住民やインド人店主たちがいる、あんな恐ろしい小さな町に滞在したくはないはずよ。気に入らなかったら、わたしたちのところに来るといいわ。お部屋ならたくさんあるし、ハリーは話し相手ができて喜ぶわ」

「ご親切にありがとうございます」ダーシーはいかめしい顔で応じた。

「新婚旅行なのに、ずいぶん遠くまで来たのね」パンジーがさらに言った。「長く滞在するつもりなら別だけれど。それとも、ここに移住するかもしれないから、下見に来たの？」

「どれくらい滞在するのかはまだわかりません。ここが気に入るかどうかも」ダーシーが答えた。

わたしは横目で彼を見た。考えてもみないことだった――ダーシーが連邦諸国のいずれかへの移住を念頭に置いているかもしれないとは。野生の動物――のみならず、母とゾゾの話からすれば、野蛮な人々も――でいっぱいの場所に住みたいとは思えない。たとえダーシーが一緒だとしても。あれこれ考えていると、テーブルの向こうの端から声がした。

「教えてくれませんか」テーブルの端にいた、若い男性が初めて口を開いた。額に前髪を垂らした少年のような風貌で、その顔には心配そうな表情が貼りついている。シンプソン夫人とパンジーから離れた席に座らされていた。「白人の入植者は、みんな近いところに住んでいると思ってもいいんでしょうか？」

「わたしたちの多くは、ハッピー・ヴァレーと呼ばれているところに住んでいるわ」パンジーが答えた。「ブワナ・ハートレー――チェリトン卿でしょう、それからもちろんレディ・イディナ。隣のテーブルにいる人たちもそうよ。タスカー・エガートン、チョップス・ラザフォードと奥さんのカミラ。みんな農場主なの。それからハリーとわたし……ディラミア卿は少し離れているけれど」

「ですが、ナイロビはどうなんでしょう？」若い男性がさらに言った。「首都に近いところには、英国人の入植者はいないんですか？　そこを目指すべきかと思っていたんですが」

「もちろんいるわよ。高地全体にヨーロッパ人が入植しているわ。でもナイロビ周辺は、入植地建設計画でやってきた人たちの小さめの農場が多いの。わたしたちとは違う。彼らの大部分はわたしたちを認めていない。あなたはどこに滞在する予定なの？」

「わお。まだ決めていないんです」彼が言った。彼も〝わお〟と口走ることがわかって、わたしはうれしくなった。

「それじゃあ、あなたは働きに来たの？」それが罪深いことであるかのようなパンジーの口ぶりだった。

「そのつもりです。ぼくは三男なんです。なにも受け継ぐものはない。アフリカに行ってひと旗あげてこいと、父がいくばくかの金と飛行機のチケットをくれました。とてもいやだとは言えなかった。父に空港まで連れてこられて飛行機に乗せられたんです」

ロウェナは鼻先で笑った。

「それで、あなたはどうするつもり？」パンジーが尋ねた。「なにができるの？」

「残念ながら、ぼくはまったくの役立たずなんです。オックスフォードの試験は落ちました。ちゃんと計算ができないし、外国語は絶望的だ。馬の扱いはそれなりにできます。動物には好かれるみたいなので」

「それなら、どこかの農場で仕事が見つかると思うわ。ポロのポニーや競走馬を育てている人がいるのよ。あなたは背が高いけれどとても細いから、体重もそれほどないでしょう？クロスカントリー競馬で騎手ができるんじゃないかしら。乗馬はどうなの？」

「フェンスを飛び越えるときに落馬しがちです。残念ですが」自分の欠点を並べ立てることに抵抗がないかのように、彼は愛想よく答えた。「狩りの邪魔だと父に言われました。父は素晴らしい狩猟家なんです。ハウンドの達人ですしね」

「つまりあなたは、ポロにもあまり興味がないということかしら？」パンジーが訊いた。

「ええ、そうです。ほんの数回しかやったことはありませんが、マレットを振り回したらポニーの尻に当たってしまって、ポニーはぼくを乗せたまま驚いて走りだしたんです」

「あなた、名前はなんていうの？」シンプソン夫人は面白そうに彼を眺めている。

「ジョスリンです。ジョスリン・プリティボーン」

ルパートがぷっと噴き出した。「ジョスリン・プリティボーイ？　冗談だろう？　からかっているのか？」

ジョスリンの顔が赤くなった。「プリティボーンだ。プリティボーイじゃない」むっとして反論した。「ノルマンフランス語だ。ぼくたちの祖先は、一〇六六年にウィリアム征服王と共に英国にやってきたんだ」険しいまなざしをルパートに向ける。「それに、名前は自分ではどうにもできない。きみが父親をどうにもできないのと同じようにね」

「それはどういう意味だ？」ルパートは立ちあがろうとした。「ぼくの父親は植民地の中心人物のひとりだ。だれかに訊いてみるといい」

「確かにそうだろうが、彼はきみの母親を捨てて逃げ出したんだろう？　飛行機でそんな話を聞いた」

「別のだれかのために配偶者の元を去ったのは、ぼくの父親だけじゃないと思うがね。レデイ・イディナがいい例だ。それに……」ルパートはシンプソン夫人のほうを見たが、賢明にもその件についてはそれ以上言わないことに決めたようだ。「いいか、植民地にいる人間と付き合いたいのなら、過去については詮索しないことだ。だれにも忘れたい過去があるんだ」

ウェイターが皿をさげにきた。だれもがシチューを残していた。

「それで、どんな素晴らしいデザートでわたしたちを喜ばせてくれるのかしら？」シンプソン夫人が冷ややかな口調で尋ねた。

「ママレード・プディングです、奥さま《メムサーイブ》」使用人が恭《うやうや》しく答えた。「カスタードを添えて」

シンプソン夫人が聞こえるくらい大きくため息をついた。

8

八月九日　金曜日
スーダンのハルツームをあとにする

ああ、ありがたい。早くまた飛行機に乗りたくてたまらない。でこぼこしたベッドの上で過ごした夜は、信じられないくらい暑かった。そのうえ、寺院の尖塔から流れてくる祈りの声で夜が明ける前に起こされた。

同行者たちのことを気に入っているとは言い難い。ロウェナと弟にはどちらも、人を食い物にしようとするけだもののような気質があるらしい。パンジー・ラグにも人を不安にさせるなにかがある。ほかの住人たちがいい人であることを祈った。けれどダーシーが言ったとおり、気に入らないなら長居しなければいいだけのことだ。

再びベーコン抜きの半熟目玉焼きという朝食をとったあと、わたしたちは夜明けと共にハルツームをあとにした。ベーコンが欲しいとだれかが頼んだが、イスラム教の国では豚の一部を食卓にのぼらせることはないと、横柄な口調で言われただけだった。もっともだ。うっかり不謹慎なことを言わないように、わたしもちゃんと学ばなければいけない。客室係がダーシーに言ったところによれば、ここからがもっとも大変な行程らしい。唐突に上昇気流が起きる地溝帯のあたりでは、砂嵐だけでなく激しい雷雨にさらされることがあるという。もし砂漠に不時着したりすれば、一五〇キロ四方に文明はないそうだ。

「共食いしなければいけなくなるかもしれないな」ダーシーはいかにも楽しそうだ。「最後まで残るのは、あのプリティボーンという若者だろうね。まったく肉がついていないから」わたしを見てにやりとした。「父親はどうしてケニアに彼を行かせることにしたんだろうね。オーストラリアかニュージーランドのほうが、彼が生き延びる可能性は高いと思うよ。はたして、どれくらいもつことやら。向こうに着いた最初の日に、ライオンに食われるか水牛の角に突かれるんじゃないかな」

「だから彼は、安全なナイロビを目指しているんじゃないかしら」わたしは言った。「少なくともそこには、文明の痕跡があるもの。彼って、なんだか気の毒ね。お金も今後の見通しもなければ、援助してくれる親もいないのがどういうものなのか、あなたもわたしもよくわかっているもの。そうじゃない？」

「たしかにそうだ」ダーシーはうなずいた。「パンジー・ラグは彼の面倒を見るつもりかもしれないな。彼女は困難に挑むのが好きそうだ」

「彼女という人がよくわからないの」エンジンの音のせいでだれかに聞かれるおそれはなかったけれど、わたしは声を潜めた。「とてもお洒落な格好をしているのに、行き先は酪農場でしょう？　その価値を認めてくれる人がだれもいないところでシャネルのようなブランド品を持っていても、苛立たしいだけじゃないかしら」

「農場での暮らしは、いろいろな意味で上流社会とよく似ていることがじきにわかると思うよ。彼らはみんな貴族のようなものだしね」

「称号とお金があるのなら、どうして英国を出てきたのかしら」わたしは窓の外に広がる起伏のある茶色い丘を見おろしながら言った。ケニアのような遠く離れたところへの移住は、早まった決断のように思えたからだ。

「挑戦を好む人間がいるんだよ。ありふれた暮らしに束縛されたくないんだ。狩りや釣りでもしていないかぎり、貴族の生活が退屈なものだということはきみも認めるだろう？　それに一九二九年の大暴落《グレート・クラッシュ》で、多くの家が財産を失ったことを忘れちゃいけない」

「そのとおりね」わたしは言った。ダーシーが〝墜落《クラッシュ》〟という言葉を口にした瞬間、機体は前触れもなくがくんと落ちた。まるで石のように。頭上のラックに入れてあったものが飛び出し、わたしの胃は荷物の半分と一緒に天井まで浮きあがった。すべては一瞬のできごとで、その後も機体はなにごともなかったかのように飛び続けた。窓の外を見たけれど、青い空が広がるばかりで雲ひとつ見当たらない。

「いまのはなんだったの？」客室係のひとりが落ちた荷物をあわてて拾っているのを見なが

ら、わたしは震える声で尋ねた。彼の白い制服にコーヒーがこぼれているのが見えた。

「エアポケットだよ」ダーシーが答えた。「大地溝帯の近くでは、大気が不安定になると言ったろう」

「わお」洗練された態度を取ることなどすっかり忘れ、わたしはつぶやいた。「何度もあんなことが起こらないといいんだけれど。胃が天井近くに飛んでいったままよ」

ダーシーは笑みを浮かべ、わたしの手を取った。「どれもこれも冒険の一部だよ。家に帰ったときの土産話だ」

「あなたは冒険が好きなのね？」わたしは彼の顔を眺めた。

「ああ、好きだ。次になにが起きるのか、わからないのがいいんだ」ダーシーはわたしの頬を撫でた。「きみは秩序と安定が好きだね。ひいおばあさん譲りなんだね」

「そうだと思うわ」わたしは、旅行のあとでダーシーが始めるつもりの事務仕事のことを考えていた。同じことを繰り返す決まりきった仕事で、彼は幸せなんだろうか？　わたしと結婚して束縛されたことを腹立たしく思うようになったりしない？　再び窓の外に目を向けると、前方に大きな雲の塊が見えた。たったいままでまばゆい陽射しのなかを飛んでいたのに、次の瞬間には黒い雲に突入していた。機体はがたがたと揺れはじめた。わたしはダーシーの手をつかんだ。

「今度はなに？」

「雷雨だ」ダーシーも落ち着いているようには見えなかった。

嵐は永遠に続くように思えた。ランチの時間だったが、客室係たちはその準備をするどころか立ちあがることもできずにいる。わたしたちはあたかも荒馬に乗っているかのように、激しく揺すぶられた。

「みなさま、心配いりません」客室係のひとりが告げた。「機長は優秀です。こういったことには慣れています」

もうたくさん、いますぐ家に帰りたいとダーシーに言おうとしたまさにそのとき、雲が切れて、わたしたちは再びまばゆい光のなかを飛んでいた。客室係たちは急いで立ちあがり、カクテルと軽食を配りはじめた。普段であれば、わたしは昼間からアルコールを飲むことはないのだが、今回ばかりはダーシーに言われるままブランデーとジンジャーエールを受け取った。そのおかげで、なんとかランチを胃に収めることができた。

飛行機は過酷な砂漠に囲まれたジュバという小さな町に着陸し、燃料を補給しているあいだ、わたしたちは掘っ立て小屋でこのうえなく不快な時間を過ごした。そして、飛行機はようやく最後の行程へと飛び立った。今回、眼下に見えるのは山地だった。町や村はなく、時折木々が見えるだけの起伏に富んだ茶色い風景が広がっている。やがて前方に海のようなものが見えてきた。わたしは眉間にしわを寄せ、アフリカの地理を思い出そうとした。東の海岸に向かっているのだとしたら、海は右手ではなく左手に見えてくるはずだ。わたしが自分の無知を白状する前に、ダーシーがこちらに身を乗り出して言った。

「ヴィクトリア湖だ。アフリカで一番大きい。いまはウガンダの上空だが、ケニアもこの湖に接しているんだよ。この飛行機はキスムに着陸する。元々このルートは飛行艇を使うはずだったから、着陸地点がそこになったんだ」ダーシーは言葉を切り、耳を澄ました。「ふむ、降下をはじめたようだ。よかった」

人間の存在が見て取れるようになってきた——耕作地にヤシの木、緑の絨毯《じゅうたん》のような深い森はところどころ切り開かれ、バンガローや藁《わら》ぶき屋根の小さくて丸い小屋が建っている。飛行機は旋回しながら徐々に高度をさげていき、やがて着陸し、揺れながら止まった。無事に到着した。わたしは声を出さずに、感謝の祈りをつぶやいた。手荷物を持ち、タラップが機体に取りつけられるのを待った。パンジー・ラグとの小競り合いを制したシンプソン夫人が先頭に立っている。わたしたちもあとに続いた。外に出たとたん、またもや熱い空気に包まれた。今回は乾いた空気ではなく、まるでオーブンを開けたみたいだ。あまりに湿度が高いので、息がしにくいくらいだった。案内された小屋では、南国の制服を一分の隙もなく着こなした英国の政府職員がわたしたちを出迎え、渡航文書の確認をした。

「みなさんは、午後の列車でナイロビに向かわれるのですよね」彼が言った。「駅にお連れするための車が外で待っています。どうぞこのあともお気をつけて」

わたしたちは空港を出た。本当にケニアにやってきたのだと思うと、わたしはうれしさと驚きを感じずにはいられなかった。やり遂げた！　キスムはたいした町ではなかった。波形のトタン屋根のバンガローが数軒、赤土の道路沿いに建っている。いまにも崩れそうな店や、鮮やかな色のつる植物が屋根を覆っている掘っ立て小屋があり、庭には背の高いトウモロコシやバナナの木があった。この暑さのなか、出歩いている者はほとんどおらず、手作りのボールを蹴って遊んでいる数人の幼い少年と、うるさく吠えながら彼らを眺めている痩せた犬たちがいるだけだった。わたしたちが乗ったタクシーは、真っ赤な花や、鮮やかな紫色の花をつけた木々が立ち並ぶ砕石舗装の道路を進んでいく。現実とは思えないほど鮮やかな色合いだった。

「火焔木《かえんぼく》とジャカランダよ」わたしが指さすのを見て、パンジー・ラグが言った。「元々この地に生えていたものじゃないんだけれど、植民地にあるこの木がわたしたちは大好きなの」彼女はわたしたちと同じタクシーに乗ることになったのだが、荷物があまりに多すぎて、足元に詰めこんだだけでなく、屋根の上にまでくくりつけなくてはならないほどだった。

「長いあいだ出かけていらしたんですか、ミセス・ラグ?」わたしは尋ねた。

「ひと月よ」彼女が答えた。「母が弱ってきているから、一年に一度は訪ねることにしているの。それにハリーはとても物分かりがいいのよ。わたしがなにをしても気にしないの。農場とサファリで忙しいものだから」パンジーはそう言いながら、クリームをもらった猫のような笑みを浮かべた。

「ひと月の旅にしては、ずいぶんたくさんの服を持っていったんですね」口にしたとたん、失礼なことを言ったと気づいたが、言わずにはいられなかった。

「そうじゃないわ」彼女はわたしの手を軽く叩いた。「たくさんの服を持って帰ってきたの。パリで買い物三昧だったのよ。ロンドンではモリヌーのところにも行ったし。去年のファッションにはうんざりなんですもの」

ダーシーがハンカチを取り出して、顔の汗を拭いた。「こんなに蒸し暑いなんて知らなかったよ。穏やかな気候だと聞いていたのに」

「あら、ここは湖と同じ標高でしょう？」タクシーのなかはかなりの暑さだったが、パンジーは涼しげな顔をしている。「列車は山をのぼっていくのよ。ハッピー・ヴァレーまで行けば、標高二五〇〇メートル近いわ。景色もまったく違うから」

駅は、プラットホームの脇に建つ小屋にすぎなかった。火を噴く大きなドラゴンのような機関車が準備を整えて、わたしたちを待っていた。わずか四両の車両を引くには、いささか立派すぎるように見える。大勢のアフリカ人ポーターたちが大声でお喋りしたり笑ったりしながら鞄を荷物専用車に運んでいるあいだに、わたしたちは客車へと案内された。個室は耐えられないほど暑かった。この先の行程が長くないことを祈るばかりだ。窓を開けるとエンジンが吐き出す煙が流れこんできたので、あわてて閉めた。

キスムを出発すると、すぐに景色が変わった。エンジンがうなり始め、列車は一定の勾配をのぼっていく。植物は熱帯のものではなくなり、森は先端が平らな木々が点在する開けた草原に変わった。背の高い草は日に焼けて黄色くなっている。なにか奇妙なものが目についた。葉のない不格好な木の一団だ。列車が近づくと、その木々はぎこちなく走りだし、わたしは思わず声をあげた。キリンの群れだ！　わたしは窓の外の風景に釘づけになった。レイヨウやシマウマや水牛の群れ、さらにはサイもいた。まるで動物園のなかを走っているようだ。ダーシーは、子供のように興奮するわたしを楽しそうに眺めていた。

「そうしたければ、ああいった動物を仕留めるチャンスがあるよ」ダーシーが言った。

「仕留めたいとは思わないわ。公平じゃないと思うの。そうじゃない？　だってここは、動物たちの国よ。わたしたちに彼らを撃つ権利はないわ」

「入植者たちの前でそんなことは言わないほうがいい。サファリは彼らの生きがいだからね。大きな楽しみなんだよ。ぼくたちも一度は行かなければいけないだろうな」

「それならわたしは目が悪くて、射撃も下手だって言うわ」

列車は斜面をのぼり切り、水を補給してエンジンを休めるため、小さな駅で停車した。わたしたちは列車を降りてユーカリの木陰に立ち、ひんやりした空気を楽しんだ。再び列車に乗りこむと、今度は速度をあげて斜面をくだり始めた。

「地溝帯の底までおりるんだ」ダーシーが説明した。「でも谷の底でも標高はかなり高い。一八〇〇メートルくらいかな」

「わお――まあ。わたしたちが滞在するところは、どれくらい高いの？」

「そこよりも上だよ。アバデア山脈の麓なんだ。二五〇〇メートル近いってミセス・ラグが言っていなかったかな？」

斜面をくだり切り、列車は湖畔にある小さな町で止まった。道路は舗装されておらず、建物の多くはやはり波形のトタン屋根ではあったけれど、ここはちゃんとした町のように見えた。頑丈そうなバンガローの外には車が止められ、英国式の庭がある。大きな建物の外にある旗竿には、ユニオンジャックが翻《ひるがえ》っていた。『ナクル』と駅の看板に書かれていた。

「ようやくホワイト・ハイランズだ」ダーシーが言った。

数人が列車を降り、荷物を運ぶようにポーターに命じると、あたりに大声が響いた。列車は再び動きはじめた。午後も遅い時間になっていて、太陽はかなり傾いている。窓から直射日光が射しこむので、客車は耐えられないほど暑かった。列車は湖沿いを走っていて、わたしは再び叫び声をあげた。湖がピンク色の花のようなものに覆われている。列車が近づいていくと、花が宙を舞った――何千羽というフラミンゴが濃いピンク色の雲となって飛んでいた。ここはまさに奇跡の地だ。来てよかったとわたしは心から思った。

別の湖を通りすぎると、開墾している様子が見られた。やがて列車は地溝帯の反対側の斜面をのぼり始め、まもなく速度を落としたかと思うと、ギルギルという小さな駅に止まった。

「ここで降りるんだ」ダーシーが言い、手を貸してわたしを列車から降ろしてくれた。飛行機で一緒だった人たちも降りている。駅はプラットホームとその傍らにある小屋にすぎなかったけれど、その向こうには〈ホテル・ギルギル〉と書かれた大きな石造りのバンガローだけでなく、学校や市場、何軒かの頑丈そうな白い建物があった。物腰の柔らかいヒスパニック系スイス人がシンプソン夫人を連れていった。ワゴン車がパンジー・ラグを迎えに来ている。ハートトレーの双子はもう一台のワゴン車に乗りこんだ。

「やあ、ここにいたのか、この野郎」カーキ色のブッシュジャケットを着た若い男性が、急ぎ足で近づいてきた。赤い髪とそばかすだらけの顔のせいで、歩くオレンジのように見える。

「よく来たな」彼はダーシーと握手を交わした。「久しぶりじゃないか」

「元気だったか、フレディ？」ダーシーが言った。「ずいぶんたくましくなったじゃないか」

「ここにいればたくましくもなるさ。サファリにポロ、レース、テニスの繰り返しだからな。まあ、合間に少しばかり仕事もしているが」彼の視線がわたしに向けられた。

「彼女はぼくの妻、ジョージアナだ」ダーシーはわたしの肩に腕をまわし、とろけそうな甘い笑顔をわたしに向けた。

「レディ・ジョージアナ。お会いできて光栄です」フレディ・ブランチフォードはわたしに手を差し出した。「楽しい時間を過ごせることを祈っていますよ。さてと、ポーターどもを働かせるとするか」フレディがスワヒリ語とおぼしき言葉でなにかを叫ぶと、数人の男性がわたしたちが示した鞄を手に取った。

「古いおんぼろ車を止めてある」わたしたちを道路へといざないながらフレディが言った。「町にあるぼくのバンガローで、不快な思いはさせたくないからね。官舎なんだよ。ぼくのようなひとり者にはそれで充分なんだが、とてもじゃないが豪華とは言えないからね。だから友人にきみたちを泊めてくれるように頼んでおいた。出発前にホテルで一杯おごりたいところだが、暗いなかを走りたくないんだ。道路がひどいんだよ」

車へと歩いていきながら、フレディは声を潜めてダーシーに言った。

「きみが来てくれてよかったよ。どれほどうれしいか、言葉にできないくらいだ」

9

八月九日　金曜日
ついにケニア！

恐ろしいくらいに飛行機は揺れたけれど、無事にケニアに到着した。すでに、ありとあらゆる種類の野生の動物を見た。けれどフレディ・ブランチフォードがダーシーを出迎えた態度は、なぜかわたしを不安にさせた。

その車は確かに古いおんぼろ車だった。屋根のないオープンタイプで、ほこりと泥まみれだ。自分が後部座席に載せた荷物の上に座るから、わたしにはフレディの隣に座るようにとダーシーが言った。車は町を出て走り始めた。道路の状態はひどい――舗装されていない路面に深いわだちができていて、あまりにがくがくと揺れるので、話をせずに口を閉じていたほうがいいだろうと思ったほどだ。けれどフレディは気にならないようで、楽しげに話をはじめた。

「飛行機の旅はどうだった？　上々だったみたいだな。時間どおりに着いて、列車に間に合ったわけだから。キスムで夜を過ごすのは勧められないから、運がよかったよ。三〇〇万匹の蚊が血を吸おうと待ち構えているからね。ぼくらが暮らしているところはずっとましなんだ。標高が高いから、蚊にとっては夜が寒すぎるんだよ」

わたしは笑顔でうなずいた。フレディはわたしが黙ったままでいることに気づいたらしい。

「こんな道路ですまないね。長雨の季節は数カ月前に終わったんだが、今年は雨が多くてね。ぬかるんでいると、牛車が路面をひどくえぐるんだよ。谷をのぼればましになるから」

「その言葉、矛盾していないか？」ダーシーが後部座席から尋ねた。彼は問題なく話ができるようだ。

フレディはくすくす笑った。「ここはまだ地溝帯の底に近いんだ。ワンジョイ・ヴァレー――ハッピー・ヴァレーの別名だ――は斜面をのぼり切ったところにある」彼はダーシーを振り返った。「わかったよ。ケニアにいるぼくらはみんな頭がおかしいのさ」彼はしばらく口をつぐんでいた。「それで、飛行機ではだれと一緒だったんだい？　パンジー・ラグ、エガートン少佐、それからラザフォード夫妻はわかったが、ほかは見覚えがなかったな」

「チェリトン卿の娘と息子がいた」ダーシーが答えた。

「興味深いね。最初の妻とのあいだに子供がいることは知っていたが、ここで見たことは一度もない。連絡を取っていたことすら知らなかったよ。なんだっていまになってやってきたんだろう？」

「父親が跡取りのことを知りたくなったんだそうだ」ダーシーが言った。

「なるほど。筋が通る。ほかには？」

「シンプソンというアメリカ人女性」

「あ、あのシンプソン？」

「そうだ」

「驚いたね。噂は本当だったわけだ。王子はいまディラミアのところにいる。つかの間の逢瀬にしては、ずいぶんと遠いところまで来るもんだな」

「愛に障害はないさ」ダーシーが言った。

「愛だと思うか？　のぼせているだけじゃなくて？」

「ぼくにはわからない。だが王子が真剣なことは確かだ」

「それなら、父親が死ぬまでに彼女を忘れることを願うばかりだな」

フレディはわたしに向き直った。「ここに来るまでにいいものを見られた？　楽しんでいる？」

わたしはうなずいた。ジョスリン・プリティボーンも同じ飛行機に乗っていたことを思い出したが、駅では見かけなかった。仕事を見つける可能性が高いナイロビへと向かったのだろうと思った。ダーシーは彼の名前すら口にしなかった。車は曲がりくねりながら丘をのぼっていく。時折、断崖沿いを走り、そのたびに広々とした地溝帯が目の前に現われた。広大な草原と谷底の湖は、やがて木々と緑の草が入り交じった英国によく似た緑地に変わった。そして空は――これほど大きな空を見たことはなかった――巨大な青い半円で、地溝帯の向こう側に雲の筋がかかっている。顔に吹きつける風はさわやかで、かすかにユーカリの香りがした。尾根まであがると、土でできた藁ぶき屋根の丸い小屋の集落とその外で裸で遊ぶアフリカ人の子供たちが見えてきて、ここが故郷から遠く離れていることを改めて実感した。

「キクユ村だ」フレディが言った。「住人のほとんどは、入植者の農場で働くために引っ越していった。いい仕事だからね」

前方には、淡い青色の稜線がぼんやりと浮かんでいる。「あれがアバデア山脈だ」フレディが言った。「あそこに向かっているんだ」

車は再び斜面をくだり、丸太でできたぐらぐらする橋を使って急流を渡った。「暗闇のなかでここを走りたくない理由がわかっただろう？」フレディが言った。「こんな橋がまだ何カ所かある。それに、道路上でなにに出くわすか、わかったもんじゃないからね。相手が水牛なら、ぶつかったことはわかる。そういう意味なら象でも同じだな」

「象なら、ぶつかる前に気づくだろう」ダーシーが素っ気なく言った。

「象の動きがどれほど速いかを知ったら、驚くぞ。そのうえ音も立てない。茂みからひょいと目の前に出てこられたら、できることはあまりない」

「このあたりに象はたくさんいるのかしら？」あたりの景色がとても穏やかで文明的に見えたので、わたしは尋ねた。

「いるよ。谷が開墾されるようになってから、ほとんどはアバデア山脈に移ってしまったけれどね。まったく、くそ迷惑だよ。おっと、失礼。やつらは森から出てきて、農作物や庭を荒らすんだ」

車は川が流れる小さな渓谷をいくつか越えた。進むごとに橋はどんどん危なっかしくなっていく。

「あとどれくらいだ？」ダーシーが訊いた。後部座席の揺れはひどいのだろうとわたしは思った。

「三〇分というところだ。道路でなにかにぶつからなければだがね」西側の丘の黒いシルエットの向こうに太陽が沈み、世界がピンク色に染まるなかでフレディが言った。あらゆる茂みの陰から象が姿を現わすような気がして、わたしは緊張して背筋を伸ばした。車はがたがた揺れながら、新たな川を越えた。

「きみたちにはディディ・ルオッコのところに滞在してもらう」フレディが言った。

「イタリア人？」

「本物の英国人だよ。だが夫がイタリアの伯爵だった。なかなかに下劣な男でね、彼女はいまのほうがずっと幸せだ」フレディはわたしたちの顔を見ながら話していたので、危うく大きな穴にはまりそうになり、わたしは思わず肘掛けをつかんだ。「彼女を好きになると思うよ。馬を育てているんだ……ポロのポニーと競走馬もね。ここの植民地には初期の頃からいる。信頼できる人だよ。ぼくと話をしてくれる数少ない人のひとりなんだ。きみたちが居心地よく過ごせるようにしてくれる。もちろん、だれもがきみたちを食事に招待するだろうしね。ここの人間はみんな、客を歓迎するんだよ。いつもいつも同じ相手と話をするのは、ひどく退屈だからね」

「そのディディという人はどこに住んでいるのかしら？」わたしは尋ねた。車は、幼い子供が描く絵のような、高い円錐形の山に向かって進んでいる。「あれがアバデアなの？」

「あれはキピピリといって、独立した山だよ。右手にあるのがアバデア山脈だ。目的地まで、まだあと数キロある。ディディは谷の北の端に住んでいるんだ。隣で暮らすのがブワナ・ハートトレーだ。いまはもうチェリトン卿と呼ぶべきなんだろうな。そのほうが都合がいいが」

どうして都合がいいのかと尋ねようとしたところで、ダーシーが言った。

「どうしてみんなはきみと話をしないんだ？　きみはおおらかだし、ディナーパーティーに欠かせないタイプだと思っていたんだが。面白い話ができるし、笑うことが好きだし……アフリカに来て、変わってしまったのか？」

「とんでもない」フレディが応じた。「だがぼくは、いまいましい政府職員だからね。入植者たちは政府が好きじゃないんだ。ルールやら規則やらを押しつけるから。ディナーに招待されることもまずないよ。ディディがぼくを好きなのは、ポロをするからだ。このあたりでぼくが容認されている唯一の理由がそれさ――ポロの技術だよ」フレディはそう言って笑ったが、苦々しい響きがあるとわたしは思った。

人の手が加わっている箇所が増えてきた。トウモロコシや小麦の畑、背の低い並木、長い私道のある大きな屋敷。右手にある山脈はかなり近く見えていて、濃い森に覆われているのがわかった。気温は明らかにさがってきている。わたしは疲れていたし、居心地が悪かったし、空腹だった。朝五時から起きているのだ。道路に沿って背の高い木々が立っているのが見られるようになり、車は時折、大きな岩のあいだを通った。わたしはまた、車の前に象が飛び出してくるというフレディの話を思いだした。〈ワンジョイ・ポロクラブ〉と書かれた看板に気づいたのはそのときだ。白い杭柵で囲まれた見事なフィールドとパビリオンは、英国にあるどのクリケット場のピッチにもひけを取らない。わたしはぐっと気分が高まった。

「もうすぐだ」フレディが言った。

「馬はどこにいるの？」放牧場に一頭も見当たらなかったので、わたしは尋ねた。

「ポニーだ」フレディが訂正した。「ポロはポニーでやるんだよ」そう言って微笑む。「それぞれの地所で飼っているんだ。夜には馬小屋に閉じこめる。大きな猫たちは馬肉が好きだからね」

「わお」いかにも英国らしいポロクラブを前にして、ここがアフリカであることをわたしはすっかり忘れていた。「ライオンがいるの？」

「豹が多いかな。ライオンは開けた草原で狩りをするほうが好きだから、このあたりにはあまりいない。だが、草原でガゼルやシマウマを捕まえるよりは、農場で飼われている牛や馬を狙うほうがずっと簡単だということを学ぶライオンは時々いるね。農場には、家畜を守るために高い生垣や塀が作られているんだが、もちろんそれで豹は防げない。ずる賢いからね。

だから、暗くなったら気をつけたほうがいいな」

恐ろしい話でわたしを脅かすのを楽しんでいるかのように、フレディはにやりと笑った。「どの農場にも警備の人間がいるから、まあ、大丈夫だろうけれどね」そう言ってから、言葉を継いだ。「さあ、着いた」

フレディは、〝ヘイスティングス〟と書かれた標識がかかっている、白い木でできた高いゲートのあいだに車を進めた。

「ヘイスティングス？」ダーシーが言った。

「おかしなことに、入植者の多くは自分たちの地所に英国の故郷にちなんだ名前をつけるんだ。ここを見て、落ち着いた海辺の町を思い出すかい？　って言うか、これほどヘイスティングスらしくないものを見たことがあるかい？」

ダーシーはくすくす笑った。車は、大きなユーカリの木があちこちに立つ緑の牧草地のなかを進んでいき、今度は高い生垣のなかにゲートが現われた。痩せたアフリカ人の少年が出てきて、ゲートを開けてくれた。「ようこそ、旦那さま《ブワーナ》」少年は恥ずかしそうな笑みを浮かべて言った。「ようこそ、奥さま《メムサアブ》」

驚いたことに、ゲートの向こうには美しい英国庭園が広がっていた。きれいに刈りこまれた芝生とその真ん中にある噴水、そのうえ薔薇の茂みまである。芝生の奥には、急勾配の板葺き屋根がある石造りの背の低いバンガローが建っていた。車の音を聞きつけて、数頭の犬が激しく吠えながら走り出てきた。

「静かにしなさい。ほら、お座り」女性の声がした。家の前面の端から端まであるベランダに、乗馬用のズボンに開襟シャツを着たほっそりした女性が現われた。「わたしの言うことは全然聞かないんだから」犬たちが尻尾をぶんぶん振りながら車を囲むのを見て、女性は怒ったように目をぐるりとまわした。「こんにちは、フレディ。ドライブはどうだった？　問題はない？」

「楽勝だったよ、ありがとう、ディディ」フレディは勢いよく車を降りると、ダーシーが荷物の山を乗り越えようとしているあいだに、こちら側に回ってドアを開けてくれた。「ディディ・ルオッコ、オマーラ夫妻を紹介するよ」

「はじめまして」わたしたちは握手を交わした。「わたしたちを滞在させてくださるそうで、ありがとうございます」

「だって、フレディに任せておくわけにはいかないでしょう？　そんなことをしたら、あなたたちは全身、蚊に刺されたあげくに、彼の料理で病気になってしまうわ。それに、ヴァレーにいるほうがずっと楽しいもの。パーティーにサファリ、そしてもちろんポロもできるわ。日曜日に試合があるのよ。あなたたちはポロをするのかしら？　ここでは男女混合チームがあるのよ」

「ぼくはします」ダーシーが答えた。

「わたしはしたことがありません」わたしは正直に言った。

「そうでしょうね。英国では女性はしないものね。でも狩りはするでしょう？」

「ええ、大好きです」サファリで動物を撃つのを嫌がっている人間の口から出たにしては、妙な言葉かもしれない。けれどわたしのような立場にいる人間は狩りをするように育てられているし、獲物を追いかけたり、フェンスや溝を飛び越えたりするスリルは本当に好きだ。そして最後に狐が見事に逃げ切ると、もっと嬉しくなるのだ！

「それならコツはつかめるわね。明日、教えてあげるわ。とにかく、あなたたちをこんなところに立たせておくわけにはいかないわ。お部屋に案内するわね。お風呂に入って着替えたら、ディナーの前に一杯やりましょう」ディディは手を打ち、キクユ語かスワヒリ語とおぼしき現地の言葉でなにかを叫んだ。赤いトルコ帽と染みひとつない白い制服に身を包んだ数人の使用人が飛び出してきて、わたしたちの荷物を手に取った。

「それじゃあ、ぼくは帰るよ」フレディが言った。「もうすぐ暗くなる」

「ばか言わないの。一緒に食事をして、泊まっていってちょうだい。今夜はなにも用事はないんでしょう？」

「用事はないが、なにも持ってきていないし……」フレディは迷っているようだ。

「予備のパジャマとひげ剃り道具くらいあるわよ」ディディが言った。「どの家にだってある。だれが泊まっていくのかなんて、だれにもわからないんだもの」ディディはいかにも楽しそうに笑った。「必需品を持ってきてくれたなら、いつまででもいてくれていいのよ」

「トランクにボルドー産赤ワイン《クラレット》のケースが入っているよ。それでいいなら」

「上等のクラレットだといいけれど」

「きみには最高のものしか持ってこないよ、ディディ・ダーリン」

「素晴らしいわ。あなたって、いまいましい政府の職員のわりにはいい人ね」ディディはそう言うと、ダーシーの肩に手を乗せた。「それじゃあ、お部屋に案内するわね。荷物はもう運び終わっているはずよ」

ディディは犬たちを足元にまとわりつかせながら、わたしたちを連れてベランダを歩いていく。一番奥にあるドアを開けると、そこは広々とした気持ちのいい部屋だった。すでに電灯がついていて、衣装ダンスの脇に鞄が並んでいた。中央には四柱式ベッド、上品なアンティークのタンスと化粧台が置かれている。暖炉には火が入っていた。どこにでもある英国の寝室のように見えた。

「お湯はたっぷりあるわ。裏で焚火をして温めているの。最新設備よ！」ディディはそう言って笑った。

容赦のない電灯の明かりの下で見ると、ディディは思っていたほど若くないことがわかった。シニヨンに結った髪はメッシュの入った金髪だが、顔は常に日光にさらされているせいで衰えが見られる。四〇歳は超えているだろうとわたしは見当をつけた。だが体つきは少女のようにすらりとしている。

「それじゃあ、あとは任せるわね」彼女は言った。「用意ができたら、来てちょうだいね。そうそう、夜は必ずよろい戸を閉めるようにしてね。生垣があるからここは安全なはずなんだけれど、時々ヒヒを見かけるのよ。豹が出ることもある。先週、近所の家のベッドの足元にいた子犬が、夜のあいだにいなくなったの。なんの物音もしなかったそうよ。残っていた血の跡から、なにがあったのかを推測するしかなかったの」気分があがる言葉を残して、デイディは部屋を出ていった。

「いいことを聞いたね」ダーシーが言った。「豹に爪先をかじられるのはどんな気分だい？」

ギルギルからのドライブのあいだに、わたしのなかで不安が高まっていた。疑念が大きくなっている。説明が必要だった。いま豹の話を聞いて、これ以上黙っていられなくなった。

「ダーシー、わたしたちはどうしてここにいるの？」

ダーシーは驚いた顔をした。「きみに特別な新婚旅行をプレゼントしたかった。一生、忘れられないような」

「アフリカまで飛行機で来るのは、ものすごくお金がかかったはずよ」

「あちこちでかき集めたのさ」ダーシーは肩をすくめて言うと、ベッドにスーツケースを置き、わたしに背を向けて荷ほどきをはじめた。

「それじゃあ、どうしてフレディ・ブランチフォードはあなたが来たことをあんなに喜んだの？」

「ぼくたちは古い友人だからね。彼はここで寂しかったんじゃないかな。見慣れた顔を見るのはいいものだ」

「だからあなたを呼んだの？　都合よく、新婚旅行に行く必要があるときに？」

ダーシーは苦い顔で振り返った。「なにが言いたいんだ？　異端審問でもするつもりかい？

彼は『タイムズ』に載った結婚通知を見たんだ。それでいいだろう？」

「いいえ、よくない」わたしは言った。「あなたのことはよくわかっているのよ、ダーシー・オマーラ。今回の旅にはなにかある。新婚旅行のはっきりした計画はなかったはずなのに、突然、アフリカに行くとあなたは王妃陛下に宣言した。あまりに唐突だったわ。フレディが招待してくれていたのなら、どうして話してくれなかったの？」わたしは化粧台に近づき、髪を撫でつけながら鏡のなかの自分の顔を見つめた。理性的な言葉を選び、落ち着いた口調で話そうとした。ヒステリックに吐き出したくはない。「わたしがなにを考えているかわかる？　だれかが費用を出してくれたのでないかぎり、こんな旅はできなかったと思うの。アフリカに新婚旅行？　映画スターや億万長者以外に、だれがそんなことをするかしら？」

わたしは彼に向き直った。「これはあなたに与えられた任務なんじゃない？　あなたはここに来ることになって、わたしを連れてくるのにうってつけだって思った」

ダーシーはわたしに近づいてきて、腰に手をまわした。「そんなんじゃないんだ。本当にきみのために特別な新婚旅行を用意したかった。だが正直に言って、どうすればそんなことができるのかわからなかった。この旅の話が出たとき、これが答えだと思ったんだ」

わたしは彫像のように立ちつくし、自分のほうに引き寄せようとしているダーシーに抗った。「それじゃあ、この旅があなたの任務だっていうことを認めるのね。なにかいかがわしい仕事をするためにここに来たって」

「それは違うな」ダーシーが言った。「少しもいかがわしいことじゃない。どうしても知りたいのなら話すが——もちろん、絶対に秘密だぞ——ぼくは宝石泥棒を追っているんだ」

10

八月九日　金曜日
ハッピー・ヴァレーにあるディディ・ルオッコの家で

　無事に到着はしたけれど、わたしはどう考えればいいのかわからずにいた。ダーシーがこんな夢のような新婚旅行を計画してくれるなんて、本当にしては素晴らしすぎると気づくべきだった。だまされたことを怒るべきだという思いもあったけれど、理由はどうあれ、わたしはいまこうやってケニアにいるのだし、これは一生に一度の旅なのだと改めて自分に言い聞かせた。

　わたしはダーシーをにらんだまま訊き返した。「宝石泥棒？」
　ダーシーは自分の唇に指を当てた。「だれが聞いているか、わからないんだぞ」小さな声で言う。「ここは結びつきの強いコミュニティだ。ぼくがここに来た理由が噂になると困る」彼は窓に近づくと、あたりを見まわしてだれもいないことを確かめてから閉めた。

「どうして宝石泥棒がケニアに来るの？」わたしは尋ねた。「象牙を盗むため？」

「象牙よりもっと大きな獲物だよ。この数年、ロンドンでは驚くほど大胆な盗難事件が何件か起きている。社交界のパーティーで物がなくなっているんだ——犯人は出席者のひとりに違いないというのが、ぼくたちが出した結論だ」

「上流階級の人間っていう意味？　でもどうしてケニアに？」

「あくまでも推測だが、犯人は毎回、宝石を盗んだ直後に国外に渡っているようだというのがロンドン警視庁の考えだ。高価な宝石の売買をしている裕福なアラブ人が、盗難からまもない頃にバグダッドに現われたことがある。そうしたら、盗まれた宝石を使って作り直したネックレスが、アメリカで見つかったんだ。今回はミスター・ヴァン・ホーンというアフリカ人が数日前に南アフリカからやってきて、ギルギルのホテルに滞在している。サファリが目的だと本人は言っているけれどね」ダーシーは言葉を切り、訳知り顔で指を振った。「ミスター・ヴァン・ホーンはダイヤモンドの売買に関わっている。今回盗まれたのは、見事なダイヤモンドのネックレスなんだ」

「なるほどね」わたしはベッドの縁に腰をおろした。「宝石が盗まれたばかりだということね？」

ダーシーはうなずいた。「王家のガーデンパーティーの前日だ。音楽祭のためにグラインドボーンに滞在していたマハラニ（マハラジャの妻）が、とんでもなく高価なダイヤモンドのネックレスを盗まれたんだ」

「その人はグラインドボーン・ハウスに滞在していたの？　だとしたらそこにだれが泊まっていたのかを調べて、そのなかにわたしたちと同じ飛行機に乗っていた人がいないかどうかを確かめるのは簡単なんじゃないかしら？」

「確かにそこに滞在はしていたが、その日はピクニックが行われていたんだ。だれもが庭園に出ていた。何百人という客がいたんだ。マハラニのメイドは、外で起きた騒ぎに気を取られていた。シャンパンを飲みすぎた客がいたらしいんだ。それで窓から外を眺めているあいだに、宝石箱が狙われたというわけだ」

「メイドに気づかれることなく、だれかが部屋に忍びこんだということ？」

「そうだ。ドアには鍵がかかっていたと彼女は断言した。それに窓の外を眺めていたから、そこからもだれも入ってこなかったことは間違いないらしい」

「彼女は本当のことを言っていると思う？　泥棒と組んでいるということはない？」

ダーシーは首を振った。「彼女は長年マハラニに仕えてきた。忠実な使用人の見本のような人だよ。それに彼女は英語が話せない。尋問を受けているときにも、とても取り乱していたしね」

「そう」

「盗まれたのは、見事なダイヤモンドが中央についたそのネックレスだけだ。つまりこれは、普通の泥棒の仕業ではないということだ。盗んだものを買い取ってくれる人間がどこにいるかを知っている人間のやったことだ」

「驚いた」わたしは暖炉の火を見つめ、いま聞いた話を整理しようとした。「それじゃあ、あなたは同じ飛行機に乗っていただれかが泥棒だと思っているのね?」

「まず間違いないだろう」ダーシーが答えた。「あれは、犯行のあと最初のアフリカ行きの飛行機だった。犯人が船を使うことはまず考えられない。数週間かかるからね。ミスター・ヴァン・ホーンが何週間もここに滞在する正当な理由はない」

「どうして乗客の荷物を調べなかったの?」わたしは尋ねた。

ダーシーはにやりと笑った。「調べたよ。少なくとも、ケニアに向かった乗客の荷物のうち、機内に残されていたものは全部、ハルツームでひと晩泊まった際に調べた。あいにく、手荷物は調べていないけれどね」

「乗客を調べるわけにはいかないの?」

「正当な理由と令状もなしに、身体検査をすることはできないよ。ぼくたちはナチスドイツじゃないんだ。人の鞄をのぞくのは違法だよ。税関が荷物を調べることは許されているけれどね」

「でも、どうして犯人がキスムで降りたとわかるの? ローデシアに行ったかもしれないし、南アフリカに向かったかもしれないでしょう?」

「ヴァン・ホーンがここにいるからだ。同じ理由で、犯人はこの近辺にいる可能性が高い。そうでなければ、ヴァン・ホーンはナイロビでニュー・スタンレー・ホテルに滞在していたはずだからね」

「警察の目を欺くのが目的でなければね」わたしは言った。「でも彼が南アフリカ人なら、犯人はどうして南アフリカに行かなかったの？」

「彼は南アフリカでは監視されているんだよ。それに犯人は、ちゃんとした理由のある旅に見せたかったんだと思う」

「ギルギルで列車を降りた人はそれほど多くなかったわよね？　ほんのひと握りだった。わたしたち、シンプソン夫人……」わたしは言葉を切って、くすりと笑った。「彼女がお金目当ての女だというだけじゃなくて、宝石泥棒だったら面白かったのにと思うけれど、まずありえないわね。彼女がオートクチュールの服で雨どいをのぼっているところは、想像できないわ」

ダーシーも笑った。「そうすると残るのは、ケニアに来るのが初めてらしいハートレーの双子ということになる。当然の疑問が起きる――なぜ、いまなんだ？」

「ふたりの父親が爵位を継いだから、子供たちのことをよく知りたくなったそうよ。ふたり以外にはパンジー・ラグと年配の人たちがいたわね。そのうちのひとりは、かなり恰幅がよかったわ。彼が雨どいをのぼったとも思えない。でもパンジー・ラグは高価な服が好きなんですって。犯人が女性だということはありうる？」

ダーシーは顔をしかめた。「考えにくいな。犯人がこれまでの犯行で冒したリスクを考えるとね」

「ギルギルで降りた人はこれで全部よ」わたしは指摘した。「犯人はナイロビまで行っていて、ミスター・ヴァン・ホーンに会うために戻ってくるつもりなのかもしれないわね。もしくは彼のほうがナイロビに行くのかも」

「どちらの可能性もあるね」

しばらく前から頭のなかをはてなマークが飛び交っていて、与えられた情報と取っ組み合っていたが、ようやくある疑問が形になった。「ダーシー、どうしてあなたなの？　どうしてロンドン警視庁の本当の警察官をここによこさなかったの？　その人には実際に捜索したり逮捕したりする権限があったのに」

ダーシーはうなずいた。「きみの言うとおりだ。どうしてぼくなのか？　これまでも秘密の任務を請け負っていたからだと思うよ。ぼくは観察力が鋭いし、ここにいる完璧な理由がある。新婚旅行に来ていることを疑う人間はいないからね」

「でも、どうやってすべての容疑者とミスター・ヴァン・ホーンを見張るっていうの？　このあたりを移動するのがどれほど大変なのかは、身にしみたはずよ。頻繁にギルギルに行くのは無理だわ」

「その点はフレディがカバーしてくれる。ロンドン警視庁から念入りな説明を受けているし、このあたりでは彼が法律だからね。スパイを使って、ヴァン・ホーンを尾行させているよ。ぼくの仕事は、ヴァン・ホーンがヴァレーのパーティーに来たり、入植者のだれかがギルギルに出かけたりしたときに、だれと接触しているのかを確かめることだ。ここでは、だれがなにをしているのか、みんなが知っているからね」

　突然思い出したことがあって、わたしは興奮のあまり両手を振りまわした。

「ジョスリン・プリティボーン。彼のことをすっかり忘れていたわ。彼はナイロビに行ったのよね？　でも戻ってきたのかもしれない。彼って、だれもが見過ごしてしまうような人よ。泥棒にはうってつけだわ」

「一理あるね」ダーシーが言った。「愚か者のふりをしていた。だれも彼に気づかない。うん、きみの言うとおりかもしれない。彼がヴァレーに戻ってきていないかどうか、もしくはヴァン・ホーンが突然ナイロビに行っていないかどうかを確かめる必要がありそうだ」

「ただの休暇じゃなくなったというわけね」わたしは言った。「あなたにはあなたの、わたしにはわたしの任務がある」

「どういう意味だい？」ダーシーの口調は険しかった。

「デイヴィッド王子に気をつけておいてほしいって王妃陛下に頼まれたのよ。ケニアで滞在を延長した理由を知りたいって。王妃陛下はデイヴィッド王子とシンプソン夫人がひそかに結婚して、既成事実を作ることを恐れているの」

「だとしても、きみにはそれを止められないだろう？」

「そのとおりよ。王妃陛下はただ、デイヴィッド王子の動向が知りたいのよ」

「彼はこれまでにも何度かここに来たことがあるが、そのたびに地元の女性と関係を持っているよ」

「王妃陛下は、そのことはさほど気にされないと思うわ。真剣な関係というわけじゃないもの」わたしは言った。「陛下が恐れているのは、あの手ごわいシンプソンよ。王子をすっかり手なずけてしまっているんですもの。もしふたりが結婚したら、国王陛下はそれを取り消すことはできるのかしら？　彼女が女王になることはないでしょう？」

「ぼくにはわからないよ」ダーシーが言った。「それに、いまはそんなことどうでもいい。きみはどうだか知らないが、ぼくは疲れているし空腹で死にそうだ。風呂に入って一杯やりたいよ。だから人のことはとりあえず放っておいて、ぼくたちは新婚旅行に来ているんだということだけ考えないか？」

「いい考えね。どちらが先にお風呂に入るか、コインで決めましょうか？」

11

八月九日　金曜日
ハッピー・ヴァレーのディディ・ルオッコの家で

　ここはとても素敵なところだけれど、わたしはまだ、宝石泥棒を追っているという事実と折り合いをつけようとしている。

　三〇分後、さっぱりして正装に身を包んだわたしたちは、ベランダから玄関へと向かった。暖炉で暖められた部屋とお風呂のあとだったから、外の寒さにわたしは震えあがった。山から氷のような風が吹きつけていて、母のミンクのストールを持ってきてよかったと思った。母に強く勧められたのだ。「わたしはこんなものをもう二度と使うことはないんだわ」母が芝居がかった口調で言ったものだ。「孤独な未亡人。わたしはこれからそう呼ばれるのね」

　「お父さま以外に、お母さまの夫で死んだ人がいたかしら?」わたしは生意気そうに笑って言った。

母はわざとらしく肩をすくめた。「それだけで充分じゃない？　公爵未亡人。それがわたしよ」

わたしはきしむ床の上を歩きながらミンクのストールをしっかりと肩に巻きつけ、母のことを考えた。母がここにいればよかったのに。悪名高きレディ・イディナ・サックヴィル――いまの苗字がなにかは知らないけれど――と母とのやりとりを見られるならなんでもするのにと思った。

玄関を見張るように立っていたキクユ族の使用人が、わたしたちを見てドアを開けた。「メムサブは奥の部屋の暖炉のそばでお待ちです」彼はそう言うと、わたしたちを案内した。お城で育った人間の基準からすると大きくはないものの、そこは印象に残る部屋だった。壁は濃い色の羽目板張りで、高い天井の中央には巨大なファンが取りつけられている。ひとつの壁は一面が窓になっていて、昼間はさぞ素晴らしい景色が見られるのだろうと思えた。のぼりつつある月が芝生に影を作っていたが、インクを流したようなその向こうの暗がりに明かりはまったく見えなかった。

ディディが暖炉脇の肘掛け椅子から立ちあがるより先に、わたしはそういったことすべてを見て取っていた。「いらっしゃい」ディディは言った。「さあ、ここで暖まって。寒いでしょう？　毛皮を持ってきたのは、賢明よ。アフリカは暑くてじとじとしたジャングルだって思いこんでやってくる人が本当に多いのよ。でもここは標高二四〇〇メートルもあるし、夜になると山腹から冷気がおりてくるの。ほら、ジン・トニックはいかが？　わたしたちはもう何杯かいただいているんだけれど、もちろんお付き合いするわ。そうでしょう、シリル？」

もうひとつの肘掛け椅子から男性が立ちあがるのを見て、わたしは驚いた。フレディから
ディディはひとりで暮らしていると聞いていたからだ。男性は小柄ですらりとしていて、金色の小さな口ひげをきれいに整え、ふくろうを思わせる丸い眼鏡をかけていた。ぺこりと頭をさげた仕草も鳥のようだ。「レディ・ジョージアナとミスター・オマーラだね。はじめまして」彼は言った。「わたしはシリル・プレンダーガスト。わたしもたまたま、ディディのところに滞在中なんだよ」

「たまたま！」ディディが大声で笑った。「彼を追い出せずにいるのよ。出ていったかと思ったら、また現われるんですもの。いんちき硬貨が必ず戻ってくるみたいに」

「きみの家はとても居心地がいいんだよ、ダーリン・ディディ」シリルが言った。「抗えるはずがないだろう？　それもこれほど気前よく、酒を振る舞ってくれるというのに」彼は、使用人のひとりが差し出したトレイからグラスを受け取った。

「シリルは大物のハンターなのよ」ディディが言った。

それは、わたしが予想もしていなかった職業だった。白いタキシードの上着に黒い蝶ネクタイ、胸ポケットには紫色のシルクのハンカチという非の打ちどころのない装いの彼は、教師か会計士、もしくは税徴収官がふさわしいように見える。大物のハンター？　ライオンどころか、大きな猫と対峙しているところすら想像できなかった。

「ずいぶん大層に聞こえるよ、ディディ」シリルが言った。「実際は、サファリの案内人だ。

もちろん二〇年代、大暴落でだれもが財産を失う前のほうがはるかに繁盛していたが、うなるほどの金となにかを撃ちたいという欲望を持った人間はいまでもそれなりにいる。撃ちたいものが象や水牛でないことをいつも祈っているんだよ。顧客をマツ材の箱に入れて祖国に送り返したくはないからね」

シリルはジン・トニックをごくりと飲んだ。わたしはほんの少しだけ口をつけた。かなり強い。ディディとシリルはまるで水を飲むみたいに一気にあおっているけれど、ダーシーはゆっくりと口に運んでいる。

「ほら、ぐっと飲んで」ディディが言った。「今日はあれだけの旅をしてきたんだから、喉が渇いているはずよ。彼女たちははるばるハルツームから飛行機で来たのよ、シリル。想像してみて」

シリルは大げさに身震いした。「わたしは無理だ。言葉にできないくらい恐ろしいよ。一度ベリルと一緒に飛行機に乗ったことがあるが、二度とごめんだね」

「ベリル？」ダーシーが訊いた。

「ベリル・マーカムだ。彼女は馬の調教だけじゃなくて、飛行機の操縦もできるんだ」

「ああ、そうでしたね。彼女は、英国の王子のひとりと関係を持っていたことがあったんじゃないですか？」

「全員とだよ」シリルは笑いながら答えた。「あのかたぶつのアルバート王子以外はね。彼は家庭的な男だと聞いている。だが吃音がひどいだろう？　ベッドで甘い言葉をささやこうとしても、興ざめだろうな」

「メアリ王妃はベリル・マーカムを追放したんでしたよね？」ダーシーもにやりと笑った。

「たいした女性なんでしょうね。会うのが楽しみだ」

まだ幼くてその意味もよくわからなかった頃に、ベリルと王家の人間との情事についての噂を聞いたことがあるのを思い出した。デイヴィッド王子が彼女とよりを戻したがっていて、シンプソン夫人を嫉妬させて別れるつもりなのだろうかと、わたしはふと考えた。そうであればどんなにいいか！

「それで、あなたたちのフライトはどうだったの？」ディディが尋ねた。

「かなり揺れました」わたしは答えた。

「いつも揺れるのよ。プロペラに砂やほこりが詰まらなくてよかったわ。そうなると、スーダンのどこかにおりなければならなくて、どれくらいそこに留まることになるか、だれにもわからないんだから」

わたしはちらりとダーシーを見たが、彼はグラスから顔をあげようとはしなかった。

「きみたちは新婚旅行だとディディから聞いたよ。素晴らしいね」シリルが言った。「わたしは一度も結婚したことはないし、かわいそうなディディは未亡人なんだ」

ディディの顔を見ると、彼女はまた笑い声をあげた。「悲劇の主人公のような言い方をするのね、シリル。わたしが結婚していたのは半年のあいだだけよ――イタリアの伯爵だったの。ジョヴァンニ・ルオッコ。名前があまりに魅惑的で、わたしは目がくらんでしまったの。

でもあのばかな男ときたら、その半年のあいだに少なくとも六回は浮気したのよ。別れようと思っていたときに、サイがわたしの代わりに始末してくれたの。最高の結果だったわね。わたしは夫から逃れられたし、財産は手に入ったし、みんなから同情されたし」ディディはまたジンを口に運んだ。「いまは馬に集中できるようになったというわけ。ヴァレーのほかの住人たちと違って、シリルとわたしは落ち着いた貞節な暮らしを送っているのよ。実のところ、だれかの配偶者といちゃついていないのは、わたしたちだけだと思うわ」

「そんなにひどいんですか？」わたしは尋ねた。

「そうよ。このあたりで一番盛んなスポーツはポロじゃないの。いろいろな相手とベッドを共にすることなのよ。イディナの家に招待されればわかるわ。我が家の隣家でもね」

「チェリトン卿のことですか？」ダーシーがグラスから顔をあげて尋ねた。

「わたしはいまも彼のことはブワナ・ハートレーだって考えている。突然手に入れた貴族の称号には、どうしても慣れなくて」

「アメリカ人女性と結婚していると聞きましたが」

「そうよ。エンジェル・トラップ。父親が製鋼所を経営していて、大金持ちなの。それだけのお金があるんだから、ブワナは妻のご機嫌を取ると思うでしょう？　でも愛人たちのことを隠そうともしないのよ」

「愛人はひとりじゃないんですか？」わたしは訊いた。

「いつもは同時進行ではないいんだが、今回はしばらくかぶっていたらしい」シリルは意地の悪そうな笑みを浮かべた。「一番長く続いていたのはパンジー・ラグだった。それぞれの配偶者と別れて再婚するんじゃないかと思っていたんだが、タスカー・エガートンがバーミンガムからセクシーでかわいい子を連れてきた――ベイブというふさわしい名前の子だ」再びにやりと笑う。「パンジーはもう用済みになったという話だ。英国にあんなに長くいたのがばかだったんだ。それに愚か者のタスカーは新しい妻を残していくべきではなかった」

「わたしたちと同じ飛行機に乗っていた人ですよね？」わたしは訊いた。「元軍人のような？」

「それがタスカーよ」ディディが答えた。「戦時中は少佐だったの。忘れたくても忘れさせてくれないわ。戦争が終わってすぐに兵士の移住計画でここに来て、とても成功したの。殺虫剤に使う除虫菊を栽培しているのよ。近頃ではとても需要があるから」

アフリカ人の下男がソーセージ・ロールのトレイを運んできた。温かくてとてもおいしい。

「おいしいですね」ダーシーが言った。「あなたはここで豚を育てているんですか？」

「このソーセージはクーズー（レイヨウの一種）の肉よ」ディディが説明した。「シリルが仕留めてプレゼントしてくれたんだけれど、おいしいでしょう？　ソマリ族のとても腕のいい料理人がいるのよ。ブワナは彼を自分のものにしたくて仕方がないの」

フレディが現われたのは、わたしが二杯目のジンを断ろうとしているときだった。わたしたちは全員が正装だったから、ブッシュジャケットの彼は居心地が悪そうだ。「万一に備えて、車にちゃんとした服を入れておくんだった」

「気にしないで。わたしたちしかいないんだから」ディディが言った。「それにシリルは、あの意地の悪いコラムに書いたりもしないから。そうよね、シリル？」

「クラレットが満足できるくらいおいしければね」シリルはそう言うと、ダーシーに向き直った。「ところできみはどんな仕事をしているんだね、オマーラ？　仕事についているんだろう？　このあたりにうじゃうじゃいる、甘やかされて育った貴族ではなさそうだ」

「貴族には違いありませんが、まったく甘やかされてはいません」ダーシーが答えた。「父はアイルランドにある隙間風だらけの城をかろうじて維持していたんですが、いまはポーランドの王女のために競走馬を育てています。だからぼくは自分で道を切り開いていかなくてはならなかった――ですが、これといった仕事があるとは言えません」

「わたしの好みのタイプだよ」シリルが言った。「自分の才覚だけで生きている。アイルランドのささやかな城だけを最後の砦《とりで》にね。それで、どうやって生計を立てているんだい？　それともブワナのように、金持ちの女性と結婚したとか？」

「ちょっと、シリル」ディディが彼の手をぴしゃりと叩いた。「いくらあなたでもあんまりだわ」

「残念ですが、わたしも夫と同じくらい貧乏なんです」わたしは答えた。「でもダーシーは時々――」

「海外にいる人の行方を捜したりするようなことをしています」ダーシーがわたしを遮って言ったので、自分のしていることを人に知られたくないのだと悟った。まるで彼がなにをしているのかを、わたしが熟知しているとでもいうように！

「それに、お父さまが競走馬を買う手伝いもしているのよね？」言ってはいけないことを口にしてしまったのかと思い、ダーシーをなだめたくてわたしは唐突に言った。

「それならきみはこの新婚旅行のために、あらゆる手立てを尽くしたんだろうね」シリルは口元にうっすらと笑みを浮かべながらさらりと言った。「それとも、親切な後援者が費用を出してくれているのかな？」

「新婚旅行の費用をだれが出しているのかは、ぼくが考えることです。ぼくはお金の話はするものではないと育てられていますから」

「怒りっぽいね」シリルの顔には笑みが浮かんだままだ。

「シリルの一番の楽しみは人をいらだたせることだって、覚えておいたほうがいいわ」ディが言った。「本気で傷つけようと思っているわけじゃないの。彼の手をぴしゃりとやって、あとは無視していればいいのよ。わたしはそうしている」

幸いなことに、ちょうどそのときディナーの用意ができたと声がかかった。ダイニングルームも濃い色の羽目板張りで、壁には見事な頭部のはく製が飾られている——立派な角のある水牛や長いねじれた角のあるレイヨウ。わたしが育った、牡鹿の頭がずらりと並んでいたラノク城を思い出した。わたしたちのような階級の人間にとって、狩りはごく当たり前のことだという事実を認めなくてはならないようだ。ディナーにはどんな獲物が調理されて出てくるのだろうと考えていると、目の前に運ばれてきたのは魚だった。ダーシーは驚きの声をあげた。「鱒だ」

「そうよ」ディディがにっこりと笑った。「今朝、捕ったのよ。最初の入植者たちが川に鱒を放ったの。ここでは鱒釣りが楽しみのひとつなの。狩りをしていないときや、人の奥さんといちゃついていないときにはね。でもわたしは賢明だから、いつでも好きなときに食べられるように、鱒の池を作ったのよ」

「山からの清流は天の恵みだよ」シリルはすでに貪《むさぼ》るように食べはじめていた。「発電しているディディのダムを見せてもらうといい。常に新鮮な水があるし、噴水もある」

「隣人のブワナは、地所の一番高いところにそれは見事な滝を作っているよ」フレディが言い添えた。

「当然だ。ブワナのものはなんだって一番見事なんだ。一番大きくて、一番いいと言われているよ」シリルはわたしに向かっていたずらっぽくウィンクをした。

「あなたはどうしてアフリカに来たんですか、ミスター・プレンダーガスト？」ダーシーが尋ねた。

「作家になるためだったんだよ」シリルが答えた。「ブッシュでの暮らしを題材に素晴らしい本を書く予定だったんだが、どういうわけか本が出ることはなかった。その代わり、『ナイロビ・タイムズ』のゴシップ欄を書いている。それだけで請求書が払えないときは、サファリの案内をする。実を言うと、わたしはなかなか腕がいいんだよ。ぞくぞくするような話をするのもうまい。顧客たちはいい具合に興奮するし、たいていはなにかを仕留めることもできる。射撃も驚くほどの腕前なんでね」

「そうなのよ」ディディがうなずいた。「彼を見ただけじゃとてもそうは思えないでしょうけれど、鋼の神経の持ち主なの」

シリルは謙遜するように微笑んだ。「わたしはいつも過小評価されるんだ」

「シリルがわたしたちと同じ飛行機に乗っていなかったのが残念だわ」わたしは部屋へと戻りながらダーシーに言った。「忍び込み泥棒としては理想的だもの。いかにも無邪気そうな外見をしているけれど、射撃の名手で大物のハンターなんだから」

「そのうえ、ゴシップ欄を書いている」ダーシーが笑った。「これほど危険な取り合わせはないね」

唐突に思いついたことがあった。

「ダーシー、シリルがベリルと一緒に飛行機に乗ったと言っていたのを覚えている？　窃盗犯は自家用飛行機でここに来たのかもしれない。ゾゾだって、わたしたちをここまで連れてきたいって言っていたもの。腕のいいパイロットなら可能よ」

「なるほど。今週、ヨーロッパから来た飛行機をフレディに調べてもらわなくてはいけないな。よく気づいたね」

わたしはにんまりした。わたしはただ夫についてきただけのおしとやかな妻ではない。この捜査では、ちゃんと役に立つつもりだ！

12

八月一〇日　土曜日
ディディ・ルオッコの邸宅へイスティングス
ハッピー・ヴァレー、ケニア

ようやく楽しめそうな気がしてきた。宝石泥棒を追いかけるのよ！　ロマンチックにもわくわくするようにも聞こえないって？　ダーシーは、わたしが彼の仕事におおいに役立つことに気づいていて、今後は一緒に働けるようになるかもしれない。それって楽しいんじゃない？

わたしは日の出と共に目を覚まし、ベッドに横たわったまま聞き慣れない鳥の鳴き声に耳を澄ましていた。ダーシーはまだぐっすりと眠っていて、とても若くてかわいらしく見える。わたしは彼にキスしたくなるのをこらえ、そっとベッドを抜け出した。ベッド脇に立ってしばらく彼を見つめ、なんて幸せなんだろうと考えた。やがて、あんな様々な鳴き声を出す鳥に興味がわいてきた。パジャマの上からズボンをはき、ジャケットを羽織り、靴を履き替えて部屋を出た。外は凍えるほど寒くて、もう少しで暖かい部屋に引き返すところだった。ユーカリとジャスミンとセイヨウスイカズラの香りが混じった、木を燃やす香ばしいにおいが漂っている。だれもいない。芝生は朝露に濡れ、山からおりてきた霧のせいであたりは白くかすんでいた。もやの向こうに、鮮やかな金色がちらちらしているのが見えた。玉虫色の頭と金色の羽の美しい小さな鳥たちが薔薇の茂みのあいだを飛びまわり、小さな声でさえずりながら、花の蜜を飲んでいる。わたしは魅入られたように、鳥たちを追って芝生を横切った。家の裏側は台地を連ねたような斜面になっていた。発電している川と鱒の池が見える。突然、クラクションのような大きな音が聞こえて、わたしは飛びあがった。なにがそんな音を立てたのか――古いトラック？――さっぱりわからなかったけれど、やがて大きなくちばしの不格好な鳥たちが、前方の木立から飛びたった。あれはサイチョウ？　そのあとを追っていくうち、傾斜が険しくなってきた。

息が切れ、心臓が激しく打ちはじめたので、足を止めた。長時間のフライトのせいだろうか？　その場で荒い息をつきながら、周辺の様子を確かめた。英国の屋敷――たとえばアインスレーとか――のあまり人の手が入っていないあたりに見られるような、木立や茂みが点在する緑地庭園を思わせる風景だ。わたしは不意に、すぐそこが森であることに気づいた。前方には高い木々がそびえていて、その先端は霧に隠れている。枝にはつる植物が巻きつき、ところどころに鮮やかな色の花を咲かせていた。そのあいだを英国では見たこともないほど大きくて色とりどりの美しい蝶がひらひらと舞っていた。禁じられた領域に足を踏み入れる勇気がなく、わたしはその場に立ち尽くしたまま眺めていたが、突然木立のあいだでなにか動くものが視界に入った。安全な芝生から遠く離れたところまで来ていることに不意に気づいて、わたしは体を凍りつかせた。自然の色が濃いとはいえ、それでもまだここはディディの敷地内だと自分に言い聞かせる。その場で動けないでいるうちに、前方の小道を二頭の小さなレイヨウが横切った。わたしは自分の見たものが信じられなかった。二頭は優雅な足取りで進んでいき、時折立ち止まっては葉をかじっている。

森のなかへと入るつもりはなかったが、レイヨウは緑地庭園を横切るように進んでいく。そのあとを追っていくうちに、小枝を踏んでしまい、二頭はその音に驚いて逃げていった。あたりを見まわし、思っていた以上に遠くまで来ていたことに気づいた。木々の合間からわずかに家が見えるだけだ。

戻ろうと思った。

すぐ背後で低い声がして、わたしは喉から心臓が飛び出そうになった。

「動くんじゃない。足を出すんじゃない」

振り返って声の主を確かめたかったが、言われたとおり、そのまま動かずにいた。

「ゆっくりうしろにさがるんだ」その声が言った。「少し左向きに」

わたしは一歩さがり、さらにもう一歩さがった。だれかに両肩をつかまれて、再び飛びあがった。今度こそ振り返ると、輪郭のはっきりした大柄な中年男性がわたしを見おろしていた。若い頃は、さぞかしハンサムだっただろう。日焼けした肌と明るい青い目をした彼は、いまもとても魅力的だ。日光にさらされてメッシュになった髪は長めで、襟のところでカールしている。この寒さのなか、開襟シャツを着ていた。

「歩く場所には注意しなければだめだ。森を軽々しく考えてはいけない」彼は言った。「きみを殺したいと思っているものが、ここにはたくさん住んでいるんだ」

「わたしは危険だったんですか？」わたしは森に目をこらし、ライオンか象の姿を探したが、なにも見えなかった。

「そうだ。もっとも恐ろしい生き物のひとつがきみのすぐ足元にいたんだ」

彼は森の地面を指さした。わたしからほんの三〇センチほどのところに、黒くて太いリボンのようなものがある。生きて、動いていた。

「サスライアリだ」彼が言った。

わたしはそのリボンをじっと眺めた。「蟻？」

「軍隊蟻だよ。弱いものや動けないものは、なんでも殺してしまう。もしきみが転んで倒れていたら、蟻たちはあっという間にきみの全身に群がっていただろう。たとえ逃げ出すことができたとしても、あいつらに嚙まれると恐ろしく痛いんだ。列の外にいる兵隊蟻は、一度嚙んだら放さない。マサイ族はブッシュで傷を負うと、縫合にこの蟻を使うくらいだ」

わたしは動く黒いリボンを魅入られたように眺めていたが、ふと我に返り、助けてくれた男性に向き直った。「ありがとうございます。恐ろしい運命から助けてくださったんですね」

「お役に立てて光栄だ」彼は言った。「本来なら、わたしの敷地に侵入した人間を撃つべきところだがね」

「あなたの敷地？　わお、てっきりディディの裏庭だと思っていました」

「森の縁が敷地の境になっている。柵は作っていないんだ。意味がないからね。象が壊してしまうから。そうそう、きみは象に遭遇しなかったのも運がよかったんだよ」彼は大きな手を差し出した。「チェリトン卿だ。このあたりではブワナと呼ばれている。きみは？」

「レディ・ジョージアナ・ラノク――いえ、オマーラです」わたしは言った。「ごめんなさい、少し動揺しています。結婚したばかりなので、つい忘れてしまうんです」

彼は声をあげて笑った。「レディ・ジョージアナ。なるほど。お会いできてうれしいよ。きみと同じ飛行機だったと娘が言っていた。一緒に朝食をいかがかな」

「戻らなくてはいけないんです。夫が心配するでしょうから」

「それならわたしが送っていこう。ほかにどんな危険が待っているのかわからないからね。さあ、わたしの腕につかまるといい」

とても断れる状況ではなかったけれど、正直に言えば、彼がわたしを見る目つきがどうにも気に入らなかった。まるで、赤ずきんが小屋に入ってきたときの悪い狼のようだ。舌なめずりをするのではないかとすら思えた。わたしが彼の腕に手をからめるより早く、彼はわたしの腰に手をまわした。「きみは実においしそうな女性だ。きみとよく知り合うのが楽しみでたまらないよ。このあたりの女性のほとんどはとても頑健なんだが、きみはまるで白い百合のようだ。んん」彼はそう言うと、わたしの肩に鼻を押しつけた。ぎょっとした。思わずその顔を引っぱたきたくなったけれど、命を助けてくれた人にそんなことはできない。そうでしょう?

わたしが歩いてきた森の縁沿いではなく、彼は自分の屋敷のほうへと進んでいく。どうすれば、無礼に思われることなく彼から離れることができるのか、さっぱり見当もつかない。ディディのものよりさらに見事な庭園へと続く階段までやってきた。芝生、睡蓮《すいれん》が咲く観賞用の池、歩哨のように立ち並ぶイタリアイトスギの並木、巨大な二本の木蓮は花が満開だ。壁や低木ではブーゲンビリアが咲き乱れていて、庭が赤やピンクやオレンジ色に燃えているかのようだ。素晴らしい風景だった。階段をおりるにつれ、腰にまわされたブワナの手に力がこもってきていなければ、庭園を散策するのはさぞ楽しかっただろう。徐々にあがってきたブワナの手が、明らかに胸の下に触れてきた。わたしがその感覚を楽しんでいるのかどうかを確かめようと、問いかけるような目つきでこちらを見ているのが感じられた。わたしはひどく狼狽《ろうばい》していて、どうすればいいのかわからずにいた。植民地では親しみを表わすいたって普通の態度なのかもしれないが、これ以上彼の手に体を触られたくはない。曾祖母の力を借りて、楽しんでいないことを伝えようとしたちょうどそのとき、こちらに足早に近づいてくる足音が聞こえた。そちらに顔を向けると、すらりとした若いアフリカ人男性が駆け寄ってくるところだった。美しいと評する人もいるだろう。彫りの深い顔立ちで、高い頬骨と輝く黒い瞳の持ち主だった。その動きはガゼルのように優雅だ。

「旦那さま」彼が言った。「ここにいらしたんですね。今朝はこんなに早く起きるとは知りませんでした。あちこち探しましたよ」

英国で教育を受けたのか、彼の英語は完璧だった。

「また寝過ごしたのか、ジョー？」ブワナはわたしから手を離し、小さく笑った。だが気持ちのいい笑いではない。

「それは違います。あらかじめ言っておいてもらえなければ、あなたが六時に起きるなんてわかりませんから」若者の口調がそれほど慇懃《いんぎん》ではないことにわたしは興味を引かれた。

「まあ、いい。では働いてもらおうか。こちらの女性をディディの家までエスコートしてくれ。近道を使うんだ。愛しの花婿が彼女を探しているかもしれないからな」

「はい、旦那さま。もちろんです」若者はわたしを見て、まぶしいほどの笑みを浮かべた。

「わたしと一緒にいらしてください、メムサーイブ」

「彼はジョー、わたしの右腕だ」ブワナが言った。「彼がちゃんと連れて帰ってくれる。この屋敷で彼が知らないことはなにもないんだよ」ブワナはわたしの肩に手を置いた。「さっきの続きを楽しみにしているよ、レディ・ジョージアナ」彼はウィンクをした。

わたしはほっとして、若いケニア人と並んで歩きはじめた。

「あなたの名前はジョーなの？」草地を横断しながらわたしは尋ねた。

「ジョセフというのが洗礼名です。マサイの名前もあるんですが、発音できないと思います、メムサーイブ」

「それじゃあ、あなたはマサイ族なの？　それってキクユ族とは違うのよね？」

「まったく違います。わたしたちがこの土地の最初の所有者だったんです。キクユ族より前。白人より前に。わたしたちは戦士です。マサイの戦士になるためには、少年は槍でライオンを殺して、自分の強さを証明しなくてはいけないんです」

「まあ。あなたもそうしたの？」

「はい、メムサーイブ。ライオンを殺して、その皮をマントにしたんです」

「それなのに、いまは仲間の人たちと一緒にいたくはないの？　ブワナと暮らすほうがいいの？」

「わたしたちの部族の人間と牛たちが暮らせるだけの土地がありませんから。それに母に仕送りをしなくてはなりませんし。わたしはこの広大なお屋敷を運営する手伝いをしています。わたしたちの家畜の扱い方を仲間が旦那さまに教えて、旦那さまはそのとおりにしていい牛を育てられるようになったんです」

　わたしはうなずいたものの、どこか釈然としないものを感じていた。

　草地の端までやってきた。わたしの目にはどこも完璧に整っているように見えたけれど、現地の庭師たちは芝を刈ったり、低木を剪定したりといった作業にいそしんでいる。前方には数軒の離れがあって、その向こうに母屋とおぼしき急勾配の板葺き屋根で白しっくい塗りの細長いバンガローが建っていた。わたしたちが近づいていくと、銀の器を手にした白い制服の使用人が離れのひとつから走り出てきた。

「あれはキッチンなの？」わたしは尋ねた。

「はい、そうです。ケニアでは、火事が燃え広がることのないように、キッチンは屋敷から離れたところに建てるんです」

「火事はよくあることなのかしら？」

「時々」

「ほかの建物には使用人が住んでいるの？」

「いいえ。ソマリ族の下男だけがキッチンの裏で暮らしています。キクユ族の人間は自分の村に住んでいるんです。この地所のなかにありますが、屋敷からは離れたところです。彼らは自分たちの暮らし方が好きなので。ほかの建物は物置や、旦那さまの車やトラクターを止めておくところです」

「マサイ族の使用人は？」

「マサイ族は使用人にはなりたがりません、メムサーイブ」その口調に、わたしは身の程を思い知らされた気がした。「家畜の扱い方の助言はしますが、わたしたちの仲間のほとんどは白人の家で働くよりは、飢えるほうを選びます。わたしたちは誇り高き部族なんです」

「それじゃあ、望ましい使用人はソマリ族なのね？」わたしは急いで話題を変えた。

「そうです、メムサーイブ」

「料理が上手だから？」

「彼らは頭がいいからです。覚えが早いし、見た目もいい。彼らの外見のほうが、ヨーロッパ人に好まれるんです」

「まあ。わたしがここで家庭を切り盛りするんじゃなくてよかったわ。覚えることがたくさんあるし、不快な思いをさせてしまうかもしれない人も大勢いるんですもの」

「白人はアフリカ人に不快な思いをさせることを気にしません」ジョセフが言った。

会話はそこで途切れた。それ以上話すことはなにもなかった。

離れを通りすぎるとディディの敷地を囲む生垣が見えてきた。生垣の脇に、英国の村で見かけるような小さなコテージが建っている。板葺きの屋根に家を囲む低い柵、庭には向日葵《ひまわり》が咲いていた。近づいていくと、レースのカーテンが開いた。ジョセフが顔をあげて手を振ると、カーテンはすぐにまた閉じた。

「あそこにはだれが住んでいるの?」わたしは尋ねた。「お客さま用?」

「いいえ、いまはだれも住んでいません。あそこを使っていた人は、出ていきましたから」

「でもだれかがいたわ。手を振っていた」

「使用人のひとりが掃除をしていただけです」ジョセフが言った。「息子があそこを使いたいと言い出した場合に備えて、旦那さまが準備をさせているんです」

あの甘やかされたルパートがこの小屋を使っているところを想像しようとした。魅力的な小屋ではあるけれど、いかんせん小さい。

生垣に作られた小さなゲートまでやってきた。ジョセフがゲートを開けて言った。

「この先はわかると思います」

「ありがとう」わたしは言った。「本当に助かったわ。ブワナの地所に迷いこんでいたなんて全然知らなくて、蟻の列に足を踏み入れそうになったところを彼が助けてくれたのよ」

「サスライアリはとても危険です、メムサーイブ。森には危険なものがたくさんいます。ひとりで行ってはいけません」

「そのとおりね」名前を呼ぶ声が聞こえて、わたしは顔をあげた。

「ジョージアナ？　どこだ？　そこにいるのか？」

わたしは声のする方へと急いだ。

「ここよ、ダーシー。いま行くわ」

ダーシーはパジャマにガウンという姿で、心配のあまり顔色は悪かった。

「いったいどこに行っていたんだ？　ものすごく心配したんだぞ。靴とコートがなくなっているのに、どこにもきみの姿はない。なにか動物にさらわれたのかと思った」

「わたしは無事よ、ダーシー。地所を散策していただけ。あなたを起こしたくなかったの。とてもきれいな鳥や蝶がいたのよ。それに二頭のレイヨウを見たわ。それにチェリトン卿に会って、サスライアリについて教えてもらったの」

「それはなんだ？」

「軍隊蟻よ。全身を這いまわって、生きたまま食べてしまうんですって」

「素晴らしいね」ダーシーはわたしの腰に手をまわした。今回は文句を言うつもりはない。

「冷え切っているじゃないか。なかに入って、なにか温かいものを飲もう」

　服を着替え、熱い紅茶を飲んでいると、ディディがやってきた。チェリトン卿と会ったことを話したが、生々しい描写は省いた。ディディは訳知り顔でわたしを見た。

「このあたりには動物より危険なものがいることが、じきにわかるわ。わたしなら、充分に気をつけるわね」

　着替えを終え、出発の準備を整えたフレディが現われた。「いや、朝食はけっこうだ。ありがとう、ディディ。もう行かないと。今日はすることが山ほどあるからね。明日、ポロフィールドで会おう」その後、小声でダーシーに言っているのが聞こえた。「地元の飛行場を調べて連絡するよ」

　シリルの姿は見えない。狩りに行くときしか朝は起きてこないのだとディディが言った。卵とキドニーとベーコンの素晴らしい朝食を堪能したあと、ディディが地所を案内してくれた。

「あれがわたしの競走馬よ」ディディが最初のフィールドにいた四頭の美しい動物を指さした。「わたしの誇りであり、喜びでもある」

「レースはどこであるんですか？」わたしは訊いた。

「ナイロビでいつでも競馬大会をやっているわ。それにナクルでも。植民地では賭け事が盛んなのよ」ディディはついていくのが難しいくらい、大股ですたすたと歩いていく。「このフィールドにいるのはポロのポニー。何頭かはわたしの馬で、それ以外はほかの人のを預かっているの。ポロはここでの暮らしに大きな役割を果たしているのよ。大切な社交行事なの。毎週日曜日の朝はポロをやって、夜はイディナがみんなをもてなすの。明日はあなたたちもポロをするでしょう?」ディディはわたしたちを振り返った。「ふたりとも当てにしているんだから」

「ぼくはやりますよ」ダーシーが答えた。「でもジョージアナは、一度もポロをしたことがないんです」

「すぐにできるようになるわ。乗馬用ズボンにはき替えてきたら、いまからでもコツを教えてあげるけれど」

乗馬用ズボンを持ってくることは考えていなかったと、打ち明けなくてはならなかった。普通、新婚旅行には持ってこないものでしょう? これでポロをしなくてもすむと思ったけれど、ディディは言った。「あなたに合うものがあると思うわ。さあ、行って探してみましょう」

午前の残りは、ポニーに体を斜めにして乗りながらマレットを扱う練習に費やされた。簡単ではなかった。何度かマレットを落としたし、ポニーの脚を一度叩いた。わたしはチームのお荷物になるだけだとディディを説得しようとした。

「実際にプレイしたら、もっと簡単だってわかるわ」ディディは言った。ポニーに乗った大柄な男性がものすごいスピードでこちらに突進してくるところを想像すると、彼からボールを奪おうとする気にはなれないとわたしはひそかに考えた。コーヒーを飲むためにようやく部屋に戻ると、うれしくないもうひとつの知らせが待っていた。

「たったいまエンジェルの使用人が、今夜のディナーの招待状を持ってきたわ」ディディが言った。「だれもがあなたたちを見たがっているって言ったでしょう?」

「チェリトン卿の妻ですか？ ぼくたちを食事に?」ダーシーが言った。「いいですね」

「面白くなりそうね」ディディが警告のまなざしをわたしに向けた。「彼の双子に会いたくてたまらないわ。ほかにだれが来るのかは、行ってからのお楽しみね。にぎやかな集まりになるわ。もちろん、日曜の夜のイディナのパーティーには及ばないでしょうけれどね」

「ぼくたちはそこにも招待されているんですか?」ダーシーが尋ねた。

「もちろんよ。イディナのパーティーにはみんな招待されるの。あなたたちのパーティーとは違っているでしょうけれど、でも一度は行っておくべきよ。逃してはいけない経験ね」

「あなたも行くんですか?」わたしは訊いた。

「いいえ。わたしは好きじゃないから。イディナとわたしは親友とは言えない……昔、ひとりの男性を奪い合ってからはね。彼女が勝ったのよ。でもあなたたちは行かなきゃだめよ。ヴァレーのほかの人たちがどんなふうだか、実際に見るチャンスだもの」

「わたしたちの新婚旅行は、社交行事の連続になってしまったみたいね」

今朝、チェリトン卿に迫られたことをダーシーに話そうと思ったけれど、彼はわたしの名誉を守ろうとして、チェリトン卿の鼻を殴りつけるような早まったことをするかもしれない。

つまるところわたしたちは、ここに短期間しか滞在しないのだ。わたしはもう二度とブワナとふたりきりにはならない！

13

八月一〇日

チェリトン卿、別名ブワナと彼の不愉快な子供たちとのディナーに出かけるところだ。ダーシーは楽しみにしているようだけれど、わたしがあまり乗り気ではない理由を彼には話せないでいる。学生時代のロウェナの振る舞いについては話したけれど、いま彼女と会いたくない理由にはならないとダーシーは考えている。「きみのほうが立場が上じゃないか。すでに夫を捕まえたんだし、その夫ときたらいいやつなんだから」

そういうわけで、髪を整え、お化粧を終えたわたしはチェリトン卿の屋敷に向かおうとしているところだった。

「とてもきれいだよ」ダーシーがほめてくれた。「すごくお洒落だ」

わたしはゾゾがパリから持ってきてくれたイブニング・パジャマを着ていた。

「これは背中が開いていてよかったわ」わたしは言った。「ディディには、わたしの着替えを手伝ってくれるメイドがいないみたいなんですもの。下男にボタンを留めてもらうのはごめんだわ」

「そのために夫がいるんじゃないか」ダーシーが近づいてきて、わたしの腰に腕をまわした。「ぼくが、喜んで服を着る手伝いをするよ。脱ぐときもね」

「ダーシー、やめて」いささか妖しげな雰囲気になってきたので、わたしは彼の手をぴしゃりと叩いた。「髪が乱れるわ」

「わかったよ。いまは我慢しよう」彼はそう言って手を離した。わたしはミンクのストールを手に取った。ディディとシリルと一緒に出発した。アフリカの夜は漆黒の闇だ。ランタンを持った下男のひとりが先頭を歩いていたけれど、それでも夜風に乗って様々な奇妙な音が聞こえてくる。遠くでライオンの鳴き声がした気がした。ここはディディの地所だから安全だと自分に言い聞かせながらも、ひとりではないことにほっとしていた。

チェリトン卿の家はディディのものより立派なのだろうと想像していた。けれどそうではなかった。ただ大きいだけだ。ジョセフが玄関で出迎えてくれた。

「ようこそ」彼はそう言ってわたしたちに微笑みかけた。「お入りください。ブワナとメムサーイブがお待ちです」

わたしたちが案内されたのは、白しっくい塗りの壁に小さな窓と板張りの床の広いけれど簡素な部屋だった。絨毯《じゅうたん》の代わりに動物の毛皮を敷いた、まさに狩猟小屋だ。壁には現地の槍や盾と一緒に、見事な動物の頭のはく製が飾られている。おそらくは現チェリトン夫人が、どうにかして見栄えをよくしようとしているのだろう。上等のアンティークの家具がいくつか――全部が同じ時代のものではなかった――置かれ、壁には金色の額に入った大きな肖像画や鏡、あちらこちらに花を活けた花瓶があって、気分が悪くなりそうなくらい甘ったるい香りが、大きな石の暖炉で薪が燃えるにおいと競い合っていた。白い制服に身を包んだ使用人たちが壁の前に一列に並び、ルパートとロウェナは父と共に暖炉の脇に立っていた。わたしたちが入っていくとチェリトン卿は顔をあげ、両手を広げて近づいてきた。

「やあ、来てくれたね。よかった、よかった。元気かい、ディディ？　きみはどうだい、シリル？　なんだかやつれたね。ここ最近は、あまり日に当たっていないんじゃないか？」

「サファリ・ビジネスがうまくいっていないとほのめかしているつもりなら、それは大きな間違いだよ、チェリトン」シリルが言った。「わたしは客を選ぶようにしているだけだ。それにどうしても知りたいようだから教えておくが、来週はデイヴィッド王子と彼の愛人からすでに依頼を受けている」

「ゴシップ欄に書く種ができそうじゃないか」ブワナが言った。

「考えたこともないね。王室にはなんの問題もないふりをしているべきなんだ」シリルが憤慨しているのを見て、ブワナは笑った。

「きみがコラムに書いている内容は、いつもそれほど高潔だとは思えないがね」彼はシリルの返答を待つことなく、わたしたちに向かって言った。「こちらが幸せなカップルか。はじめまして、オマーラ。きみの美しい奥さんにはもう会ったんだ。さあ、エンジェルを紹介するよ。一杯やってくれたまえ」

ブワナの妻――かつてのエンジェル・トラップ――はシマウマの毛皮がかかったソファにゆったりともたれていた。「ダーリン、こちらがロウェナの学生時代の友人のレディ・ジョージアナと、彼女が結婚したばかりの夫、ジ・オナラブル・ダーシー・オマーラだよ」

エンジェルはほっそりした手を差し出した。「お知り合いになれてうれしいわ。近頃では、外の世界から来た人なら、どんな方でもお会いできるのがうれしいのよ」

「それなんだよ、わたしたちに必要なのは。新しい血だ」ブワナは熱っぽく言った。「今朝もレディ・ジョージアナにそう言ったんだよ。新しい血。この植民地はそれを必要としている。考えてみるべきだ、オマーラ。手に入る土地も金もまだまだ山ほどある。コーヒーか紅茶を試してみてもいいんじゃないか。コーヒーをやるにはここは少しばかり標高が高すぎるが、紅茶は大丈夫なはずだ」ダーシーになにか言う間も与えず、彼はさらに言った。「わたし自身が紅茶のプランテーションをやろうかと考えているところなんだ。軌道に乗ったら、ルパートに任せればいい。彼には、ここでの仕事の進め方を学んでもらわなければいけない。わたしの跡取りだからね」ブワナは愛情をこめてルパートの背中を叩いた。「いずれすべてはおまえのものになるんだ、坊や。わたしはまだすぐにいなくなるつもりはないが、元気なあいだに、おまえにはだいたいのところをわかってもらわなくてはならないからな」

「ぼくにここを継がせたいんですか、父さん?」ルパートはぞっとしたような顔をしている。

「英国の地所はどうするんです？　父さんはブロートンを受け継いだばかりだ。故郷に戻ることは考えていないんですか？」

「あれは人里離れた荒れ地に建つ、怪物のような城だよ」ブワナの口調は辛辣だった。「相続人が限定されていなければ、さっさと売ってしまうんだがね。故郷に戻るという話だが――わたしの故郷はここケニアだ。遠い昔に初めてここに来て、八〇キロ四方にわたし以外だれも白人がいなかったときに、そう決めたんだ。とんでもなく大変だったが、わたしはあきらめなかった。自分で道を切り開いてきた。素晴らしくいい人生だったし、息子にはわたしが手に入れたものを継いでもらいたいと思っている」そこまで言うと、今度は言葉に怒りがこもった。「わたしが見るかぎり、英国は軟弱になった。世界大戦であまりに多くの人間を失って、あっさりあきらめた」彼はルパートの顔の前で指を振った。「英国に必要なのは改革だよ。ドイツのあの男の考えは正しいと思うね」

「ヒトラーのことですか？」ルパートが訊いた。「ヒトラーの考えは正しいと？」

「もちろんだ。誇りと軍事力、国に必要なのはそれだよ。そして、ふさわしい人間に統治されること。支配するために生まれてきた人間にね。いまいましい社会主義者や下層階級の文化人ではなくて」

「ヒトラーは弱い者いじめをする狂信者のようにぼくには見えます」ルパートが言った。

「英国は絶対にああいったリーダーは認めませんよ」

「彼は哀れな小男よ」ロウェナが口をはさんだ。「怒鳴りすぎるし」

「首相になったばかりの意気地なしのスタンリー・ボールドウィンよりはましだ。まあ、見ているといい。ヒトラーはヨーロッパを揺さぶるよ」

「政治の話はもうたくさんよ、ロス」エンジェルが言った。「わたしが退屈するってわかっているでしょう？　それにヨーロッパでなにが起きようと、こんな僻地にいるわたしたちには関係のないことだわ」

「その反対さ。僻地がどれほど重要かを知ったら、きみは驚くよ」ブワナは不意に顔をあげた。「飲み物はどうした、ジョセフ？　なにをしているんだ？　喉が渇いて死にそうだぞ。さっさと飲み物のカートを持ってこないか。ここ最近、寝ぼけているんじゃないか」

ジョセフはなにも言わなかった。無表情な顔で部屋の中央にカートを運んできただけだ。

「ルパートがすべてを相続するのって不公平だと思うわ」ロウェナが言った。「わたしたちは双子なのに。それどころか、わたしのほうが二〇分ほど早く生まれているのよ」

「彼は男だもの。あなただってわかっているはずよ」エンジェルはシンプソン夫人を思わせるけだるそうな声で言った。「すべては長男が相続する。それがあらゆる場所でのばかげた法律よ。もしわたしに兄弟がいたら、わたしは一ペニーだって財産をもらえなかった。兄弟がいなくて運がよかったわ」そう言って笑った。

わたしはしげしげと彼女を眺めた。美しいとは言えない。少し痩せすぎだし、頬がこけているところもシンプソン夫人に似ている。けれど化粧と髪型は完璧だった。この地で見たほかの人たちとは違い、彼女は一度も太陽に当たったことがないように見えた。わたしの友人のベリンダがデザインしそうなケープがついた面白いドレスを着て、山ほどの宝石をつけていた。ネックレスにはルビーとダイヤモンドがいくつもついていたし、たくさんの指輪のなかには大きなダイヤモンドもあった。もしもルパートが宝石泥棒だったなら、盗んだものを処分するのにミスター・ヴァン・ホーンに会う必要はないと思った。彼女が嬉々として買い取ってくれるだろう。

　エンジェルがわたしに手を差し出した。「隣に座ってちょうだい」その手を取ると、彼女はわたしをソファの隣に座らせた。「そのイブニング・パジャマ、素敵ね。パリ製かしら？」

「はい、そうです」わたしはうなずいた。

「シャネル？」

「スキャパレリです」

「まあ、驚いたわ」

「とても裕福な友人が結婚のお祝いにプレゼントしてくれたんです。普段はこんな格好はしていません」

「わたしは流行を追うのはやめたの」エンジェルはため息をついた。「ここでそんなことをして、なんの意味があるというの？　ほとんどの女性は男のような格好をしているし、肌ときたら古い革靴みたいなんだから。パリかロンドンに行きたいってブワナに何度となく頼んでいるんだけれど、彼はいつだって忙しいのよ……いろいろとすることがあって」非難がましい視線をブワナに向けた。「ここはどこからも遠すぎるの。動物以外、なにもないところに閉じこめられているのがどれほど退屈なものか、あなたには想像もつかないと思うわ。話し相手も同じ人だけ。同じ退屈な人たちよ。つまらない冗談を何度となく繰り返すの」

なんと答えればいいのかわからなかった。彼女の言葉は間違いなく真実だ。わたしはダーシーに目を向けた。ここで新しい人生をはじめればいいというブワナの誘いに、ダーシーの気持ちが傾いていないことを祈った。問題は、ダーシーがまさにこの地で成功するであろうタイプだということだ。新たな不安の波が押し寄せてきた。宝石泥棒の話は作り話で、ここに来る言い訳にすぎなかったんだろうか？　実はここに落ち着きたいと思っていると突然打ち明けて、わたしを驚かすつもりなんだろうか？　ダーシーはチェリトン卿とディディと双子たちとの話に夢中だ。顔をのけぞらせて笑っていて、明らかに楽しんでいる。彼が水を得た魚のようにここでの暮らしになじみ、一方のわたしは慣れない場所で、エンジェルのように退屈して怒っている未来を想像した。

でも、彼の言うとおりにする必要はないのだと考えた。ここに来たくなければ、そう言えばいい。ダーシーは妻の意見を無碍《むげ》にしたりはしない。

そう考えると、少し気分が楽になった。差し出されたジン・トニックを口に運んだ。トニックがほんのわずか入っているだけでほとんどがジンのようで、わたしはむせた。エンジェルは自分の分を飲み干し、お代わりを注ぐようにと空のグラスを差し出した。

「メムサーイブはもう一杯飲むのですか？」ジョセフが尋ねた。「もうすぐディナーの時間ですが」

「メムサーイブがもう一杯欲しいと言ったら、メムサーイブはもう一杯飲むのよ」エンジェルはけんか腰で言った。すでにもう何杯か飲んでいるようだ。彼女はこうやって孤独と退屈を紛らわしているのだろうか？　故郷からこれほど離れたところ、アメリカの明るさやにぎやかさから遠く離れたところで、ふたりの愛人がいる夫と暮らし続けるのはさぞ辛いことだろう。飲みたくなるのも無理はない。

ディナーの用意ができたらしい。給仕のために、それぞれの席のうしろに下男が立っている。わたしは使用人のいるラノク城で育ったけれど、これほど大勢がいたことはなかった。下男たちは〝ボーイ〟と呼ばれていたが、顔を見れば大人の男であることがわかる。ブワナが犬に対するみたいに彼らに命令するのを聞いていると、わたしは落ち着かない気持ちになった。最初の料理が運ばれてきた。クルトンを浮かべたコンソメスープだ。その次が魚にホワイトソースをかけたもので、そのあとが大きなステーキだった。ビーフでないことはわかったが、なんの肉かはあえて訊かなかった。ブワナがその低くて大きな声であらゆることに対して意見を述べ、その場の会話を支配していた。「おまえたちふたりはもっとたくましくならないとな」彼は双子に向かって言った。「見てみろ、百合のように真っ白だし、上等のバターみたいにふにゃふにゃじゃないか。サファリに連れていくつもりだったが、乳牛の群れに新しい牡牛を加えることにしたんだ。交配の様子を見に来るといい。いい牛がやってくるところを見るのは最高だ」

「ちょっと、ロス。いまはディナーの最中よ」エンジェルが言った。「レディ・ジョージアナは上品な人たちとお付き合いしてきたんだから」

「レディ・ジョージアナは大きな屋敷で育ったんだ。これまでにも動物の交配くらい、見たことがあるに決まっている」

「そうだとしても、ディナーの席でその話をしたくはないはずよ」

「それならなんの話をするんだ？　最新の流行とか？」

「わたしがモリノーを着ていようが、ウールワースを着ていようがだれも気づかないのに、そんな話をする意味があるかしら」

ぎこちない間があった。

「このふたりは明日の夜、イディナのところに招待されているのよ」ディディが言った。

「それは、牡牛の交配よりも驚くべき経験になるだろうな」ブワナは大声でげらげら笑った。

「あなたは行くの？」ディディが尋ねた。

「もちろんだ。だが、子供たちは連れていかないぞ」ブワナはダーシーに向き直った。「もうサファリの予定は立てたかな？」

「まだ着いたばかりですから。それにぼくたちは新婚旅行なんです。ふたりきりで過ごしたいですね」

「それにはサファリがうってつけだぞ。なにもないところのど真ん中にテントを張るんだから。これ以上ロマンチックなことはないだろう？　そしてふたりで初めての象を仕留めるんだ。ふたりを連れていってやってくれ、シリル。わたしの子供たちも一緒に」

「サファリは高いぞ、ブワナ」シリルが言った。「わたしを雇うつもりなのか？」

「きみがどうしてもと言うのならね。まあ、きみはたいした白人ハンターではないからな。きみがガイドすると、仕留めるのはウシカモシカだけじゃないか。ウシカモシカは間抜けだから、ふらふらと目の前に出てくるし、銃を撃っても逃げやしないんだ」

「わたしが素晴らしく腕のいいハンターだということを教えてあげよう」シリルが言った。

「いずれ、きみを連れていくよ。だれが一番たくさん獲物を仕留められるか、その目で見るといい」

「その話、応じようじゃないか。セレンゲティで」ブワナは満足そうにうなずき、背後に立つ使用人に料理のお代わりを命じた。ジョセフがグラスにワインを注ぎ足した。

その夜わたしたちは、よく食べ、よく飲んだ。暖炉のある部屋に戻ると、ブランデーとコーヒーが振る舞われた。ほどよく暖められた部屋のなかで、わたしは激しい疲れを覚え、頭がぼうっとするのを感じた。標高が高いところではお酒は控えめにしたほうがいいとディディが注意してくれたことを思い出した。今夜はその助言に従っていなかった。意識を失ったり、眠ったりしてしまう前に、バスルームに行って冷たい水で顔を洗ったほうがよさそうだ。立ちあがり、エンジェルに小声でそう告げた。

「わたしの寝室のバスルームを使うといいわ。そこが一番近いから。右側のふたつめのドアよ」

その指示に従った。椅子の背には様々な服がかけられたままで、彼女の寝室はあまり片付いていなかった。ここではレディズ・メイドは必要な存在ではないらしい。クイーニーでもここなら仕事は見つかるだろうし、ありがたがられるだろうと思うと、笑みが浮かんだ。かぎ爪脚の大きなバスタブがあるバスルームに入り、顔を洗った。

外に出ると、バスルームのドアの脇にチェリトン卿が立っていたのでわたしはぎょっとした。

「あら、ごめんなさい。順番を待っていたんですか？」

「いいや、きみを待っていたんだよ、かわい子ちゃん」彼は言った。「今夜はきみとふたりきりになるチャンスがなかったからね」

「あなたはこの家の主人だし、わたしは夫と一緒ですから」わたしは彼の脇をすり抜けようとした。彼はシマウマを吟味するライオンのようにわたしを見つめている。わたしは落ち着かない気持ちでドアを眺め、どうにかしてそこまで行こうとした。

「きみには、今朝、わたしに命を助けてもらった借りがあると思うがね」ブワナは逃げ道をふさぎ、わたしを部屋の隅に追いつめた。「わたしは貸しは必ず返してもらうことにしているんだ」彼はその大きな体をわたしに押しつけて動けなくすると、両手で顔をはさんでキスをしようとした。

「いいから」わたしが顔を背けたせいで鼻がぶつかると、彼は言った。「そんなにお堅いふりをすることはないんだ。ここはケニアなんだから、ここでのゲームのやり方を学ばなきゃだめだ。ここのベッドで急いでやれば、気づかれる前に戻れるさ」

ブワナはわたしの動きを封じたまま、両手で体をまさぐりはじめた。礼儀を守るのもこれまでだ。彼がこの家の主人でわたしは客で、強烈な痛みを与えられる箇所に膝を打ちつけるのは常識的なことではないなどといった考えは、怒りの前にどこかへ消えていった。

ありったけの力で彼を押しのけた。「この恥知らず」わたしは言った。「あなたの妻と、あなたが手本になるべきふたりの子供が隣の部屋にいるのよ」

彼はわたしの言葉を笑い飛ばした。「あのへなへなしたふたりか？　あれがわたしの子供だとはとても信じられないね。それに、エンジェルはベッドの上ではあまり面白みがないんだ。新しい血の話をしたのはそういう意味さ。若い血がいいんだ」

「どうしてわたしがあなたに魅力を感じると思うの？　わたしはハンサムで若くて男らしい人と結婚したばかりなのよ。あなたみたいながさつで太った年寄りに惹かれるはずがないでしょう？」

動きを制限する長くてぴっちりしたイブニングドレスではなく、イブニング・パジャマを着ていたのは幸いだった。体を押さえつけられていても膝は充分動いたから、鋭く持ちあげて例の箇所を蹴るくらいのことはできた。ブワナは驚くほど甲高い悲鳴をあげて、体をふたつ折りにした。わたしは彼を押しのけた。足音も荒く部屋を出ると、廊下にいたロウェナにぶつかった。

「まだ昔みたいに、ほかの人のことをこそこそと探っているの、ロウェナ？」わたしは言った。「もう女学生みたいなことは卒業したはずなのに」

わたしは心臓の激しい鼓動を感じながら、ほかの人たちのところに戻った。

「ダーシー、そろそろ帰りたいんだけれどいいかしら?」わたしは言った。「ひどい頭痛がするの。標高のせいだと思うわ」

ダーシーはわたしをひと目見て、頭痛以外になにかあるとわかったようだ。エンジェルとディディは親切に気遣ってくれた。アスピリンを取ってくるとエンジェルは言ってくれたが、ダーシーが断った。「いま必要なのは眠ることだと思います」

「もちろんそうね」ディディがエンジェルに言った。「わたしが連れて帰るわ。ふたりがわたしのところに滞在しているあいだは、またゆっくり会うチャンスはいくらでもあるもの。ブワナが双子に地所を案内しているあいだに、ランチに来てちょうだい。楽しくお喋りしましょう。わたしたち女だけで」

寝室でふたりきりになったところで、わたしはなにがあったかをダーシーに話した。彼は怒りで顔を赤くした。

「ろくでなしめ。そういうことをすると聞いていたんだった。すまなかった。きみを追うようにして彼が部屋を出ていったことに気づくべきだった。もう心配ないよ。これからはずっと、ぼくが影のようにきみに張りつくから。もしやつがまた同じことをしようとしたら、殺してやる」

わたしがどう抵抗したかを話すと、ダーシーは噴き出した。

「それでこそきみだ！　よくやったね、ジョージー」彼はわたしをベッドに引き倒した。

「今後はきみに言い寄るときは気をつけなければいけないね。きみは間違いなく手ごわい敵だ」

「心配いらないわ。あなたに言い寄られるのは大歓迎よ！」

14

八月一一日　日曜日
ポロフィールドで。参った。

心底、嫌でたまらない。きっと笑い物になるだろう。どうしてわたしはもっとはっきりした態度が取れないんだろう？　かわいらしく微笑みながら、ありがとうございます、でもやりたくありませんと言えることができたなら。けれどわたしたちはディディの家にお世話になっているのだし、彼女はかなり執拗だ。

日曜日の朝一〇時、わたしには小さすぎるズボンとブーツをはき、ダーシーの開襟シャツを借りたわたしはポロ用のポニーにまたがっていた。スクイブスという名の鹿毛色の馬で、その目には邪悪な光が浮かんでいる気がした。ポニーと呼ばれてはいるが、その背中は地面からとんでもなく離れているように見える。わたしたちは、ほかの参加者のためのポニーを何頭か引いていくディディのあとをついていった。わたしたちが着いたときには、ポロフィールドはすでに活気にあふれていた。入口には万国旗がかけられている。数台の車が止まっていて、それぞれの所有者たちは洒落た乗馬服に身を包み、朝のこんな時間だというのに、テーブルを囲んでシャンパンやカクテルを飲んでいた。染みひとつない白い制服を着たアフリカ人の使用人たちが、いつでも給仕できるように、その背後に立っている。

ポニーからおりて杭につないでいると、通りかかった人々はディディに声をかけつつ、興味深そうなまなざしをダーシーとわたしに向けた。

「新しいプレーヤーを連れてきたんだね。いいことだ」そう言ったのは、わたしたちと同じ飛行機に乗っていた男性だ。わたしの記憶が正しければ、タスカー・エガートン。噂が正しければ、妻がブワナと浮気をしているという男。いまはどちらの妻の姿も見当たらなかった。ディディがわたしたちを紹介した。

「素晴らしい。来てくれてうれしいよ。ポロのレベルをあげるためにも、ぜひとも新しい血が必要なんだ」同じ飛行機だったもうひとりの男が言った。チョップスなんとかという名前――チョップス・ラザフォードだ――で、彼の妻はすっきりとした乗馬服をまとい、ポロをする準備を整えていた。「殿下が来られるまでは、はじめるわけにはいかない」

「デイヴィッド王子が来るんですか？」わたしは訊いた。

「なにがあっても来るわね」チョップスの妻が答えた。「ポロが大好きなんですって。ゆうべ、トム・ディラミアのところで食事をしたときにそう言っていたの」

「女性の友人のほうはそれほど熱心ではなかったがね」チョップスが言った。「退屈だと言っていたが、フィールドに来て応援してほしいと王子が頼んでいたよ。こんなことを言うべきじゃないのかもしれないが、彼女と一緒にいるときの彼は小さな男の子みたいだ。すっかり尻に敷かれているよ」

「言葉に気をつけたほうがいいわよ。ジョージアナは彼の親戚なんだから」夫を従えて近づいてきたパンジー・ラグが口をはさんだ。

「まあ、そうだったわね」チョップスの妻――わたしは必死に名前を思い出そうとしていた――が言った。「新聞であなたの結婚式の記事を呼んだわ。正確に言うと、どういう関係なのかしら?」

「親同士がいとこだったと思います」わたしは言った。

「あら、大変。それじゃあわたしたちは、膝をついてお辞儀をしなくてはいけないのね」

わたしは笑って応じた。「いいえ。わたしの祖母は王子ではありませんでしたから、その子供たちに殿下の称号はないんです」

彼女も笑った。「それを聞いてほっとしたわ。王家の人と公式ではない場で会ったときにどうすればいいのか、よくわからなかったのよ。でも彼はなかなかいい方ね。とても気さくで」

「ええ、すごくいい人です。昔から大好きでした」

「ほら、来たぞ」オープンタイプのロールスロイスがゲートを入ってくると、だれかが言った。

「だれかベイブを見なかったか？」タスカーが大きな赤い顔に険しい表情を浮かべ、あたりを見まわしている。「まだあのあずまやで髪をいじっているのか？　王子とディラミアが着いたときにいないなんて、とんでもないぞ」

大きなその車が止まり、運転しているのが若い男性であることに気づいてわたしは驚いた。彼はそのままポロができるような服装をしていて、車を降りてうしろにまわると、デイヴィッド王子とシンプソン夫人のためにドアを開けた。ディラミア卿の話は聞いていたが、もっと年を重ねた男性なのだとばかり思っていた。植民地の事実上のリーダーで、堂々とした年配の紳士だと考えていたのだ。

「あれはだれですか？」ディディに小声で尋ねた。

「トム・ディラミアよ――新しいディラミア卿。父親が亡くなって、彼が大牧場を継いだの。ものすごくいい人。紹介するわね」

その必要はなかった。デイヴィッド王子がわたしに気づいた。「やあ、ジョージーじゃないか」満面の笑みを浮かべて言った。「うれしい驚きだね。新婚旅行に来ているとウォリスから聞いたよ。おめでとう」

当然のことながら、全員の視線がこちらに向けられたので、わたしはすくみあがった。わたしはトム・ディラミアと彼の妻に紹介された。視界の隅に、あずまやから出てきたブワナ・ハートトレーが見えた。それなりの間隔を置いて出てきたのは、胸元がいささか開きすぎているうえ、体にぴったりしすぎているシャツを着た、けばけばしい金髪の若い女性だ。明るいところに出てきた彼女は、ビスケットを盗み食いしたことをだれにも気づかれていないと思っている子供のように、満足そうな小さな笑みを浮かべた。ベイブだろうとわたしは考え、さらに二段階ほど赤みを増したタスカーの顔を眺めた。さらにあたりを探したが、ブワナの妻は見当たらない。子供たちもいなかった。だが、パンジー・ラグが悪意そのもののまなざしをベイブに向けたことには気づいた。また、あずまやのベランダに、グラスを手にしたフォーマルな装いの年配の男性が座っているのが見えた。

「ベランダにいるのはだれですか？」ディディに尋ねた。

「見たことがない人ね。なんだか困っているみたい。きっとだれかを訪ねてきたのね。ちょっと話をしてくるわ」

ディディはその男性と挨拶を交わして、戻ってきた。「南アフリカから来たそうよ。ギルからフレディの車で来たんですって。ミスター・ヴァン・ホーン。アフリカなまりがすごく強かったわ」

フレディは頭がいいとわたしは思った。これで彼とダーシーは、ミスター・ヴァン・ホーンが地元の住人とどんなふうに関わるのかを見ることができる。シリルもやってきたが、ポロはしないと言った。「まったく野蛮なゲームだよ、ポロは。マレットをがちゃがちゃぶつけるんだから」

「大型の動物を撃つことには良心の呵責《かしゃく》を覚えないくせに、ポロは野蛮だなんてよく言えるわね」

「生来の怠け者なんだと解釈してくれ」シリルが言った。「それにブワナと別のチームになったら、うっかり彼を打ちのめしたくなるんでね」

「ブワナが好きじゃないんですか？」わたしは訊いた。

シリルは哀れむような顔でわたしを見た。「好きな人間がいるか？　あの男は害悪だよ。彼のことを書いたコラムの件で、一度訴えられたことがある。全部真実を書いたんだ……まあ、少しばかり誇張はしたがね。彼が勝って、わたしは慰謝料を払わなきゃならなかった。それ以来、互いを嫌い合っているよ」

「プレイしないのなら、ミスター・ヴァン・ホーンの相手をしてもらえない？」ディディが訊いた。「ギルギルのホテルでひとりきりでいた彼を気の毒に思って、フレディが連れてきたのよ」

「喜んでお相手しよう。ケープタウンか。開けた町だ」

「彼はヨハネスブルグから来たのよ」ディディは笑いながら言った。

わたしは、シリルがミスター・ヴァン・ホーンの隣に腰をおろすのを眺めていた。やがて新たな車が到着し、周辺にささやき声が広がった。「イディナだ」

母が嫌悪する相手が車から降り立った。想像していたような妖婦ではない。それどころか、ズボンをはき、開襟シャツを着て、首に赤いバンダナを巻いたごく普通の中年女性だ。けれど出迎えを受けて笑顔になった彼女を見て、男性が魅力を感じる理由がよくわかった。目を輝かせるという表現を耳にすることはよくあるが、彼女の目は本当に輝いていた。きらきら輝いて、性的魅力を振り撒いている。魅惑的だ。

「遅れてごめんなさい。本当に失礼だったわ」彼女は言った。「今日は車の調子が悪かったのよ。どういうわけか、エンジンがかからなかったの。でも新しい運転手が、なんとか動かしてくれたのよ。そうよね？」

運転手が車から降りてくると、わたしの口があんぐりと開いた。ほかでもない、ジョスリン・プリティボーンだったからだ。パンジー・ラグが真っ先に彼に歩み寄った。

「いい仕事を見つけたじゃないの。レディ・イディナの運転手？　いったいどうやったの？」

「運がよかったんです」彼は答えた。「彼女は昨日ナイロビに来ていたんです。だれか仕事をくれる人に会えることを期待してクラブにいたぼくに、車を運転できるかって彼女が訊いてきたんですよ。もちろんできますって答えました。二日酔いがひどくてとても運転できそうもないって彼女が言うんで、ぼくが家まで送ったんです。そうしたらぼくの見た目が好みだから、このままここで働かないかって言われて。それで、いまここにいるというわけです」

ジョスリンはうれしそうに顔をほころばせた。

「気をつけたほうがいいわ」パンジーが言った。「イディナはあなたのような若い男の子を朝食にたいらげて、骨だけ吐き出すのよ」

「彼女は肉食タイプには見えませんけれどね。それに、一緒に住んでいる男がいるんですよ。

辺境地を飛ぶ、たくましいパイロットです。ぼくなんておよびじゃありませんよ」

「ラングランズはどうしたんだ？」だれかがイディナに尋ねた。「まさかもう放り出したんじゃないだろうな？」

「彼ならどこかを飛んでいるわ」イディナは気のない様子で手を振った。「それに、もちろん放り出してなんていないわ。まだ仕込んでもいないのに！」そう言って、楽しそうに笑った。

わたしと引き合わされると、イディナはわたしの両手を握った。「あなたのことはよく知っているわ。お母さんはわたしと同じくらい素行が悪いわよね。それどころか、わたしより悪いと思うわ。だってわたしの相手は英国人ばかりなのに、お母さんは文字通り世界を股にかけているんですもの」

イディナの言葉には少しも悪意はなく、それどころかうらやましそうな響きがあったので、わたしは笑みを浮かべてそのとおりだと答えるほかはなかった。「いまのお相手はドイツ人よね？」

「ヨーロッパのできごとをよくご存じなんですね、レディ・イディナ」わたしは言った。

「イディナと呼んでちょうだい。そうでないと、わたしもあなたを〝レディ〟って呼ばなくちゃいけなくなるわ。そんなの面倒でしょう？　わたしは時々故郷やパリに行っているから、噂も耳に入るのよ」

「でも最新の話はご存じないと思います。そのドイツ人とは婚約を解消したんです。彼の父親が亡くなって、そのあとを継いだんですが、彼の母親がわたしの母を気に入らなくて」

「まあ。彼は本当はマザコンだったのね。それなら、逃げられてよかったのよ」イディナはにっこりと微笑んだ。「わたしの夫たちに言えることは、みんな母親をちゃんと遠いところに置いてきたっていうことね」彼女はわたしの手を強く握った。「今夜のパーティーには来てくれるでしょう？　待っているわね。楽しいわよ。いつもとても楽しいの」

気がつけばわたしはうなずいていた。イディナは、ノーと言えない相手だ――ちょうど王妃陛下のように。

男性たちはお喋りに飽きて、早くポロをはじめたがっていた。わたしはディディ、ダーシー、フレディ、ハリー・ラグと共にデイヴィッド王子のチームになった。ささやかな幸運に感謝しなければと、わたしは自分に言い聞かせた。とりあえず、王位継承者をうっかりポニーから叩き落としてしまう危険はなくなったのだから。背中に乗ると、スクイブスはうしろ脚を蹴りあげ、わたしの爪先を嚙もうとした。気性が激しそうだと思ったのは正しかったらしい。フィールドに出ていき、相手チームと向き合って並んだときには、わたしは心臓がどきどきしていた。七分ずつの四チャッカー（ポロのひと区切りの競技時間のこと）。終わるまで生き延びられることを願った。

レフリーが笛を吹いた。ポニーたちがどっと走り出す。マレットでボールを打つとバシンという大きな音がして、フィールドからは〝いいショットだ。ナイスプレイ〟という声があがる。うしろのほうでおとなしくしていて、ボールが来ないように祈るというのがわたしの作戦だった。だがスクイブスには別の考えがあったらしい。ポニーたちが集まっているところを目指して思いっきり駆けていく。どれほど手綱を引いても止めることはできなかった。一直線に向かっていく先には相手チームのふたりのメンバーがいて、わたしは思わず目を閉じた。腕を引っ張られるのを感じ、バシンという音が聞こえた。

「まあ、よくやったわ、ジョージアナ」ベイブの声がした。「それよ」

わたしはボールを奪っていたようだ。けれどスクイブスはそれで満足することはなかった。再び敵に向かって突進していく。今度は、わたしのマレットがタスカー・エガートンのマレットに引っかかった。

「落ち着きたまえ」危うく落馬しそうになった彼が叫んだ。

「ごめんなさい」わたしは叫び返した。

「謝らなくていい」ハリー・ラグが大声で言った。「素晴らしいプレイだ。完全にルール内だよ」彼は自分のポニーをわたしのほうへと近づけた。「きみは小さな爆弾だな。敵じゃなくてよかったよ」

わたしはなんとか最後まで鞍に乗ったままでいることができたうえ、わたしのチームが勝利を収めた。王位継承者を落馬させ、踏み殺されるようなことにもならずにすんだのはまさに奇跡だ。ほっとしてポニーをおりた。

「いいプレイだったよ、ジョージー」デイヴィッド王子がポニーを引いて近づいてきた。「英国のクラブでは女性が歓迎されないのが残念だ」

わたしは心のなかで感謝の祈りを捧げた。シンプソン夫人が人とポニーのあいだを縫うように近づいてきて、彼の腕を取った。「ポニーはだれかに任せればいいわ、デイヴィッド。ずっとあなたがいなかったから、退屈で死にそうよ。本当にばかみたいで、幼稚なゲームね」

「とんでもないよ、ウォリス。とても楽しいんだ」彼女に引きずられるようにして歩きだしながら、デイヴィッド王子が言った。

彼女の言葉が聞こえた気がした。「いまのうちに存分に楽しんでおくのね。結婚したら……」そのあとは喧噪に紛れて聞こえなかった。

わたしはすっかり疲れ果てていることに気づいて、当惑した。息が苦しいし、めまいがする。気を失うのではないかと思ってぞっとした。ディディが助けに来てくれた。「大丈夫？」

「どうしてこんなにくたくたなのかしら」

ディディが微笑んだ。「標高のせいよ。慣れるまでしばらくかかるの。ここは二四〇〇メートルの高さなんですもの。二、三日はゆっくりして、お酒は控えることね。ほら、あなたのポニーはわたしが連れていくわ。ほかの人たちと一緒にランチを食べていて」

わたしは彼女にスクイブスを任せた。長いテーブルに見事な料理が準備されている。サラダ、スモークトラウト、コールドミート、見たことのない果物。一番向こうにはシャンパンのグラスが並んでいる。ほかの人々から離れてシンプソン夫人とデイヴィッド王子がベランダへと歩いていくのを見て、ふたりを見張るという任務を王妃陛下から与えられていたことを思い出した。わたしはディラミア卿に歩み寄り、ためらいがちに切り出した。

「ディラミア卿」

「トムと呼んでくれないか」彼は言った。「ここでは、形式ばったことはなしにしているんだ。そうしないと、ぼくはきみをレディ・ジョージアナと呼ばなくてはならなくなるし、それはまどろっこしいからね。なにより、きみのほうが立場が上だ。それを思い知らされるのは、あまり気が進まないな」

「いまのわたしは、ただのオナラブルの妻ですから」わたしが言うと、彼はにっこり笑った。

「いい男だよ、きみのダーシーは。彼とは以前に会ったことがある」

彼がダーシーの知り合いであり、だれもが彼を高く評価しているという事実に、わたしは秘密を打ち明ける気になった。

「お願いがあります」わたしは声を潜めた。「わたしがここに来ることを知った王妃陛下から、デイヴィッド王子を見張っていてほしいと頼まれているんです」

ディラミアは面白そうな顔になった。「きみになにをさせたかったんだろう？　野獣から彼を守るとか？」

「そのとおりです。一匹の野獣。彼の女性の友人です。彼女の離婚が成立したいま、ふたりがひそかに結婚して、既成事実として発表することを王妃陛下は恐れているんです」

彼は笑いはじめた。「そしてきみは、その場に乱入して結婚を阻止するのかい？」

わたしも笑った。「そんなことをしている自分は想像できないわ」

「どちらにしろ、心配する必要はない。このあたりの法務官はぼくだから、結婚するときにはぼくの立ち会いが必要だ。その予定はないよ。だから安心して、新婚旅行を楽しむといい」

「そうだといいんですけれど。ここはなにもかもが……落ち着かなくて」

「野生動物のことかな？」

「人間も動物も両方です」

彼はまた笑った。「確かにぼくたちはかなり激しいからね。少なくとも、ぼくたちの一部は。だがきみには守ってくれるダーシーがいる。心配することはないよ」

「そうですね」わたしは急にぐっと気分が上向いた。ダーシーがここにいる。わたしはなにひとつ心配することなどないのだ。

15

八月一一日

　クラウズと呼ばれるイディナの家に向かっている。少し不安だ。普段はパーティーが大好きなダーシーでさえ、気乗りがしないようだ。けれどイディナはとても感じがいいし、ほかの人たちが飲みすぎているようなら、わたしたちは飲まなければいい。それに、泊まってくることになるのだとついさっき知らされた。暗いなかを運転して帰ってくる必要はないということだ。心配していたことのひとつだったから、これでなにも問題はない。


「イディナの家は遠いんですか？」わたしはディディに尋ねた。

「谷の真向かいになるわ。二五キロはあるわね」

「まあ。それじゃあ、どうやって行けばいいのかしら？　あなたの使用人に送ってもらうには遠すぎるわ」

「大丈夫よ、ひと晩、車を貸すから。わたしはどこにも行かないし、シリルはイディナののどんちゃん騒ぎはもうたくさんなんですって」

「いつだって同じような騒ぎだからね、もう飽き飽きだよ」シリルが言った。「わたしの好みじゃない。それに、ケニアの野生動物の一端を見せるとミスター・ヴァン・ホーンに約束したんだ」

ダーシーが鋭いまなざしを彼に向けたのがわかった。「あなたが車に乗せていくんですか？」

「フレディ・ブランチフォードが運転を申し出てくれた。わたしはただガイドをするだけでいいんだ。それほど骨の折れるようなことじゃない。象やカバといったものを見せるだけだ。南アフリカにいないものはないいんだが、彼の国の野生動物のほうが優れていると言われたんで、ケニアの名誉が危機に瀕していると思ったんだよ」

「彼はどんな人ですか？」ダーシーが訊いた。「話し相手になってあげたんですよね」

「少しばかり、杓子定規《しゃくしじょうぎ》なところがあるね。アフリカーナにはありがちだが。それに南アフリカの美点や、現地の人間の扱い方については頑として自説を曲げない。我々のやり方は甘すぎるんだそうだ」

「なにか仕事の話はしていましたか？」ダーシーが訊いた。「彼はどういう分野の仕事をしているんでしょう？」

「不動産だと思うよ。金持ちのヨーロッパ人に土地を売るために、ヨーロッパに行っているらしい」

「不動産？」わたしは言いかけたが、たしなめるようなまなざしをダーシーに向けられた。

「あら、それじゃあ彼はわたしたちの土地を買うためにここに来たっていうこと？」ディディが訊いた。

「休暇だとは言っていたが、わからないな」シリルはにやりとした。「フレディがちゃんと面倒を見てくれているはずだ。わたしの古ぼけたサファリ用の車で送っていくと言ったんだが、自分がいるんだから、こちらからわざわざギルギルまで行く必要はないとフレディに言われてね」

　わたしたちは荷造りをするために、部屋に戻った。

「彼はダイヤモンドが盗まれた件に関わっているって言ったわよね？」ドアを閉めるやいなや、わたしはダーシーに尋ねた。「彼で間違いないの？」

「確かだ。正体を知られたくないんだろう。運転を申し出たフレディは賢明だよ」

「でもシリルが宝石泥棒に関係しているなんていうことは、ありえないわ。ずっとここにいたのに」

「もっともだ」ダーシーは考えこみながら言った。「だがシリルは今朝、しきりに彼と話をしたがっているようだった。シリルらしくないと感じたんだ」

「彼が宝石を持っていたなら、わたしたちがポロをしているあいだに渡せたはずよ。もう会う必要はないわ」

「それももっともだ。だが、なにかが起きているんだよ。それがなんなのか、ぼくにはよくわからないが」

「政府のために協力してほしいって、フレディがシリルに頼んだのかもしれない」

ダーシーはそれを聞いてくすくす笑った。「シリルはなにがあろうと、公益のために働くような男じゃないさ。だがフレディは彼の協力を求めている。それは確かだな」

わたしはネグリジェとダーシーのパジャマ、二人分のガウンとスリッパと洗面道具を鞄に入れた。

「今夜はなにを着るの？　ちゃんとしたパーティー用の装い？」

「そうだと思う。ぼくは白いネクタイ、きみはロングドレスかな」

「あのイブニング・パジャマでいいと思う？」

ダーシーはわざとらしく顔をしかめた。「ぼくは女性のファッションの専門家じゃないが、あれは素晴らしいよ」

「でも帰ってくるのは朝なのよね？　きっと寒いわ。ズボンとジャージーを持っていったほうがいいかしら？」

「いい考えだ。ほらね、きみにメイドは必要ないよ」

「クイーニーがここにいたら、きっと片方の靴だけ鞄に入れて、ストッキングは忘れたでしょうね。スーツのスカートはなくて、ジャケットだけとか」

「それでも、なかなかいい料理人になってきているじゃないか。きみが彼女をクビにしたくなかったことは知っている。もうその必要はなくなったね」

「あなたの大おじさまと大おばさまは、クイーニーに戻ってきてほしくて仕方がないのよ。彼女を取り合うようになるなんて、不思議なものね」

イディナのパーティーは八時からだった。ディディが、ゆで卵とクレソンのサンドイッチで遅めのハイ・ティーを用意してくれた。「食事をするのは一〇時か一一時になるでしょうからね」彼女が言った。「アルコールを飲む前に、なにかを胃に入れておかないと」

山から冷たい夜風が吹きつけるなか、わたしたちはディディのライレーのオープンカーに乗りこんだ。実を言えば、わたしは不安でたまらなかった。暗闇のなか、ブッシュの陰から象が不意に現われるかもしれない恐ろしい道を走ることだけではなく、いかれているとディディが感じるほどのパーティーそのものも怖かった。けれどダーシーがいる。彼は飲みすぎたり、羽目をはずしたりはしないはずだ。

わたしたちは出発した。ヘッドライトが漆黒の闇を細く切り裂く。ダーシーは大きなくぼみや石を避けながら、慎重に運転した。それでも車はかなり揺れたので、わたしはダッシュボードとドアをつかんで体を支えなくてはならなかった。数キロほど進んだところで、ヘッドライトの明かりのなかに大きな黒い影が浮かびあがった。

「象よ！」わたしはダーシーの腕をつかんだ。車はがくんと止まった。ロンドン動物園で象を見たことはあるけれど、いま目の前にいるものは巨大だった。曲線を描く長い牙のある顔をこちらに向け、じっとわたしたちを見つめている。息を止め、ただじっとしているほかはなかった。もし突進してきたら、どうすればいい？　オープンカーはいかにも無防備だという気がした。何時間もたったみたいに思えた。象のお腹がごろごろ鳴る音すら聞こえた。やがて象は、わたしたちは気にかける価値もないささいな存在だとでもいうように道路を横切っていき、闇のなかに姿を消した。木の葉を踏みしだく音が聞こえた。

「これで、家に帰ったときのいい土産話ができたじゃないか」ダーシーが言った。わたしたちは顔を見合わせ、ほっとしてくすくす笑った。

半分ほど進んだところに、大きな岩にはさまれて道が細くなっている箇所があった。路面にはちょろちょろと水が流れていたので、速度を落とさなくてはならなかった。わたしはまた息を止め、豹がいまにも襲いかかってくるのではないかと身構えた。結局、無事にそこを通りすぎ、その後はなにごともなくイディナの家に到着した。玄関の外に数台の車が止まっている。パンジーとハリーのラグ夫妻も、わたしたちとほぼ同時に到着した。

「こんばんは」パンジーが明るく手を振りながらわたしたちに声をかけた。「一緒に羽目をはずしましょうね」今度はハリーに向かって言う。「しかめ面なんてしないで、ダーリン。しわができるわよ。わたしは年寄りくさい夫とは一緒にいたくないんだから」

「そうしたいかどうかにはかかわらず、きみはわたしと一緒にいるみたいだけれどね、ダーリン」彼が言った。「それじゃあわたしは笑顔を作って、素晴らしく楽しいと言えばいいのかい？」

「もちろん、そう言えばいいのよ。あなたのこと大好きだって、わかっているでしょう？」

パンジーは彼の頬に手を当てた。暗かったので、彼の表情は見えなかった。

長身のソマリ族の使用人がゲートでわたしたちを出迎えた。イディナの家もやはり細長い平屋のバンガローだったが、中庭を囲んで三方に部屋があった。わたしたちはそのうちのひとつに案内され、イディナと会う前に荷物をそこに置くようにと言われた。その部屋は、イディの家よりも女性らしい雰囲気に設えられていた。窓にはサテンのカーテンがかかり、ベッドにはサテンのキルトと枕、そして……。

「わお」また誓いをすっかり忘れていた。「天井に鏡がある」

ダーシーは上を見あげて、にやりとした。

「どうして天井に鏡が必要なの？　あんなところにあっても自分の姿は見えないし、あそこを見ようと思ったら首の筋を違えてしまうわ」

ダーシーは声を出して笑っている。「きみは本当に純情だね。ベッドの真上にあるって気づいたかい？　あの最中に自分たちの姿を見るのが好きな人たちがいるんだよ」

「わお」わたしはもう一度つぶやき、顔を真っ赤にした。ダーシーはわたしの髪をくしゃくしゃにした。

「心配ないよ。電気を消すって約束するから。きみがつけておいてほしいなら、別だけれど」

「いやよ！」わたしが言うと、ダーシーはますます笑った。

「きみは王家のほうのひいおばあさんにそっくりだと言おうとしたんだが、聞くところによれば、彼女はこの手のことを大いに楽しんでいたようだね」

「ひいおばあさまはアルバート王子を崇拝していたのよ」

「スコットランドの男はどうなんだい？　インド人のアブデュルは？」

「ふたりとは、女主人と使用人っていう関係だったに決まっているわ」わたしの言葉は、ダーシーをさらに笑わせただけだった。

「あまりいい言葉の選択とは言えないね」

わたしが叩こうとすると、ダーシーはわたしの手首を握った。「気をつけないと、あの鏡を活用することになるよ」

バスルームにはふたりで入れるくらい大きなバスタブがあって、お湯もたっぷり出ることがわかった。コートを脱ぎ、わたしはオープンカーに乗ってきたせいで乱れている髪を整え、化粧を直した。そして不安を抱きながら、使用人に先導されてイディナの元へと向かった。四角形の中央にある両開きのドアではなく、右側のドアに案内された。別の部屋から現われたパンジーとハリーのラグ夫妻も、同じドアに向かって歩いてきている。

「それじゃあイディナは、いつものように客を迎えるんだね？」ハリーが嘲るように笑いながら言った。

「はい、ブワナ・ラグ。どうぞお入りください」ソマリ族の使用人が応じた。

そこは広くて豪華な寝室だった。ワイン色のサテンがあちらこちらにあって、天井にはやはり鏡がついている。だがだれもいなかった。

「こっちよ、みなさん」その声は洞窟のなかにいるように反響していた。パンジーとハリーはよくわかっているようだ。訳知り顔でわたしたちを見ると、先に立って歩きだした。バスルームはものすごく広くて、湯気が立ちこめていた。向こう側の壁に沿って緑色のオニキスの大きなバスタブが置かれ、壁に取りつけられた青銅のライオンの頭からお湯が出ている。そしてバスタブには全裸のイディナが横たわっていた。わたしは〝わお〟と言いたくなるのを、今回ばかりはこらえた。

「来てくれたのね。ようこそ！」イディナは立ちあがり、タオルに手を伸ばした。「ダーシーにジョージー、来てくれて本当にうれしいわ。とても楽しい時間が過ごせそうね、パンジー？」

「それはどうかしら」パンジーが言った。「あのベイブとやらは来るの？」

「タスカーとベイブはいつも来るわ。知っているくせに」

「ブワナは来るんでしょう？」パンジーの声に物悲しげな響きが交じっていることにわたしは気づいた。

「来るって約束したわ。でも、子供たちは連れてこないそうよ。彼らの好みじゃないからってブワナは言っていたけれど、自分の邪魔になるからじゃないかとわたしは思っているの」イディナは片手でタオルをつかんだまま、バスタブの上でひらひらさせている。

「エンジェルも一緒に？」

「そうだと思うわ。そうなると数が合わないから、困るわね……でも……」イディナはようやくサロン（マレーシアの腰に巻きつける衣類）のようにタオルを体に巻きつけると、その端を胸の上で押しこんだ。「応接室に行っていてちょうだい。飲み物を用意してあるから」

　無事に外に出たところで、ダーシーとわたしは顔を見合わせた。

「ここに来たものかどうか、迷ってはいたんだ」彼が言った。「噂を聞いていたから、こんなことだったらどうしようと思っていた。だが、あのときは断るのは不作法な気がしたんだ。まあ、車があるから、その気になれば逃げられるしね」

「バスタブのなかでお客さまを出迎えるなんて」わたしは囁《ささや》くように言った。

「まったくだ。だがあの年の女性にしては、彼女は素晴らしくスタイルがいいことは確かだね」ダーシーも小声だった。「きみのお母さんに言わないと。きっと怒り狂うだろうね」

「それはどうかしら。お母さまもスタイルはいいのよ。でもバスタブのなかでお客さまを出迎えたことはないと思うわ。訊いてみるわね。奔放な振る舞いは娘に隠しているかもしれないし」母のために取り戻さなくてはならなかった、かなりきわどい写真の数々を思い出しながら、わたしは言った。

16

八月一一日

レディ・イディナの家クラウズで。苗字を書きたいのだけれど、いま彼女がだれと結婚しているのかをまだ突き止めていない。ここに来てよかったのかどうか、わたしはわからなくなっていた。天井の鏡とバスタブのなかで客を迎える女主人ではじまった夜は、いったいどこへ向かうというの？

中央の玄関のドアが開いたとき、ダーシーはくすくす笑っていた。わたしたちはラグ夫妻のあとについて、大きな大理石の暖炉のある広々とした部屋に入った。この家には惜しみなくお金がかけられているようだ。趣味のいい柔らかそうなソファや椅子がたくさん置かれ、床には動物の毛皮、壁にはトロフィーが飾られている。部屋の中央のテーブルには品ぞろえも豊富な様々な酒が並んでいて、何人かの人々がそこを囲んでいた。すでに煙草の煙が充満していて、わたしは目をしばたたきながら部屋を眺め、タスカーとベイブ、チョップスとようやくカミラだと名前を思い出した彼の妻を見て取った。

「ああ、よかった。新参者が来たぞ」タスカーがわたしたちに軽く会釈をしながら言った。

「来るなんて勇気があるのね」カミラ・ラザフォードがわかったような顔でわたしたちを見た。「今夜ひと晩で、これまで新婚旅行で学んだよりもっとたくさんのことが学べるわよ」

なんと応じればいいのかわからなかったので、わたしは部屋のなかを見まわした。見たことのない夫婦がふた組いる。ひと組はあか抜けた雰囲気で、男性はロナルド・コールマン（イギリスの俳優）のような口ひげをはやし、女性のほうはシンプソン夫人のように小柄でほっそりしてよく日焼けしていた。女性は、黒檀の長い煙草ホルダーを手袋をした手に持っていた。もうひと組の夫婦は大柄で、あまり洗練された装いではなく、農夫のような田舎じみたところがあった。

「あちらはどなただね?」ハリー・ラグが訊いた。「会ったことがないようだ。いつものイディナの取り巻きではないね」

「アトキンス夫妻とトムリンソン夫妻だ」チョップス・ラザフォードが答えた。「ナイロビから来たそうだ」

礼儀正しく握手と挨拶が交わされた。「飲み物をいただこうか」と言った大柄な男の言葉には北部のなまりがあって、彼がハッピー・ヴァレーの貴族ではないことが明らかになった。どうして彼はここにいるのだろうとわたしはいぶかった。「飲み物なしでは、もうとても我慢できん。遠いところを来たんでね」

　テーブルで飲み物を振る舞っているのがきちんとした格好のアフリカ人の使用人ではなく、正装をして、ひどく居心地が悪そうなジョスリン・プリティボーンであることにわたしはすぐには気づかなかった。

「あ、はい。なにがいいですか？」彼が尋ねた。

　飲み物のテーブルに一番近いところに立っていたミスター・アトキンス——ひげのある男——が、最初にもらおうとして近づいた。

「わたしにはピンクジンを、メムサーイブにはホワイト・レディをもらおうか」彼が大声で命じると、ジョスリンが顔をしかめた。

「すみません、それがなんなのかわかりません」

「それでもおまえはバーテンダーか？」ミスター・アトキンスが怒鳴りつけた。

「ぼくはバーテンダーじゃないんです」ジョスリンのアクセントは、社会的地位からすると赤い顔をしている男より数段上のものだった。

「人をからかっているのか？　ばかにしているのか？」

「とんでもない」ジョスリンが言った。「ぼくがここにいるのは、レディ・イディナが車で困っているときに助けたら、ぼくを気に入ってくれたからです」

「そうなのか？」彼はぞっとしたような顔で妻を見た。「こんな坊やに手を出すようになったわけか。あのパイロットは二カ月ももたないと言っただろう？」

「いえ、ちがいます、そんなんじゃないんです」ジョスリンはしどろもどろになりながら言った。「全然違います。彼女はただ、ナイロビで途方にくれていた男を気の毒に思って、ここに置いてくれているんです。ぼくが自活できるようになるまで、運転やほかのことをさせてもらっているだけなんです」

「まともな飲み物も作れないようじゃ、すぐには自活もできないぞ」ハリー・ラグが言った。「そもそも、ここでなにをしているんだ？　そういうタイプには見えないが」

「父に追い出されたんです。ぼくは三男で、なにをさせてもうまくできないので、それでいまここにいるんです」

「ほら、もういいじゃないの、ハリー。気の毒なその子を解放してあげて。飲み物を作ってもらいましょうよ」パンジーの口調は優しかった。「カクテルの作り方を教えてあげて。そうすれば国に戻ったとき、少なくともロンドンのナイトクラブで雇ってもらえるわ」

わたしは、ジョスリンが指示に従ってカクテルを作る様を眺めた。客たちの様々な表情——面白がっていたり、不満そうだったり、いら立っていたり、優越感を覚えていたり——を見ているのは面白かった。同時に、だれもがとんでもなく高価そうな装いをしていることにも気づいた。パリ製のドレスに見事な宝石。ここにいるだれもが、宝石泥棒がケニアに持ってきたものに興味を示すに違いない。ミセス・ラザフォードに目を向けたわたしは、思わず二度見した。首に巻いているスカーフだと思っていたものが、突然動いたのだ。それは生きている蛇だった。丸々太った大きな蛇だ。

ダーシーも同時に蛇に気づいた。「なんてこった。あなたはいつも蛇をアクセサリーにしているんですか？　アフリカではよくあることなんですか？」

チョップス・ラザフォードが笑って答えた。「これはイディナのペットのニシキヘビだよ。カミラが気に入っているんだが、イディナが手放さない。だから今度サファリに行ったときに、彼女のために一匹捕まえてこないといけないんだ」

「子供の蛇にしてね、ダーリン。そうすれば、この子みたいに飼い慣らせるもの。イディナは赤ちゃんネズミを餌にしているけれど、わたしにはできそうもないわ。ネズミがかわいそうだもの」

「カミラは動物が好きなんだ」チョップスが言った。「だからサファリには連れていけない。連れていこうものなら、なにも撃たせてもらえないからね。いま家では、ライオンの子供をペットにしているんだ。大きくなって、使用人を食べるようになったらどうすればいいだろうな」

「もっと使用人を雇えばいいさ」タスカー・エガートンが、笑いながら会話に加わってきた。「このあたりにはいくらでもいる。それにあいつらはウサギみたいにうじゃうじゃ子供を産むからな」

彼のその言葉をだれもがすんなりと受け止めているようだった。わたしはショックを受けたことを気づかれまいとした。この部屋にいるアフリカ人の使用人は、いまの言葉が理解できるくらい英語を話せるのだろうかと考えた。入植者たちの不遜さをどう思っただろう？

ハリーの助けを借りて、ジョスリンは全員にカクテルを配り終えた。唯一の失敗は氷をぶちまけてしまったことで、運の悪いことにその相手は短気なミスター・アトキンスとシンプソン夫人に似た彼の妻だった。

「この間抜け」夫妻はテーブルからあわてて離れ、ミスター・アトキンスは白いイブニングジャケットから氷を払い落としながら言った。「どうせそいつは、イディナが何度目かの結婚だか情事だかで作った長らく行方知れずだった息子で、彼女にたかりに来たに決まってい る！」それが事実である可能性はあったから、まわりにいた人たちはぎこちなく笑った。わたしはジョスリンを眺め、そうなのだろうかと考えた。彼のような不器用な人間を送りこむには、ケニアはふさわしい場所とは思えない。

ダーシーとわたしはジン・トニックを頼んだ。それなら簡単だ。ジョスリンが作っているあいだに、ウエストのあたりまで胸元が切れこんだ、体の線も露わなエメラルドグリーンのシルクのイブニング・パジャマをまとった、輝くばかりに美しいイディナが現われた。間違いなくブラジャーはつけていない。首につけたエメラルドのネックレスが、ろうそくの光にきらめいていた。「わたしより先に飲んでいたのね。悪い人たち」彼女が言った。「わたしも急いで追いつかないと。サイドカーをお願い、ジョスリン」

ジョスリンがすがるようなまなざしをハリーに向けると、ハリーは彼に近づいて小声で作り方を教えた。

「もうトムリンソン夫妻とアトキンス夫妻には会ったのね？」イディナはふた組の夫婦に歩

み寄り、全員にキスをした。「うれしいわ。素晴らしいこと。最後にナイロビに行ったときに、ムサイガクラブでこの人たちと会ったのよ。わたしの有名なパーティーのことを耳にして、来てみたかったんですって」イディナは飲み物のテーブルに近づいてジョスリンが作ったカクテルを受け取ると、一気に飲み干してお代わりを求めた。「近頃のナイロビは言葉にできないくらい退屈でしょうね。先代のディラミア卿が亡くなってからは。本当にエネルギッシュな人だったわよね。彼がクラブのダイニングルームに馬で入ってきたときのことを覚えている？　そのままテーブルに飛び乗ったんだったわね。息子のほうは、わたしにはちょっと堅物すぎるわ」

「デイヴィッド王子が彼と一緒だと聞いたわ」シンプソン夫人に似ているミセス・アトキンスが、事情はわかっていると言いたげに微笑んだ。「今夜、王子は来ないのかしら？　楽しいだろうと思っていたのよ、もし……」

「デイヴィッド王子はぜひとも来たかったと思うわ。きっと飛んできたでしょうね。でもいまは、ある女性に手綱を握られてしまっているから。彼女は共有するのが嫌いなのよ」

全員がそれを聞いて笑った。

「新しいディラミア卿は、父親より明らかに真面目ね。王子が羽目をはずさないようにしているって聞いているわ」

「至極残念だよ」ミスター・アトキンスが言った。「ダイアナがもう一度王子に会いたいというから来たのに」

「彼が数年前にケニアに来たとき、ナイロビでとても楽しい時間を過ごしたのよ」妻が言った。「でも、あの頃の彼はひとりで旅していたものね。そうじゃなかった？　それにわたしたちと同じくらい、パーティーの楽しみ方を知っていた。探しているものが見つからないからって、レコード盤を全部窓から放り投げたのを覚えている？」

「それに、ベリルとやるためにディナーの最中に抜け出したんだったよね？」ミスター・アトキンスは乾いた声で小さく笑ったが、そのことについてどう思っているのかはわからなかった。

「それなのにいまは、あのいまいましいアメリカ女にがんじがらめにされているのね」ミセス・アトキンスがため息をついた。「わざわざ彼に会いにここまで来たのは、シンプソン夫人が思いついたことなのかしら？　それとも彼の考え？」

「王子は彼女に会いたくてたまらなかったのよ、かわいそうに」イディナはそう言いながら、何気なさそうにカミラ・ラザフォードの首からニシキヘビをはずして、自分の首に巻きつけた。ニシキヘビは先が割れた舌をちらりとのぞかせながら、黒いビーズのような目でイディナを見つめた。

「王妃陛下は激怒するでしょうね」イディナは言葉を継いだ。「ベリルが王子と不適切な関係を持ったことを聞いて、英国から追放したことを覚えているでしょう？」

「彼の弟ともね」ハリー・ラグが口をはさんだ。「弟のジョージも一緒だったことを忘れちゃいけない。彼もなかなかに奔放だったからね。違うかい？　君主制の未来にあまり希望は持てないな」

「そうしなければならないときが来たら、デイヴィッド王子はちゃんと振る舞うわよ」イディナは自信に満ちた口調で言った。「みんなそうしてきたもの。エドワード七世をごらんなさいな。ものすごい遊び人だったのに、国王の座についたあとは、短いあいだだったけれどとても愛されたわ」

「ブワナ・ハートレーはどこだ？」がっしりした体形のミスター・トムリンソンが部屋を見まわした。「来ると言ったじゃないか。彼が貴族になったというんで、シェイラがもう一度会いたいと言い出してね。彼がこの場の主役だと聞いたんだが」

「まあ、ブワナと知り合いなのね？」パンジーが尋ねた。

「そのとおり。何度か会ったことがある。もうずいぶん前のことだ。彼がおれのようなただの農夫だった頃だよ」彼はちらりと妻を見た。彼女は冷ややかな視線を夫に返した。「また会えるのを楽しみにしていたんだ」

「もう来てもいい頃なんだけれど」そう言ったところで、玄関のドアが開いて冷たい風が吹きこんできたので、イディナの顔がぱっと輝いた。「ほら、来たわ。わたしたちを待たせるなんて、いけない人ね」

　部屋に入ってきた白いネクタイ姿のブワナは、突然人に飼われることになった野獣のようにどこか場違いに見えた。わたしはまだ、ミスター・トムリンソンが言ったことを考えていた——ブワナがいなければ、彼の妻はここには来ていなかった。ブワナはその触手をずいぶん遠くまで伸ばしていたようだ。

「すまなかった、イディナ、マイ・ラヴ」ブワナは彼女に歩み寄りながら言った。「遅くなったのはわかっている。許してくれるかい？ 車のうしろにきみの好きなシャンパンをひと箱積んできたんだ。それで許してくれるとうれしいんだが」

「あなたに抗えないことはわかっているでしょう？」イディナは彼に友人にしては親しすぎるキスをした。「エンジェルはどうしたの？」

「来ないよ。具合がよくないんだ。ここのところ食欲がなくて、今夜は本当にやつれた感じだった。だからわたしだけだ。それで困ったことになるようだったら、申し訳ない」

「その反対よ。素晴らしいことに、おかげで偶数になったわ。もちろん、共有しなければならないのは、それはそれで楽しいものだけれど。そうじゃない？」イディナはジョスリンがバーテンダーの役割を果たそうと懸命に取り組んでいるバーに近づいた。「この素敵な若者がいつでもエンジェルの代わりを務めてくれるわ」イディナはジョスリンの髪を撫でながら言った。「お化粧をしてブラジャーをつけたら、さぞ素晴らしいでしょうね」

「ちょっと待ってください」ジョスリンは真っ赤になった。「ぼくはなよっとして見えるかもしれませんけれど、ごく普通の男ですから。魅力を感じるのは女の子ですから」

「彼って、いいでしょう？」イディナがくすくす笑った。

「いいかげんにしてくれ。わたしのことはわかっているはずだ、イディナ。共有はしない」

ブワナはイディナをにらみつけた。

「時々はしているじゃないの。共有するのがとても上手だったわよね。昔からそうだった。エンジェルはまだ気づいていないの？　こんな目の前で起きていることなのに」イディナはブワナに妖しげな視線を向けながら、いたずらっぽく笑った。

「きみは危険な悪女だな」ブワナは言った。「とにかくだ、共有する気分じゃないときもあるんだ。ひとりじめしたいごちそうがあるんだよ。そういう点ではわたしは欲張りなんだ」ベイブはくすくす笑い、パンジーは彼女をにらみ、農夫の妻のシェイラははにかんだような表情を浮かべたが、恐ろしいことにブワナはわたしを見つめていた。わたしはダーシーに目を向けたが、彼は気づいていないようだ。その手のことに興味はないと、彼にははっきり言ったはずでしょう？　エンジェルを連れてこなかったのは、まさかそれが理由？

ブワナはほかの客の存在に気づいたようで、驚いた表情を見せた。

「おやおや、トムリンソン。まさかここで会えるとは思わなかったよ。きみたちがこういうことに興味を示すとは意外だ」

「そういうわけではないんだ。だがシェイラが来たがってね」

ブワナの視線が彼の妻に向けられた。「やあ、シェイラ。元気そうだね。少し太ったみたいだが、それはみんな同じだろう？」彼はそう言って、自分の腹を叩いた。さらに視線を動かす。「パンジー？　元気かい、愛しい人？」

「ええ、とても元気よ、ありがとう、ダーリン。こんなに元気だったことはないわ」パンジーの声は冷ややかで落ち着いていた。

ほっとした。

「やあ、ハリー」ブワナは彼に向かってうなずいた。

「さあ、一杯やってちょうだい」緊迫した雰囲気を感じたのか、イディナは彼の腕に手をからませると、飲み物のテーブルにいざなった。蓄音機が巻かれ、ダンス音楽が流れはじめた。だれかから誘いの声がかかる前にダーシーがダンスに連れ出してくれたので、わたしは心底ほっとした。

「厄介な人たちだ」彼は言った。「ほとんどみんな中年と言われる年なんだ。ああいった振る舞いをする時期はとっくに過ぎているはずなんだけれどね」

わたしはまだ、〝共有〟という言葉の意味がわかっていなかった。なにを共有するの？

「アルコールだけで物足りなかったら、食堂に食べるものがあるわ。もう少し刺激的なものが欲しいなら、奥の書斎に行けば置いてあるから」イディナが言った。

わたしはお腹が空いていることに気づいて、書斎にどんなおいしいものが置いてあるのか見てみたくなった。けれどダーシーが言った。「行っちゃいけない。薬物だよ」

「薬物？」わたしは開いているドアのなかをのぞこうとした。数人がそのなかへと吸いこまれていく。

ダーシーはうなずいた。「コカインだ。このあたりでの主な娯楽だよ。実を言うと……」

ダーシーはわたしの耳元に唇を寄せた。「ヴァン・ホーンはダイヤモンドではなくて、薬物の売人かもしれないと考えていたんだ。そうでなければ、どうしてわざわざポロの試合に来たりする？　アフリカーナはポロに興味はないからね」

「ああ、そういうことね」わたしは即座に、そもそもこの旅の目的は宝石泥棒を追うことではなかったのかもしれないと考えはじめていた。ダーシーはもっと大がかりな事件――薬物の密輸――を追っているのかもしれない。宝石泥棒を捕まえるなら、地元の警察官のほうがダーシーより適任であることは明らかだ。わたしたちはディディの屋敷からほとんど動くことができないのだから、なおさらだ。

数組の夫婦が書斎へと入っていき、ドアが閉まった。ダーシーはわたしをしっかりと抱き寄せたまま、ダンスを続けている。

「あの人たちのなかに宝石泥棒がいると思う？」わたしは訊いた。「あそこで宝石が別の人の手に渡っているとか？」

「あれほどの宝石を買える人間はあそこにはいないと思う」ダーシーが小声で答えた。「それに、こんな辺鄙《へんぴ》な場所で宝石になんの意味がある？　だれも見る者もいないのに、あんな大きな宝石を着けたりはしないものだ」

「エンジェルは着けているわ」わたしは言った。

「そうだね、ぼくも気づいた」ほかの人たちがすぐそばまで近づいてきたので、ダーシーはわたしをさっと移動させた。「彼女の義理の息子のルパートが問題の泥棒で、宝石を届けに来たんだとしたら、捜査令状を手に入れるか、彼女が実際に着けてくれないかぎり、できることはほとんどない」

「彼が実は義理の息子じゃなかったとしたら？」わたしはふと思いついて言った。

ダーシーは驚いたような顔でわたしを見た。

「子供たちにはもう何年も会っていないってブワナは言ったわ。ルパートが偽者だったとしたら？　エンジェルにその貴重な宝石を買ってもらうために、ここまで来た宝石泥棒だったら？」

ダーシーはしばらく考えていたが、やがて首を振った。「はっきり言って、彼女は金持ちではあるけれど、あのダイヤモンドを買えるほどではないよ。あの宝石はそれくらい高価なんだ。買えるのはアラブの王族か映画スターだろうね。そうでなければ、ヴァン・ホーンのような人間はあれをいくつかにカットして、売りさばくだろう」

「それほど貴重な宝石なのに、それってあまりにもったいないわ」

「そうだね。だが泥棒はそんなこと気にしないからね」

「それじゃああなたは、このパーティーで宝石の受け渡しは行われないと思うのね？」

ダーシーはうなずいた。「ぼくが宝石を売るとしたら、ほかに人のいないところでするね。こういったパーティーであえて危険を冒す必要はない。屋敷に車で乗りつけてそこで取引をすれば、だれにも見られることはないんだから」

「だれがなにを見るんだね？」

ラザフォード夫妻のすぐ近くに来ていたことに、わたしは気づいていなかった。

「ここでなにが行われているかの話かな？　わたしたちはみんな、翌朝には都合よく忘れているんだよ。罪のない楽しみだ。だが、あの部屋のなかで行われていることはいただけないね。あれには我慢できん」チョップス・ラザフォードは手にしたグラスの中身を飲み干した。「あれは自然じゃない。だがジンでへべれけになってなにが悪い？　ジンはいいぞ」回りにくくなったろれつが、彼がすでに半分へべれけになっていることを教えていた。

「あなたはどうだか知らないけれど、わたしはお腹がすいたわ」妻がチョップスの腕を引っ張った。「このあと待ち受けていることのために、スタミナを蓄えておく必要があるでしょう？」彼女はぎこちなく笑うと、夫を連れて食堂へと向かった。

「ぼくたちもなにか食べようか？」ダーシーが言った。

「そうね。いい考えだわ」食べていれば安全だとわたしは思った。わたしたちはラザフォード夫妻のあとを追った。テーブルにはおいしそうな冷菜が並んでいた。鱒のゼリー寄せ、狩猟鳥、サラダ。果物。わたしたちはそれぞれ大きな皿に食べ物を取り、よく冷えた白ワインと一緒においしくいただいた。ほかの人たちのところに戻ったときには、満ち足りた気分だった。いかにも楽しそうに大声で笑いながら、イディナが書斎から出てきた。「楽しいわね。ものすごく楽しい」彼女はそう言って、手を叩いた。「ゲームよ！　ゲームの時間」

ブワナが彼女のすぐあとから現われた。

「略農業はどんな感じだい、ブワナ？」ミスター・トムリンソンの口調はけんか腰にも聞こえた。「うまくいっているんだろう？」

「文句なしだよ、ありがとう。きみも知っているとおり、素晴らしい牡牛がいるからね」

長年、日にさらされてきたせいで赤らんでいるミスター・トムリンソンの顔が、さらに赤みを増した。「もちろんよく知っているとも」

「それなりの見返りはあっただろう？」ブワナはにやりとした。「とんでもなくいい乳牛だろう？」

トムリンソンは一歩前に出た。妻が彼の袖をつかんで、ふたりのあいだに割って入った。

「それくらいにして、ディッキー。落ち着いてちょうだい。あなたのお子さんたちはどこなの、ブワナ？」彼女が訊いた。「訪ねてきたって聞いたわ」

「あんたからどんな子供が生まれたのか、じきじきに見たかったんだ」チョップスが言い添えた。「そうだろう、シェイラ？」

「それにはまだ答えられないな」ブワナが応じた。「父親そっくりと言えないことは確かだ。わたしたちのちょっとした集まりの話をエンジェルから聞いて、今夜は一緒に来なかったんだから」

「あの女は座を白けさせる」トムリンソンは明らかに酔っているか、コカインでハイになっているか、もしくはその両方だった。「まったく興ざめだよ。そろそろ人生のなんたるかを教えてやる必要があると思うね」

「彼女はいいことをしたと思うよ」ブワナは笑いながら言った。「あの子たちはわたしのことをまったく知らないんだ。父親を下劣な男だと思ってほしくはないからな」

「実際はそうだとしてもね」パンジーがつぶやいた。

「話はやめて、ゲームをしましょうよ」イディナは甘やかされた子供のような口調になっていた。「どんなゲームにする？　紙のゲーム？　羽根のゲーム？」

「紙のゲームはごめんだ。あれは屈辱的だ」タスカーが言った。「このあいだ言われたことを、わたしはまだ忘れていないからな」

返ってきたのは、笑い声とからかうような言葉だった。

「紙のゲームってなんですか？」わたしは隣に立っていたパンジー・ラグに訊いた。

「あら、とても楽しいのよ」彼女はわたしの耳元で言った。「穴の開いた紙を体の前に立てるの。男の人たちが体の一部をそこから出して、わたしたち女性はそれがだれのものかを当てるのよ。かわいそうなタスカー。彼はあの夜調子が悪くて、わたしたちはけっこう失礼なことを言ったから。あのせいで、彼はしばらく食欲がなくなったんじゃないかしら」

わたしは戸惑った。いったいなにを言っているの？　出すのは足？　鼻？　唐突に寝室の天井に貼られていた鏡を思い出した。わお。だれもわたしを見ている人はいないにもかかわらず、顔が真っ赤になったのがわかった。本当にわたしが考えているようなことなの？　そんなはずはないと思った。まさかそんなこと……。

「羽根のゲームにしましょうよ」ベイブが言った。「聞いたことはあるけれど、まだ実際にしているのを見たことがないの」

「わかったわ、羽根のゲームね。面白いわよ」イディナは熱のこもった口調で応じた。「わたしのお気に入りのゲームのひとつよ。いい感じに交ぜられるわ」

「どうやるんですか？」わたしは尋ねた。

「テーブルの向こう側に羽根を吹くんだ」ハリー・ラグが答えた。やはり楽しんでいるようには見えない。それどころか、どこか別の場所にいたかったと思っているようだ。「言わせてもらえば、ばかげているよ」

「男の人はこっち、女の人は反対側よ」イディナが指示した。「ジョスリン、わたしの寝室から羽根の入った箱を持ってきてちょうだい、ダーリン。ベッドの上にあるわ」

「面白そうね」わたしはテーブルにつこうとしたが、ダーシーが腕をつかんで引き戻した。

「ジョージアナ、だめだ。これはぼくたちが参加するようなゲームじゃない」

「羽根を吹くくらい、なんの罪もなさそうだけれど」わたしはわけがわからずに言った。

「なにが問題なの?」

ダーシーはわたしに顔を寄せて囁いた。「羽根が当たった相手とベッドを共にするんだ。男たちは羽根を吹くことで、望みの女性を取り合うんだよ」

「わお」わたしはぞっとして彼を見つめ、テーブルからあとずさった。

ダーシーはしっかりとわたしの腕をつかむと、イディナのところに連れていった。

「イディナ、ジョージーとぼくは結婚したばかりだ。ゲームには参加したくないから、きみさえよければ部屋に引き取りたいんだが」

イディナはダーシーの首に腕をからめた。「まあ、今夜はぜひあなたをものにしたいと思っていたのよ、ダーリン。あなたもそれなりに経験を積んでいるようだし、素晴らしいひとときになるってわかっているんですもの」イディナはこれ以上ないほど挑発的な仕草で、ダーシーに体を押しつけた。わたしはその体をひっぺがしたいという思いを必死で抑えこんでいた。つまるところ彼女は、この家の女主人なのだから。「すごく残念だけれど、でもわかるわ。わたしも結婚するたびに、ひと月かそこらはほかの人としたくなかったもの」イディナはそう言ったあと、手を口に当ててまたくすくす笑った。「嘘よ。披露宴のあと、新婚旅行用の服に着替えることになっていた時間に、昔の恋人とあわただしくしたことがあったわ。単なる昔のよしみでしたことだけれどね」イディナはダーシーから手を離し、わたしに向き直って頬を撫でた。「純真なあなたたちふたりは自分の部屋に戻って、情熱的で奔放なセックスをするといいわ。いつもは一〇時から朝食なんだけれど、それより早く食べたければ、ボーイたちが面倒を見てくれるから」イディナはわたしたちから離れ、テーブルについた。

「今夜わたしを手に入れる男性は幸運よ。すごくみだらな気分だから」

ダーシーが部屋からわたしを連れ出してくれたときには、言葉にならないほど安堵した。ショックを受けていた。こんなことが行われているなんて、想像もしていなかった。

17

八月一二日　月曜日の朝

イディナのパーティーから帰る途中だ。実を言うと、まだショックと困惑から抜け出せていない。わたしが底抜けに世間知らずなのか、あるいは、あれは上流社会の当たり前の振る舞いではないということだ！

英国ではあんなことは行われていないはずだ。もちろん、母は例外だけれど。ここは文明社会から遠く離れていて、すっかり孤立しているからに違いない。

昨夜、ダーシーとわたしは情熱的で奔放なセックスはしなかった。それどころか、まったく触れ合うことはなかった。天井の鏡に加え、まわりの部屋でなにが行われているかを知ったせいで、わたしはすっかりすくみあがっていた。ブワナの羽根はだれに当たったのだろうと考えた。ベイブだったら、パンジーは怒り狂ったに違いない。農夫の妻のシェイラはどうしたろう？　パートナーを交換するようなタイプには見えなかったし、農夫の夫は嫉妬深いように思えた。だれもが人の妻とベッドを共にしているのだとは想像しないようにした。わたしと一緒にいるのがダーシーである幸運に感謝した。かつては放縦な生活を送っていたかもしれないけれど、彼もいまはあの人たちのような行為をしたいとは思っていないはずだ。少なくとも、そうであってほしい！

わたしたちのどちらもあまり眠れなかったと思う。遠くから聞こえる音が気になった――アフリカの夜の動物たちが立てる聞き慣れない音だけでなく、それ以外の落ち着かない音も聞こえてくる。叫び声、笑い声、ドアが閉まる音。わたしたちの部屋の外のベランダを歩く足音。だれかが走る音。

「起きている、ダーシー？」夜明けが近いことを教えるけたたましい鳥の鳴き声がしたところで、わたしは小声で尋ねた。

「起きているよ」

「こっそり抜け出して、家に帰れないかしら？」わたしは訊いた。「朝食の席であの人たちと顔を合わせたくないし、イディナに挨拶をするために一〇時まで待つのもいや。いますぐ帰って、お礼の手紙を書けばいいわ」

「今回ばかりは、〝招いていただいてありがとうございます〟というお決まりの言葉は使えないな」ダーシーが小さく笑いながら言った。

「〝招かないでくださってありがとうございます〟は？」わたしは応じ、ふたりして笑った。

わたしはダーシーにすり寄った。「ああ、ダーシー。あなたがいてくれて本当によかったわ。本当にとんでもない人たちね。英国やアイルランドでは、結婚した夫婦はあんなことはしないわよね？」

「もちろんするよ、ダーリン」ダーシーが言った。「新婚旅行から帰ったら、ぼくは夜会のたびにきみをだれかと交換するつもりだから」

「そんなことしないわよね？」わたしの言葉にダーシーはぷっと噴き出した。

「からかっただけだよ。心配いらない。ぼくは永遠にきみをぼくだけのものにしておくつもりだから」

「よかった。安心したわ」わたしは体を起こした。「それじゃあ、いますぐ帰れる？　紅茶を飲むまでだっていたくないわ」

「いい考えだと思うよ。ほかのときであればとんでもなく失礼なことだが、この状況を考えれば……」ダーシーはその先は言わずにベッドから飛びおりた。「それなら、出発だ。服を着て。顔を洗うのも、ディディのところに帰ってからだ」

わたしはできるかぎりの素早さでジャージーとスラックスに着替えると、学校をサボっているふたりのいたずらっ子のようにこっそりと家を出た。敷地内を歩いていくと、数匹の猿がさっと散らばって屋根にのぼり、わたしたちに向かって声をあげた。空気は身を切るように冷たくて、キピピリという名の独立した山の上のほうは雲に隠れてしまっている。車の革の座席も同じくらいひんやりしていて、わたしはあわてて膝掛けを脚に巻きつけた。ダーシーがエンジンをかけ、車が動きだした。ゲートをくぐり、道路に出たところで、わたしは胸の重石《おもし》をおろしたような気持ちになった。安全で健全な――少なくとも比較的健全な――場所に帰るのだ。群れからはぐれた象やライオンが最大の心配事であるディディの家に。フレディ・ブランチフォードがわたしたちの滞在場所としてイディナのような人ではなく、彼女を選んでくれたことが心からありがたかった。大声でそう言いたくなった。

走り始めてまもなく、空が明るくなった。アフリカにはたそがれや暁が存在しないことをわたしは知った。いままで暗かったはずなのに、あっという間に太陽がのぼって、あたり一面がまばゆい光に包まれる。今朝もそんな風だった。背の高い木々がほこりっぽい赤土の道路に影を落とし、鮮やかな色の鳥たちが前方にひらりと舞い降りた。その姿を判別できないほどの素早さで、小さな動物が道路を横切っていく。黒と白の猿たちが木々のあいだを跳ねていくのが見えた。確かに心をとりこにする眺めだ。やがて、山の斜面が道路にぐっと迫ってきた。道の反対側では岩の上を川が勢いよく流れ、うっすらとした霧が谷を覆っている。木々や岩がぼんやりと浮かびあがっていた。動物がいきなり目の前に現われるおそれがあったから、ダーシーは慎重に車を走らせた。

大きな岩に挟まれて道路が狭くなっている地点にやってきた。路面に水が流れていたので、ダーシーはのろのろと車を進めている。カーブに差し掛かったとき、すでに速度を落としていたのが幸いだった。彼が急ブレーキを踏んだのだ。わたしはダッシュボードに手を当てて体を支えた。

「なにかいたの？」〝象〟か〝ライオン〟という答えが返ってくることを予期しながら、わたしは霧のなかに目を凝らした。

「どこかのばかが車を止めたままにしているんだ」

ダーシーは車を降りた。太陽の熱で霧はすでに薄れはじめていて、帯のようなもやのあいだに、運転席のドアが開いたままのだれも乗っていないオープンカーが見えた。

「車が故障して、運転していた人は助けを求めに行ったんじゃないかしら」わたしは言った。

「道路をふさいだままで？」ダーシーはまだ怒っていた。「霧がもう少し深かったら、まともにぶつかっていたんだぞ」

「車が急に動かなくなったのなら、どうすることもできなかったんじゃない？」

「近くに、助けを求めに行けるようなところはあったかな……」ダーシーはあたりを見まわした。「このあたりで家や私道を見た記憶はないんだが、きみはどう？」

「暗かったし、象のことばかり気にしていたから、私道には気をつけていなかったの」

ダーシーはいらだたしげに首を振った。「彼が戻ってくるまで待つのはごめんだ。動かすのを手伝ってくれるかい？　ふたりで押してみよう」

「やってみるわ」わたしも車を降りた。「でも通り抜けるためには、その車をかなり動かさなくてはいけないんじゃない？　しばらく先まで道路は細かったと思うわ」

「どれくらい動かせるものか、とにかく試してみよう」ダーシーは車のほうへと歩きだしたが、不意に足を止めた。

「どうしたの？」

「よく聞いてごらん。エンジンがかかったままだ」

日がのぼって、ほかの物音をすっかりかき消すくらいうるさくセミが鳴きはじめていたし、わたしたちの車のエンジンもかけっぱなしだったので、それまでわたしは気づいていなかった。

「だとすると、運転手はそれほど遠くには行っていないはずだ」ダーシーは呼びかけた。「だれかいますか？」

彼の声は背の高い岩に反響し、茂みのどこかでなにかがはばたく音がした。だが返事はない。

「ばかなやつだ。こんななにもないところで、エンジンをかけたまま車を降りたりはしないものだ。用を足そうとして、ライオンだか豹だかに遭遇したんでなければいいんだが」

わたしは、むくむくと不安が大きくなるのを感じていた。なにかおかしい。だれかに見つめられているような気がした。

「戻ったほうがいいんじゃない？　ほかの人たちに話して、助けてもらったら？」

「どうしてもそうする必要がないかぎり、またあそこまで戻るのはごめんだな。脇に寄せるスペースがあるところまでこの車を動かせば、通り抜けられる。それが一番簡単だ。ぼくは早く帰りたいよ。きみは帰りたくないの？」

「でも、このままにして帰るわけにはいかないわ。運転手を捜すべきじゃない？」

「彼がこの近くの家になにかを届けているだけだったら？　道路のすぐ脇に家があって、運転手はこんな時間にほかの車が通りかかるとは思っていなかったのかもしれない」

「でも、彼の身になにか恐ろしいことが起きたのかもしれないでしょう？」

「だとしたら、ぼくたちまで危険に踏みこむことになる」ダーシーが言った。「彼がライオンか豹に遭遇したなら、もうぼくたちにできることはなにもないんだ」

「怪我をして倒れていたらどうするの？　ライオンが茂みに彼を連れこんでいたら？」

「ライオンか豹に襲われていたら、生きている可能性はほとんどないよ」ダーシーは険しい顔で、道路の向こうに目を凝らした。「食事中のライオンに遭遇したら……ぼくたちもかなり危険だ。車に銃は残っていないだろうか？」

確かめた。助手席にはディナージャケットと蝶ネクタイが無造作に置かれていて、スーツケースとイブニング・シューズ、そしてきれいに畳まれたスカーフが後部座席に残されていた。

「とりあえず、この車を動かそう」ダーシーは車に乗りこもうとした。わたしは、ここに立っていることがどれほど無防備であるかに気づいた。左手の茂みのなかでなにかが動いたのはそのときだ。てっきり野獣が飛びかかってくるのかと思い、わたしは思わずダーシーのすぐ横でステップに飛び乗ったが、大きな黒い鳥にすぎなかった。

「大丈夫よ。ただの鳥だわ」

ダーシーは再び車を降りた。「ハゲワシだ。まずいな」

ダーシーが背の高い草とその向こうの低木のなかへと入っていくと、ハゲワシは仕方なさそうにその場から飛び立った。

「ダーシー、気をつけて」さらに奥へと進んでいくダーシーの背中にわたしは声をかけた。

「おっと。この茂みにはとげがあるぞ」ややあってから、彼はさらに言った。「なんてこった、そこから動くんじゃない」

けれどわたしはすでに彼のあとを追っていた。鋭いとげを注意深くよけようとしたら、手を引っかかれた。「どうしたの？　彼を見つけた？」

「ああ、見つけたよ」ダーシーが応じた。

茂みを抜け、開けた場所に出た。見えたのはハゲワシだった——たくさんいる。ダーシーが近づいていくと、何羽かは渋々といった感じで数歩離れ、別の数羽は黒い集団となって空へと舞いあがった。死体、正確に言えば死体の残りが、草の上にうつ伏せに倒れていた。

「だれなの？」そう言ってから、わたしは気づいた。死体の一部はすでになにかに食べられていたものの、首のうしろでカールしている長めの金色の髪には見覚えがある。ブワナ・ハートレー——チェリトン卿——だった。

18

八月一二日
ワンジョヒ・ヴァレーの道路上

　ひどい気分だ。チェリトン卿を好きではなかったけれど、あんなふうに死んでいいはずがない。肉の塊のように食べられてしまうなんて。


「イディナのところに戻らないといけない」ダーシーが言った。「ディディの家よりもそっちのほうが近いし、電話もある。警察に通報して、サファリに出発してしまう前にフレディをつかまえないと」

「イディナはまだ寝ているわよ。だれも起きている人はいないわ」

「あいにくだね。起こさなきゃならない」ダーシーはブワナの車に戻り、エンジンを切った。「エンジンをかけたままにしておく意味はない。動かそうとして時間を無駄にしたくもないしね」

不意に吐き気がこみあげた。目が覚めたときからゆうべのアルコールのせいで気分が悪かったのだが、あの死体が引き金になったようだ。あわてて道路脇の草地に入り、胃の中身を吐いた。ダーシーが近づいてきて、そっと背中に手を当てた。「無理もないよ。ひどい眺めだったからね」

「ぞっとしたわ」わたしはハンカチを取り出し、口を拭った。「気の毒に。彼のことは好きじゃなかったけれど、最悪の敵にだってあんなことにはなってほしくない。なんてひどい死に方なのかしら」

ダーシーはブワナが横たわっているあたりに視線を向けた。「どうも納得がいかないよ。彼はもう何年もこの国で暮らしている。ここのことはだれよりもわかっていたはずなんだ。それなのに、どうして不用意にも大型の猫に襲われるようなことをしたんだろう？　いや、大型の猫とは限らないが」

「ほかになにが彼を食べたと思うの？」

「ハイエナがいる。あいつらは死体を食べるだろう？　死んでいる彼のにおいを嗅ぎつけたなら、彼らにとってはごちそうだよ」

「やめて」わたしは身震いした。「あの気持ち悪いハゲワシにあれ以上食べられないように、できるだけ早く助けを呼んでこないと」

ダーシーはいいことを思いついたというように片手をあげると、わたしたちが乗ってきた車を示した。「ぼくたちの車に膝掛けがある。あれで彼を覆っておけば、警察が来るまでハゲワシに証拠を台無しにされずにすむよ」

「いい考えだわ。引っ張っても簡単にはずれないように、端に石を載せておくといいわね」

わたしは路面の石を拾いはじめた。実を言えば、なにかすることがあってほっとしていた。これであれこれと考えずにすむ。ダーシーが膝掛けを取ってきて、わたしたちは再び死体のある場所へと向かった。ダーシーがとげのある枝を持っていてくれた。ハゲワシたちはさっき以上にその場を動こうとしなかった。背中を丸め、冷たいまなざしでわたしたちを見つめるその姿は、邪悪を絵に描いたかのようだ。ダーシーは膝掛けを振り立てて、ハゲワシたちを追い払わなくてはならなかった。それでも彼らはほんの数十センチあとずさっただけで、わたしたちがいなくなるのを辛抱強く待っている。ダーシーは眉間にしわを寄せて、ブワナの遺体を眺めた。「彼はここでなにをしていたんだろう？」

「どういうこと？」

「どうして車を降りて、こんなところまでやってきたんだ？」

「ライオンが食べるためにここまでひきずってきたのかもしれない」

「ライオンは車のドアを開けたりしないよ」ダーシーは冷ややかに言った。「豹がどこかの岩の上から飛びかかってきたのなら、彼は車のなかで死んでいたはずだ。争ったあとや血痕が車に残されているはずだが、なにもなかった。彼は自分で車のドアを開け、エンジンをかけたままにして降りたんだ。なぜだ？」

「あなたがさっき言ったじゃないの――用を足したかったのよ。そのために茂みに入っていったら、そこになにかの野獣がいて襲われたんだわ」

ダーシーの顔は険しいままだったが、とりあえずうなずいた。「そうなんだろうな。だが、よりによって動物が暗がりで待ち伏せしている可能性が高いこんなところで、車を降りる必要があったんだろうか？　どうして、谷が開けて道路脇に畑が広がっているあたりまで、もう少し走らなかったんだ？」

「もう待てなかったとか？」

「真夜中に、茂みの奥まで入っていく理由はないよ。あの茂みはとげだらけだ。暗いところだと、ひどく引っかかれるおそれがある。それにだれも見ている人間なんていないんだからね」ダーシーはため息をついた。「なにか理由がないかぎり、ここで車を止めるほど、彼が愚かだったとは思えないんだ」

「道路で待ち構えていたライオンが、飛びかかろうとしていたとか？」

「ブワナは力のある車に乗っていた。エンジンの回転数をあげて、ライオンに向かっていけばいい。ライオンは賢いんだ。道を開けるよ」

「それじゃあ、ライオンが背後から忍び寄って車に飛び乗ったのかもしれない。だから彼は逃げようとして車から飛び降りたのかも」

ダーシーは首を振った。「車にライオンの痕跡はなかったよ。足跡もなかったし、革の座席も破かれてはいなかった。後部座席には鞄とイブニングシューズがそのまま残っていたしね」

わたしはダーシーを手伝って遺体を膝掛けで覆い、端を石で押さえた。

「これで少なくとも助けを呼んでくるまで、気の毒な彼がこれ以上ひどい目に遭うことはないはずだ」

道路へと戻り始めたところで、ダーシーが不意に体を凍りつかせた。「これを見て」彼が指さしたのはとげのある茂みの一部だった。「茂みに引っかかったライオンの毛皮のように見えないかい？」そこには、黄色っぽい毛の房が引っかかっていた。確かにライオンのもののように見える。「これでひとつは確かになったね。だがライオンが彼を車から引きずっていったとは思えない。だとしたら、草や枝にその痕跡がもっと残っているはずだ」

「ライオンを見つけて仕留めようって考えたなら、彼は車から降りたかしら？」

「銃はどこだ？　彼のそばには見当たらなかった」

「そうね。それに真っ暗ななかでライオンを仕留めようとするのは、愚かだと思うわ」

「ものすごく愚かだよ。車のまわりを調べてみよう。岩のあいだに泥や軟らかい土の箇所がある。動物が通ったあとはある？」

ふたりで調べてみたが、なにも見つからなかった。

「見て！　彼が車から降りた足跡があるわ」ぬかるんだ土の上にくっきりした男性の靴の跡が残されていた。その近くにもうひとつ。

「つまり彼は車を降りて、ここに立っていたわけだ」ダーシーが言った。「なぜだ？」

「茂みのなかからなにか音がしたのかしら？　車を降りて、調べに行こうとしたところでライオンに襲われた？」わたしはそう言ったものの、自分でも筋が通らないとわかっていた。

「そんなこと、するはずがないわね」わたしはきっぱりと首を振った。「彼はあの蟻からわたしを助けてくれた。ひと目で気づいたのよ。わたしには見えなかった。彼はここのことをよく知っていたわ。愚かな危険を冒すはずがない」

「ただし……」ダーシーは言葉を切った。「ゆうべ彼がどれくらい酒やコカインをやったのかはわからない。彼がいつ家に向かったのかも。ひどく酔っていて、とんでもなく気が大きくなっていたとしたら？　ほら、〝おれは素手でこのライオンを仕留めてやる〟みたいな」

「ありうるでしょうね。というより、それが筋が通る唯一の説明かもしれない。もうひとつの疑問は、どうしてイディナの家からこんなに早く帰ったのかということよ。なにか家に帰らなくてはいけない理由でもあったの？」

「ひと晩はいないとエンジェルに約束していたのかもしれない。遅くなったことに気づいて、あわてて帰るところだったのかもしれない」

「そして、よりによってここで車を止めたのね」わたしはあたりを見まわした。霧はほぼ晴れていて、道路の両側に黒く大きな岩が並んでいるのが見えた。「待ち伏せするにはうってつけのところね」

ダーシーはうなずいた。「そのとおりだ。問題はそれが動物なのか人間なのかということだな」

「人間？」

「可能性はある」ダーシーは考えこみながら言った。「チェリトン卿に恨みのある人間が、道路が狭くなっているところで彼が車のスピードを落とすのを待つ。彼が車を降りる。その人間が彼を撃つ」

わたしは自分が立っている地面を見おろした。「その仮説にはひとつだけ欠陥があるわ。ここにはわたしたちの車とチェリトン卿の車のタイヤの跡しかない。彼の車のタイヤはとても幅が広くて、ごつごつしている。ほら、これがゆうべ彼の車が通った跡よ……彼の家の方角からイディナの家に向かった最後の車ね。そしてこれが今朝のわたしたちの車。戻っていく彼の車の跡の上に残っているわ」

「きみはたいした探偵だね」ダーシーは満足そうにうなずいた。タイヤの跡に沿ってさらに歩いていく。「きみの言うとおり、ゆうべ、彼のあとでヴァレーの上から来た車はない。イディナの家から彼を追ってきた車もなさそうだ。もしもだれか――人間だ――が彼を待ち伏せしていたのだとしたら、近くの家からということになる。イディナの家からもヴァレーの上からも、ここまで一〇キロ前後はあるからね」

「ゆうべここを走ったとき、明かりはまったく見えなかったわ。それに、ヴァレーの住人はみんなイディナの家にいたはずでしょう？」

「チェリトン卿の妻と子供以外はね」ダーシーが指摘した。「それからディディとシリルも。だがそのうちのだれかが、暗闇のなかを一〇キロあまりも歩いてこられるとは思えないな。ディディの車はぼくたちが使っているんだし」

「できっこないし、そもそもするとは思えない。そんなことをする理由がある？　だれかが彼を殺したかったのなら、彼の地所ですればいいことでしょう？」

　ダーシーはうなずいた。「きみの言うとおりだ。それに茂みに引っかかっていたライオンの毛皮がある。なんらかの形でライオンが関わっているということだ。とにかくイディナの家に戻って、どういうことなのかを考えてみよう。ゆうべ、なにか手がかりになることが起きていたのかもしれない」

「ドアが乱暴に閉まる音や走る足音を何度も聞いたわ」わたしは言った。

「彼はだれかと口論をしたのかもしれない」

「そうだとしても、彼のあとを追ってはいないわ」わたしは指摘した。「ほかの車の跡は見えないもの。あなたには見える？」

「ぼくたちの車がまったく同じ大きさで、まったく同じところを走っていたなら、跡を消してしまった可能性はあるけれどね」ダーシーは赤い土の道路を見つめながら言った。「でも、そうは思えない……」

「彼の車にだれかが乗っていたんじゃないかしら？」

　ダーシーはブワナの車をのぞきこみ、においを嗅いだ。「高価な香水のにおいはしない。落ちている手袋のような手がかりもない。どちらにしろ、筋が通らないよ。もしもだれかがこれに乗っていて、彼を殺したのだとして、いまどこにいるんだ？　近くに家があるんだろうか？　ないとしたら、その人間は歩いて帰ったわけじゃない。どこであれ数キロは離れているし、足跡はひとつも見当たらないからね。そうだろう？」

わたしは両方向の道路を眺めた。「ないわね」

ダーシーはため息をついた。「まったく訳がわからないよ、ジョージー。ぼくは筋の通らないことが大嫌いなんだ」

わたしは車の脇に立ち、Uターンできる場所に出るまでバックしていくダーシーを誘導した。わたしが車に乗りこむと、ダーシーは猛スピードでイディナの家を目指した。

19

八月一二日
再びイディナの家

わたしはまだ震えていた。これまでにも死体を見たことはあるけれど、あんなものは初めてだ。

ブワナの遺体は大きく肉を引きちぎられ、血まみれでひどい有様だった。安全な家に帰りたいと心から思った。


イディナの家に帰り着いたとき、起きていたのは数人のアフリカ人使用人だけだった。車が近づいてくる音を聞いて、彼らは玄関に出てきた。

「ブワナ・オマーラ、忘れ物ですか？」車に近づいてきた使用人のリーダーが訊いた。

「いや、事故があったんだ」ダーシーが答えた。「メムサーイブをいますぐ起こしてくれ」

「いま起こすんですか？」彼は不安げな顔になった。「それは、ちょっと……。パーティーのあと邪魔されることを、メムサーイブは嫌われるので」

「それならぼくが起こす」ダーシーはイディナの寝室に向かってつかつかと歩いていくと、ドアをノックした。「イディナ、起きてください。緊急事態です」

「うるさい！」不機嫌そうなくぐもった声が返ってきた。

「イディナ、警察に電話してほしいんです。緊急事態です。チェリトン卿が死んだんです」

長い沈黙のあと、寝室のドアが開いた。イディナは疲れている様子だ……裸の体にあわててローブを羽織り、明るいところに出てきたモグラのように充血した目をしばたたいている。

「それってなにかの冗談？　からかっているんじゃないでしょうね」

「冗談じゃありません。道路に止められたままの彼の車と、茂みのなかの死体を見つけたんです」ダーシーが言った。「警察に連絡して、フレディ・ブランチフォードに知らせなくてはいけません」

「なんてこと。事故なの？　スピードを出しすぎて、なにかにぶつかったの？」

「なにがあったのかはまだわかりません。ぶつかってはいませんでした。止めた車から降りていたんです。なにかの動物に半分食べられていました。できるだけ早く警察に連絡する必要があります」

「なんてひどい話」イディナはいまにも吐きそうな顔になった。「コーヒーを持ってきて」

刺激的な話を聞き逃すまいとして、許されるぎりぎりのところに待機していた使用人のひとりに、イディナは命じた。「起きてちょうだい、ピキシー。警察が来る前に、身支度を整えるのよ」

わたしは寝室をのぞかずにはいられなかった。彼女の大きなベッドにいたのは、口ひげを生やした傲慢な小男だ。ぼさぼさの黒髪とぼんやりした目つきの彼は、洗練されているようにはまったく見えない。イディナはどうして彼を選んだのだろうとわたしは不思議になった。だれでも選べたはずなのに。そう考えたところで、彼はひとりめではなかったかもしれないと思いいたった。次々と相手を取り替えるとディディが言っていたんじゃなかった？　わたしはすくみあがり、こんなところに来るんじゃなかったと改めて思った。

「一体なんの話をしているんだ？　警察？」ベッドから勢いよくおり立ったミスター・アトキンスは自分が裸であることに気づいて、あわてて枕をつかんで体の前に押し当てた。これほど深刻な状況でなければ、さぞ滑稽に思えただろう。わたしは笑いたくなるのをこらえた。

「聞いてくれ、イディナ。わたしがここにいることを知られるわけにはいかないんだ。ナイロビにそんな噂が流れたら……わたしは植民地官僚なんだぞ」

「なにも知られることはないわよ」イディナの声は落ち着いていた。「あなたとあなたの愛する奥さんはディナーにやってきて、暗闇のなかをナイロビまで車で帰るわけにはいかないから、泊まっていったの」

イディナはローブの紐をウェストのまわりでしっかりと結んだ。うしろに控えていた使用人のひとりに向き直った。「ミスター・ジョスリンを起こしてきてちょうだい、ファアラ。いますぐ用があると言うのよ」

「はい、メムサーイブ」彼はそう応じると、離れのひとつに向かって駆けだしていった。ジョスリンは母屋に寝室を与えられていないようだ。イディナは彼をそういう目で見ているわけではないらしい。彼は使用人たちと一緒に寝泊まりしていることになる。

「死体はどのあたりにあるの？」寝室を出てベランダを歩きながらイディナが尋ねた。

「一〇キロくらい先です」ダーシーが言った。「大きな岩にはさまれて、道がとても狭くなっている箇所はわかりますか？」

「もちろんよ。エガートンの家の近くね」

「エガートンの？」

「ええ、そうよ。タスカーとベイブ。あの人たちの家は、道が細くなっているところのすぐ手前なの。門に気づかなかったの？　あの人たちの名前が書いてあるわ」

わたしはこっそりダーシーを見たが、彼の視線がイディナから離れることはなかった。

「あの人たち、なにか見たかしら……話さなきゃいけないわね」イディナは首を振った。「彼が死んだなんて信じられない。間違いなく彼なの？　死体の一部が食べられていたって言ったわよね？」

「間違いありません」

イディナが玄関までやってくると、下働きの男があわててドアを開けた。彼女についていき、広々とした中央の部屋に入ったわたしはほっとした。石の暖炉にはすでに火が入れられていて、気持ちよく暖まっていたからだ。あまりにショックが大きすぎて、わたしは自分が凍えていることに気づいていなかった。朝の空気は氷のようで、わたしは震えていた――寒さだけでなく、ショックのせいもあったと思う。

「信じるなんて無理よ」イディナは口を手で押さえた。「かわいそうなブワナ。いったいなんだって彼は途中で車を止めたりしたの？　象？　象は車が嫌いなのよ」

「象が現われた痕跡はありませんでしたし、車も無傷でした」ダーシーが言った。「とげにライオンの毛皮のようなものが引っかかっているのは見ましたが」

「ライオン？　谷のあんな場所に？　変ね」イディナは顔をしかめた。「きっと、人間のテリトリーに侵入してきた、狂暴な人食いライオンね。身を潜めて待ち伏せしていて、彼があの細い流れを渡るためにスピードを落としたところで飛びかかったんだわ」

「そうだとしたら、とんでもなく頭のいいライオンですね」ダーシーが言った。「ドアを開けて、ブワナ・チェリトンが車から降りるように仕向けていますから。彼の足跡がはっきり残っていたんです」

「ますます変ね。彼ほどこの国のことをわかっている人間はいないわ。ライオンを見かけたら、絶対に暗いところに出ていったりはしない。ライオンが道をふさいでいたんじゃないかしら。銃で撃ったものの傷を負わせることしかできなくて、逆に襲われたとか」

「遺体の近くに銃はありませんでした」ダーシーが応じた。

「彼は必ず銃を携帯していた。このあたりでは、決して武器を持たずに出かけたりはしないの。なにがあるかわからないもの」

「車を念入りに調べたわけじゃないんです」わたしは指摘した。「車の下や茂みのなかも。彼はどこかに銃を落としたのかもしれません」

「豹だったのかも」イディナが考えこみながら言った。「そうよ、そのほうがありえるわ。豹があの岩のどれかから、彼に向かって飛びかかったとしたら？　彼はハンドルに邪魔をされて動けないから、豹を振り払おうとしながらドアを開けて車を降りる。でも豹はそうはさせじと彼の首のうしろに嚙みついて、彼は倒れて死んだ」イディナはその見立てが気に入ったかのように、満足そうにうなずいた。「そうね、そうだったに違いないわ。ブワナのように優れたハンターでも、豹の動きを常に予測できるわけじゃないもの」

「イディナ、頼むからぼくに電話をかけさせてください」ダーシーが言った。フレディ・ブランチフォードがギルギルを出ていく前に、捕まえなくてはいけないんです。シリル・プレンダーガストと一緒にある男をサファリに連れていくことになっているんですよ」

「どうしてそんなに地域管理官を呼びたがるのか、よくわからないわ。彼になにができるというの？　必要なのは医者よ。死因を突き止めて、死亡証明書にサインしてもらわなきゃいけないんだから。豹に襲われたことは間違いないでしょうけれどね」

「フレディ・ブランチフォードに死体を見てもらいたいんです」ダーシーは辛抱強く言った。落ち着いた口調を崩さなかったので、わたしは感心した。「警察に連絡する必要があるかどうかを決めるのは彼です。急がないと、出発してしまいます」

「心配しなくて大丈夫よ、ダーリン。出発していたら、ギルギルからの道が通っているところまでジョスリンに車で行かせて、そこで止めるから」イディナが言った。「でも、わかったわ。まずは電話をかけてみましょう」

イディナが言ったあることが気にかかっていたので、わたしはふたりが言葉を交わしているあいだ黙っていたのだが、やはり尋ねることにした。「イディナ、エガートン夫妻に話さなきゃいけないって言いましたよね。ふたりはもうここにはいないんですか？」

「そうなのよ」イディナはわたしに向き直った。「怒って帰ってしまったの。とにかくベイブは怒っていたわ。ブワナの羽根が違う女性の上に落ちたから。ブワナがわざと自分をはねつけたと思ったのね。そうしたら今度はタスカーの羽根がパンジーの上に落ちて、彼が嫌がらせをするためにそんなことをしたってベイブは考えたのよ。激しい口論になって、ふたりは帰ったというわけ」

「チェリトン卿の羽根はだれの上に落ちたんです？」ダーシーが訊いた。

イディナはにっこりした。「わたしよ、ダーリン」

「彼は賢明でしたね」ダーシーが言った「愛人のどちらかも、彼とひと晩過ごしたくてナイロビから来た女性も選びたくはなかったわけだ」

イディナは冷ややかなまなざしをダーシーに向けた。「わたしのことが一番好きだから、わたしを選んだんだと思いたいわね。彼、わたしと結婚したがったことがあったのよ。でもその頃、わたしは結婚したばかりだったし、また離婚するのはあまりに面倒だったんですもの。ひとつ言っておくわ。ベッドのなかのわたしは、女店員のベイブやパンジー・ラグなんかよりはるかに上だから」

「あなたと一緒にいたなら、彼は何時に出ていったんですか？　ミスター・アトキンスに替わったのはいつ頃でしたか？」ダーシーが訊いてくれたので、ほっとした。同じことを考えていたのだが、あまりにもきまりが悪くてなにも言えずにいたのだ。

イディナは顔をしかめた。自分の女性としての魅力に対する侮辱だと受け止めたのだろう
――ブワナが彼女に飽きて、帰りたくなったらしいことが。

「それなのよ。わたしたち、それほど長くは一緒にいなかったの。寝室に引き取って、彼がわたしの服を脱がせはじめたところで、彼の奥さんから電話があったってジョスリンが言いに来たの。具合がひどく悪くなったから、すぐに帰ってきてほしいって」

「それで、彼は帰ったんですか？」ダーシーが確認した。

「すぐにではなかったわ」イディナは小さく笑った。「はじめたことは……最後まで終わらせた。彼はそれから帰ったの」

「それは何時頃でした？」

「真夜中を少しまわったくらいだったはずよ」

「エガートン夫妻はそのときはもういなかったんですね？」

「ええ。ふたりは羽根のゲームのすぐあとで帰ったから」

コーヒーのポットを持ったふたりの使用人がやってきて、パーティーのときは酒が置かれ

ていたテーブルに並べた。

「好きに飲んでちょうだい」イディナは自分の分を注ごうとテーブルに近づいた。「あなたたちも必要でしょう？　電話はあそこの壁にあるわ。自分でかける？　それともわたしがかけましょうか？」

「もしよければ、フレディ・ブランチフォードと直接話したいです」ダーシーが言った。

「彼とは親しいですし、こういう場合の手順をよくわかっているでしょうから」

「なんの手順？　ブワナはばかな過ちを犯して、動物に殺されたの。さっきから言っているでしょう？　いま必要なのはドクター・シングに来てもらって、死亡証明書にサインしてもらうことなのよ」

「事故だということを確認する必要があります」

「どういう意味？　自殺だって言いたいんじゃないわよね？」

「もちろんです。ですが、殺人の可能性を除外しなくてはいけないと言っているんです」

「殺人？　ばかなことを言わないで。だれがブワナを殺したいなんて思うの？　彼のところで働いている人たちは、彼のことが大好きよ。それにヴァレーに住む人たちはみんなここにいたわ」

ブワナのところで働いている人たちは彼のことが好きだという意見に同意しない人がいることを思い出したが、わたしはなにも言わなかった。

「エガートン夫妻は帰ったと言いましたよね」ダーシーが指摘した。

イディナは笑った。「なにを言い出すかと思ったら。ブワナが妻と浮気をしているから、タスカー・エガートンが彼を待ち伏せしただなんて考えているんじゃないでしょうね？　ありえないわ。ブワナが真夜中に帰ることがわかるはずもなかったんだから。それに、あんな場所で夜を過ごすなんて無鉄砲な人間のすることよ。自分が豹か象に襲われるかもしれないのよ」

「タスカー・エガートンの仕業だと言っているわけじゃありません」ダーシーが言った。「全員がひと晩中ここにいたわけではないと言いたかっただけです」

イディナは面倒だとでも言いたげにため息をつくと、電話の送話口を手に取り、ダーシーに差し出した。「必要以上に考えすぎだと思うわよ。フレディにかけるといいわ。彼は分別のある人よ。ドクター・シングも連れてくるように言ってね」

ダーシーは交換手と話し、フレディにつなぐように告げ、返事を聞いていらだったように受話器を置いた。

「もう出たあとだ。彼の家の使用人だった。ホテルでヴァン・ホーンを乗せているところかもしれないから、ギルギルを出る前に捕まえられるかどうかやってみてくれるそうだ」

ちょうどそのとき、ジョスリンが部屋に駆けこんできた。目は血走っていて、彼もまた羽目をはずしたあとのように見えた。わたしたちが部屋に引き取ったあとでパーティーに参加していたのか、それとも様々なカクテルの味見をした結果なのだろうかとわたしは考えた。

「緊急事態だって聞きました、イディナ。大丈夫ですか？」ジョスリンは尋ねながらシャツのボタンを留めていたが、やがて部屋を見まわしてわたしたちに気づき、驚いた顔をした。「なんとまあ。もう起きて着替えているんですか」

「ふたりは家に帰る途中だったの。でもブワナが事故に遭ったので、戻ってきたのよ」イディナが説明した。

「それで、彼は無事なんですか？」

「死んだよ」ダーシーが答えた。

「死んだ？　チェリトン卿が死んだ？」ジョスリンはあんぐりと口を開けて、ダーシーを眺めた。「間違いないんですか？　その……なにかをやりすぎて意識を失っているだけとか？」

「動物に体を食いちぎられていた。間違いなく死んでいたよ」

「おえ」ジョスリンはいまにも吐きそうに見えた。

「だから、地域管理官のフレディ・ブランチフォードに連絡を取らなくてはいけないんだ」ダーシーは言葉を継いだ。「こうしているいまも、彼はギルギルを離れようとしている」

イディナがジョスリンの頬を撫でた。「だからね、ダーリン、あなたにはギルギルからの道路とここからの道路が交差しているところまでわたしの車で行ってもらって、フレディが来たら止めてほしいの」

「わお。彼がスピードを出していて、ぼくに気づかなかったらどうすればいいんです？」

「もう、いい加減にして、ジョスリン」イディナですらうんざりしたようだ。「たまには自分で考えたらどうなの。あのあたりはかなり開けているわ。道路に立ってなにかを振れば、あなたに気づくわよ」

「だといいんですけど」ジョスリンは確信が持てないようだ。猛スピードで走る車に轢《ひ》かれる自分を想像しているのかもしれない。彼はため息をついた。「わかりました。行きますよ。車のキーはついたままですか？」

イディナの表情が再び和らいだ。「もちろんよ。ほら、コーヒーを持っていくといいわ。それからジャケットも忘れないで、朝のこの時間はまだ寒いから」

イディナが熱いコーヒーの入ったカップを持たせると、ジョスリンはこぼさないようにしながら急いで部屋を出ていった。

「やる気のあるいい子よね」イディナが言った。「少しレッスンをしてあげなきゃいけないかもしれないわ――彼がまだ知らない楽しみを教えてあげるのよ」いたずらっぽい笑みを浮かべた。「でも我が愛しのクリスは、同居人のライバルを歓迎しないでしょうからね」

「クリスというのは、あなたの新しい夫ですか？」ダーシーが訊いた。

「クリス・ラングランズよ。わたしの新しい恋人。でも結婚はしていないの。今回は一緒に暮らすだけにしたのよ。縛りつけられるのが嫌いなクリスにもちょうどよかったみたい。彼、パイロットなの。あの人たちって、いろいろな意味で気まぐれなのよ。彼がここに移ってきたときに、来るのも帰るのもいつでも好きなようにしていいって約束しなきゃいけなかったんだから」

「彼はいつ帰ってくるんですか？」

イディナは肩をすくめた。「わからない。ふらっと現われては、またいなくなるの。それはそれで楽しいわ。ここだけの話だけれど、ゆうべ彼がいなかったのはよかったと思っているのよ。ああいうことに対しては怒りっぽいんですもの」

興味深いとわたしは思った。イディナはブワナが呼び戻される前、一緒の時間を過ごしている。現在の恋人であるクリスが突然戻ってきて、彼女の寝室にブワナがいることを知り、彼のあとをつけて嫉妬のあまり殺したとしたら？　もしもこれが殺人だったなら、少なくとも動機をひとつ見つけたことになる。

20

八月一二日
レディ・イディナの屋敷　クラウズにて

　わたしはいまになってショックを受けているらしい。震えが止まらない。あそこは恐ろしく寒かった。二度と暖まらないような気がしていたし、あの死体の惨状を頭から追い出すことができなかった。
　チェリトン卿を殺したのが、人間ではなく動物だといいと思っていた。悲劇には変わりないが、そのほうがことはずっと単純だ。

ひとり、またひとりともの言わぬ幽霊のように中央の部屋に入ってきた客たちは、コーヒーをいれ、暖を取ろうとして火のまわりに集まった。パジャマにガウンを羽織っただけの者もいれば、あわてて着替えた者もいる。だれもがげっそりして、寝足りないように見えた。

夫婦がぴったりと身を寄せ合っていて、おそらくはひと晩中、戯れていただろうほかの夫婦にはもう目もくれようともしないことに気づいて、わたしはおかしくなった。

「いったいどういうことなんだ、イディナ?」ハリー・ラグが訊いた。「きみのところの使用人が、ブワナが動物に食べられたとかいうばかげたことを言っていたが」

「本当なのよ、ダーリン、残念だけれど」

「まさか、豹が家のなかに忍びこんできたわけじゃないだろうな。警備員を置いていないのか?」

「もちろん置いているわよ、でも……」

「彼はあなたと一緒だったんでしょう?」パンジーがイディナをにらみつけた。

「そうよ。でも、財布の紐を握っているだれかさんから呼び戻されたの。すごく具合が悪いから、帰ってきてほしいって。だから彼はおとなしく帰ったのよ」

「そしてその途中で襲われたの?」パンジーが尋ねた。彼女が一番動揺しているように見えた。「象に?」

「まだわからないの」イディナが答えた。「このふたりがディディの家に帰る途中で、道路に車が乗り捨ててあるのを見つけたのよ」

「ドアは開けっ放しで、エンジンはかけたままだった」ダーシーが言った。「数メートル離れた茂みのなかに、彼の死体があったんです」

「そいつは妙だ」チョップス・ラザフォードが声をあげた。「まったくブワナらしくない。

彼は絶対、夜中に車から降りたりはしない。これほど愚かなことはないからね」

「なにかの動物に飛びかかられたりしないかぎりはね」イディナが言った。「道路が大きな岩にはさまれて細くなっているところらしいの」

「当局に連絡はしたのか？」ミスター・アトキンスが尋ねた。服を着て、真ん中で分けた髪にはきれいに櫛を入れていたから、いまはそれなりにちゃんとして見える。「死亡証明書が必要だ」

「ジョスリンに、フレディ・ブランチフォードを捕まえに行かせたわ。ディディの家に向かっているらしいの」

「ブランチフォード？」チョップスが訊き返した。「あのいまいましい政府の手先か？　あの男になんの関係があるんだ？　あいつは死体にはなんの権限もない。医者でも警察官でもないじゃないか」

「一番近くにいる警察官が、オルカロウのあの頭の弱い巡査だってことはわかっているでしょう？　ブワナの車が道路をふさいでいるから、彼はここには来られないし。それに、このあたりの責任者は地域管理官だわ」イディナは落ち着かない様子だった。地域管理官に対して、隣人たちと同じような感情を抱いているのだろう。「ナイロビから上の階級の警察官を呼ぶ必要があれば、彼が手配してくれるでしょう」

「警察？」アトキンスが手にしていたコーヒーから顔をあげ、きつい口調で言った。「どこかのくそったれの男がくそったれの動物に襲われたことに、警察がなんの口を出すっていうんだ？　いたって単純なことに思えるがね。彼は酔っていて、不用心だった。夜にひとりで運転するときにすべき警戒を怠ったんだ」

　ほかの人たちがもっともだというようにうなずいた。

「まったくそのとおりよ」彼の妻が言った。「そうだったに決まっているわ」

「とにかくいろいろな点を考慮すると、妻とわたしはいまいましい地域管理官からあれこれ尋ねられないうちに、家に帰ったほうがいいと思う。ひどく聖人ぶったいまの総督の下では、わたしのような立場の人間はいくら注意してもしすぎるということはないのでね」

　そのとき、トムリンソン夫妻が現われた。ミセス・トムリンソンは泣いていたようだ。

「たったいまショックな知らせを聞いたところだ」ミスター・トムリンソンが言った。「わたしはあの男が好きではなかったが、事実上この植民地を作りあげた男が、あんな最期を遂げていいはずがない。申し訳ないが、いますぐ妻を家に連れて帰ったほうがいいようだ。わかってもらえるだろうが、妻はかなり打ちのめされているのでね」

　シェイラ・トムリンソンがうなずいた。「信じられないわ。まさかこんなことになるなんて……」彼女は手で口を押さえて首を振った。

　わたしは、パンジー・ラグが同じくらい動揺していることに気づいた。シェイラ・トムリンソンもブワナの愛人だったことがあるのだろうか？　わたしは彼のことが不快でたまらないのに、ほかの女性たちはどうしてそれほど惹かれるのだろう？

　ほっそりしたミセス・アトキンスが夫の袖をつかんだ。「帰りたいわ。そもそもここに来たのが間違いだったのよ。家に連れて帰ってちょうだい、ピクシー」

「どうしても来たいと言ったのはおまえじゃないか」ミスター・アトキンスが険しい口調で言った。「もう一度デイヴィッド王子に会いたがったんだろうが」

「あら、わたしたちの暮らしにはちょっとした刺激が必要だと言って、ここに招待されるように手をまわしたのはあなただと思ったけれど」ミセス・アトキンスが夫をにらみながら言い返した。

「どれもこれもいまはどうでもいいことだ」ミスター・アトキンスが言った。「重要なのは、わたしたちはその男の死には一切関係がないから、いますぐ帰るのがもっとも賢明な行動だということだ」

ダーシーが彼らとドアのあいだに立ちはだかった。「申し訳ありませんが、フレディ・ブランチフォードが来るまでは帰らないでいただきます」

ミスター・アトキンスの顔が真っ赤に染まった。「なにを言っているんだ？　だいたいあんたは何者だ？」

「ぼくは英国からの旅行者で、なにも言う権利がないことはわかっています。ですが犯罪に関してはいささか経験があるので、チェリトン卿が動物に襲われたことが証明できるまでは、不審死として考えるべきだと思います」

「動物に襲われたに決まっているじゃないか」アトキンスはダーシーをにらみつけた。「死体は半分食べられていたと聞いた。アフリカのこのあたりに、人食い人種がいるとでも言いたいのか？」

「ブワナの死に人間が関わっていないことをブランチフォードに立証してもらう必要があると、考えているだけです」

「ばかなことを」アトキンスは声を荒らげた。「人間が関わっている？　数キロ四方にいる人間全部が、この家に集まっていたじゃないか」

「白人全部だ」チョップス・ラザフォードが口をはさんだ。「ヴァレーには先住民が大勢いる」

「キクユ族は乱暴なことはしないでしょう？」ミセス・アトキンスが訊いた。「使用人たちはとても穏やかだって、いつも近所の人たちが言っているわ」

「ブワナは使用人の扱いがあまりよくなかったと思う」チョップスがさらに言った。「厳しい主人だった。牛乳の缶を倒した男を鞭で打っているのを見たことがある。頭に血がのぼりやすいんだ。だがもし彼らがブワナを襲うつもりだったなら、彼の地所ですればいいことだろう？　それにキクユ族は本質的に怠け者だ。彼を待ち伏せするために、わざわざあそこまで歩いたりはしないだろう」

「先住民にもならず者や犯罪者はそれなりにいるものだ」ハリー・ラグが指摘した。「部族の掟を侵した者は、追放されるんだ」

「強盗だと言いたいのか？　無法者の仕業だと？」アトキンスが険しい目つきになった。

「あれは強盗ではありません」ダーシーが言った。「車の座席にあったものに手を触れた形跡はありませんでした」彼は気まずい様子で、ためらいながら言葉を継いだ。「さっきも言いましたが、ぼくは部外者です。あれこれ憶測する立場にはありません。権限のある人間に見てもらう必要があると思います。近くに警察官はいないようですから、今回の件に不審点があるのか、警察に介入してもらうべきなのかを決めるのは地域管理官に任せてはどうでしょうか」

「わたしたちになんの関係があるのかわからんね。地元の人間ですらないんだから」アトキンスが言った。「わたしたちはナイロビからの訪問客だ。その男のことは知らないし、なにがあったにせよ、わたしたちとは無関係だ。だからそこをどいて……」彼は、自分より優に一五センチは背が高く、はるかにたくましいダーシーを脇に押しのけようとした。

どういう展開になるのか予想もつかなかったが、ちょうどそのとき玄関の外で物音がしたと思うと、育ちすぎたラブラドールの子犬のようなジョスリンがうれしくてたまらない様子で駆けこんできた。「見つけました。手を振って彼を止めたんです。すぐに来ます」ジョスリンが言った。

「よくやったわ。いい子ね」イディナが言うと、ジョスリンは顔を輝かせた。彼は確かに人の心を引きつけるとわたしは思った。どうしてイディナが彼を引き取ったのかがわかる気がした。迷子に手を差し伸べる気分だったのだろう。

ジョスリンがドアを開けて待っていると、フレディ・ブランチフォードとそのうしろからしかめ面のミスター・ヴァン・ホーンが現われた。

「この件はいったいどれくらいかかるんだね？」ミスター・ヴァン・ホーンは強いなまりのある声で言った。「サファリに行くことになっていたんだ。これが、家に帰る前の最後のチャンスかもしれないんだぞ」

「残念ですが、不審死があったんです」ダーシーが言った。「ミスター・ブランチフォードはこのあたりの政府の役人ですから、サファリは延期してもらわなくてはいけません。それに、いまディディの家まで行くことはできないんです。ブワナの車が道路をふさいでいますから」

「ブワナ？　このあいだポロフィールドにいた大柄な男のことか？　なんとか卿といったな」ヴァン・ホーンは驚いたようだ。「死んだのは彼なのか？」

「残念ながら」

「なんとも不穏な話だな。先住民の反乱でも起きたのか？　わたしたちが移動するときは、先住民に立場をわきまえさせておくために武装した警備員を連れていくんだ。その男は銃を持っていなかったのか？」

「ミスター・ヴァン・ホーン、コーヒーでもいかがですか？　キッチンのボーイたちがすぐに朝食を用意しますから」イディナが言った。「それから、来てくれてよかったわ、フレディ。家に帰りたい人たちのあいだで〝バウンティ号の反乱〟が起きるところだったのよ」

「きみは運がよかったよ、イディナ」フレディが言った。「たっぷり一五分は、坂をのぼる牛車に前をふさがれていたんだ。そうでなければ、もうとっくに通り過ぎていたところだ。

ディディの家に六時半までに行くとシリルに約束していたんだ。電話して、説明しなくてはいけないな」

「いまはだれにも電話するべきじゃないと思う」ダーシーが言った。「チェリトン卿の家族はまだなにも聞かされていないし、まずきみがその目で遺体を確認して、きみから家族に伝えたほうがいい」

イディナが眉間にしわを寄せた。「変じゃない？　エンジェルは一二時頃に彼に電話をかけてきて、すぐに帰ってきてほしいって言ったのよ。それなのに、いま彼がどこにいるのかを確かめるための電話はかかってきていない」

「お楽しみの最中の彼を邪魔したくなかったんじゃないか？」ハリー・ラグが言った。「彼は邪魔されるのを嫌がるだろう？　エンジェルは帰ってきてほしいと頼んだ。それが彼女にできるせいいっぱいで、それ以上のことはしたくなかったんだろう」

「彼は暴力をふるうことがあったんですか？」ダーシーが訊いた。「奥さんに対してという意味ですが」

「お酒を飲みすぎたときには、いくらか喧嘩腰になることはあったわね」パンジーが夫を横目で見ながら答えた。「わたしは一度、突き飛ばされたことがある。転んで、壁に頭をぶつけたの。ハリーはすごく怒ったわ。もう少しで彼を引っぱたくところだった。そうだったわよね、ダーリン？」

ハリーは彼女をにらみつけただけだった。

つまり、ブワナは暴力に訴えることがあったということだ。エンジェルを含め、それが何人かの人間にとって動機になったかもしれない。彼女に鉄壁のアリバイがあるのが残念だった。ブワナ自身のもの以外、彼の家の方向からのタイヤ痕はなかった。そもそもブワナの家には二台めの車があったのだろうか？

フレディは前に出ると、手を叩いた。「みなさん、時間を取らせて申し訳ないが、これは重大事件です。ぼくにわかっていることはいまのところほとんどないので、このあとどうするべきなのかを決めるためにも、情報を集める手伝いをみなさんにしていただきたい」

「わたしには、どうしてきみが呼ばれたのかがわからないね」アトキンスが言った。「きみは自分の時間も無駄にしているよ。あのいまいましい男はなにかの野獣に襲われて殺されたんだ。酔っぱらって車を運転していて、注意力が散漫だったんだよ。それだけのことだ」

「それではあなたたち全員が、ここで夜を過ごしたんですね？」

「そうだ、イディナのパーティーのあと、全員がここに泊まった」真っ先に、ミスター・アトキンスが答えた。「わたしたちはナイロビから来たんだ。暗いなかで車を走らせるには遠すぎる。それに危険だ。だからレディ・イディナが親切に、泊まっていくように申し出てくれたんだ」

「アトキンスでしたね？」フレディは彼を見つめながら言った。「総督官邸で働いていますよね？　それなら、前総督補佐のわたしのおじをご存じですよね？」

「ハヴァシャムはきみのおじさんだったのか？　素晴らしい人だった」アトキンスの喧嘩腰

の態度はいくらかましになっていた。

　フレディはほかの面々に向き直った。「それでは、話を整理させてください。チェリトン卿は車で家に帰る途中で動物に襲われた」フレディはゆっくりとした口調で言った。「彼は何時に帰ったんですか？　彼が出ていくのを見た人はいますか？　今朝早くだったんですか？」

「いいえ、一二時をちょっと過ぎた頃よ」イディナが答えた。「わたしが見たわ。帰ると彼が言いに来たの」

「つまり、ほかの客は泊まったのに、チェリトン卿は泊まらなかったんですね？」

「彼の奥さんは体調が悪くて来なかったの。ますます具合が悪くなったから帰ってきてほしいっていう電話が一二時頃にかかってきて、いい夫である彼はすぐに帰ったのよ」（その言葉を聞いて、そこにいるだれかが嘲笑うように鼻を鳴らした）。

「だれが死体を発見したんですか？」

「ぼくたちだ」ダーシーが答えた。「ジョージーとぼくがディディの家に帰ろうとしていたら、道路をふさいでいる車を見つけた。大きな岩のあいだで道路が狭くなっていて、細い川が流れているところだ」

「ああ、あそこか。ここから北に一〇キロほど行ったところだな」フレディが言った。

「流れを渡るために速度を落としたら、ドアは開けっ放しでエンジンもかかったままの車が前方に止まっていることに気づいた。大声で呼んでみたが返事がなかったので、あたりを探したら、数メートル先の茂みのなかに死体を見つけたんだ。ハゲワシが群がっていて、死体は明らかになにか大きな動物に食われていた。ぼくたちは死体を膝掛けで覆って、ここに戻ってきたんだ」

フレディはこのあとどうするべきかを考えているらしく、全員をぐるりと見まわした。おそらくこういった経験は初めてなのだろう。客のなかには落ち着いた様子でソファにゆったりともたれている者もいれば、一刻も早く帰りたくてたまらず、立ったままの者もいる。

「ぼくがまずすべきは死体を確認して、それからドクター・シングに連絡して死因を究明してもらうことでしょうね」フレディが言った。

「最初からそう言っていたんだ」ハリー・ラグが言った。「警察の関与なんて必要ない。あんただって必要なかったんだ。警察や政府の役人が関わるようなことじゃない。死体を確認する医者がいればそれですむ。なにが彼を殺したのかをはっきりさせてくれれば、わたしたちはみんな家に帰れる」彼は立ちあがって壁に近づくと、電話の送話器を手に取った。「さあ、くそったれの医者に電話をかけて、さっさとこいつを終わらせてくれ」

「いいでしょう」フレディはためらったが、ハリーから送話機を受け取った。「ですが、医者とぼくが死体を確認するまでは、みなさん全員にここにいてもらわなくてはいけません。全員の供述が必要になりますから」

「生意気な」アトキンスが言った。「わたしたちのだれかが関わっているとでも言いたいのか。あの男が出ていったとき、わたしたちはみんな寝ていたんだ」

また鼻を鳴らす音がした。パンジー・ラグだろうとわたしは思った。

「どちらにしろ、正式な手順に従う必要があります」フレディが言った。「もう少し待ってください。レディ・イディナが言ったとおり、じきに朝食の用意ができるはずです。ぼくが医者に電話をかけて死体を見に行っているあいだ、コーヒーでも飲んでいてください。それほど長くはかからないはずですから」

客たちがその場を離れていくと、フレディはダーシーの腕に触れて言った。「一緒に来て、くわしい話を聞かせてくれないか」

「ジョージーも連れていったほうがいい」ダーシーが言った。「彼女はすごく観察力が鋭いんだ」

「だが、こんなに恐ろしい経験を女性にさせるのは気が進まない。一部が食われた死体だろう？　女性に見せるのは……」

ふたりの会話を聞きながら、もう一度あの死体を見たいだろうかとわたしは自分に尋ねていた。けれど、ダーシーがわたしに来てほしがっているのはうれしかった。

「前にも死体を見たことはあるわ」わたしは言った。「心配しないで。気を失ったり、悲鳴をあげたりはしないから」

「そうか、わかった。きっときみは自分がなにをしているのか、わかっているんだろうね」フレディは不安そうにちらりとダーシーを見た。「わたしはシングに電話をかける。そうしたら出発しよう。道路が狭まっているところだね？　彼とそこで会えばいいんだね？」

「車が道路をふさいでいるから、それ以上先には行けないよ」ダーシーはそう言うと、わたしの肩に手をまわした。「きみは一緒に来たいんだろう？　きみが残りたいのなら別だが、ぼくはきみを残していきたくないんだ」

わたしはこれ以上できないくらい明るく微笑んだ。「もちろん一緒に行きたいわ。なにがあっても見逃さないから」

21

八月一二日
ワンジョヒ・ヴァレーの道路

わたしはコートを着ながら、本当にあの死体をもう一度見たいだろうかと考え続けていた。けれどプライドのせいで引き返せずにいた。ダーシーが一緒に来てほしがっている。そう思うといい気分だったから。それに彼は、イディナと彼女の妙な客たちのところにわたしを残していきたくはないようだ。本当に変わった人たち。あの人たちが英国であんなことをしているとは思えない。このあたりの希薄な大気が、彼らの抑制を解き放ってしまったのかもしれない。あの人たちはひと晩じゅう、こっちのベッドからあっちのベッドへと渡り歩いておきながら、今朝になったらまるで他人のように礼儀正しく振る舞っていた。

キッチンから漂ってくるベーコンを焼くにおいに空腹を刺激されながら、わたしたちは家を出た。このにおいが客たちを引き留めておいてくれるといいと思ったけれど、だれもがいますぐ帰ろうと決めているようだった。霧はすっかり消えて、耕作地のあいだを走る道路には焼けるような日差しが照りつけている。ダーシーが運転すると申し出た。フレディのおんぼろ自動車よりはディディのライレーのほうがずっと乗り心地がよかったから、いい考えだ。車を走らせながら、わたしたちはこれまでのことをフレディに説明した。あたりに岩が多くなってくるとダーシーは速度を落とし、道路が狭くなるかなり前で車を止めた。わたしたちは無言のまま車を降りた。わたしは、さっきと同じ不安に胸をぎゅっとつかまれるのを感じていた。これまで何度か死体と遭遇したときにも、こんな感覚に襲われたことはない。わたしはあたりを見まわした。なにかがわたしを見つめ、いまにも飛びかかろうとしているような気がした。

「流れの脇に動物の足跡はあったか？」道路を横切るように細い川が流れているところまで先に立って歩きながら、フレディが訊いた。人間の身長の二倍の高さがある岩が、道に黒い影を落としている。

「車のまわりにはなにもなかった」ダーシーが答えた。「川の脇は調べていないんだ」

改めて調べてみたが、最近やってきたとおぼしき鳥より大きなものは見つからなかった。大型の猫の足跡はもちろんない。青と黄色の蝶が水の近くをひらひらと飛んでいて、岩の上を水が流れていくのはうっとりするような光景だった。すぐ近くにあんな恐ろしいものが横たわっているとは、とても信じられない。

「車のまわりに足跡はなかったんだな？」フレディが訊いた。

「チェリトン卿のものだけだった」ダーシーが答えた。「ほら。車から降りたときに、彼が立ったのがここだ。もう一方の足の跡が横にある」

「車から降りて、じっと立っていたのか」フレディはかがみこんで、くっきりと残るふたつの足跡を眺めた。「妙じゃないか?」

「切羽つまっていたのでなければね」ダーシーが応じた。「用を足したくなって、もう一刻の猶予もなかったから、車の脇から茂みに向かって小便をしたのかもしれない」

「ありうるな」フレディがうなずいた。「だが、なにかに襲われた痕跡はない」彼は地面を眺め、それから車のなかをのぞきこんだ。「それにもしここで用を足したのなら、どうして茂みのなかに入っていく必要があったんだ?」

「わからない」ダーシーは首を振った。

「それで、死体はどこだ?」

「こっちだ」ダーシーはそのあたりを示した。「医者が来る前に見ておきたいか?」

「いや、遠慮しておこう」フレディはすでに青い顔をしている。「必要以上に現場を荒らさないほうがいいと思う」

フレディのようなたくましい男性ですら、死体を前にするとやはり気分が悪くなることを知って、わたしは少し安心した。

「これを見てくれ」ダーシーはとげに引っかかった毛皮を指さした。「ライオンがここを通ったように見えないか?」

フレディは毛皮をしげしげと眺めた。「確かにその可能性はある。だがそれがゆうべだったとは限らない。その毛皮がいつとげに引っかかったのはわからない。だがどちらにしろ、ライオンをここで見かけるのは少し妙だ。彼らは谷の上の開けたところが好きなんだ。獲物がたくさんいるからね。それに彼らは群れで狩りをする。きっと入植者たちが飼っている家畜が簡単な餌になることを知った、はぐれライオンの雄だろうな。動物がいなくなった話を聞いたか？」

「いろいろ聞くほど、あの家に長くはいなかったんだ」ダーシーが答えた。「それにゆうべは、動物の話題はひとつも出なかった」ダーシーはちらりとわたしを見た。

「ぼくはイディナのパーティーに招待されたことはないんだ。かなり羽目をはずすそうじゃないか？」フレディが言った。

「ベルグレービアでは眉をひそめられるだろうとだけ言っておくよ」

フレディはにやりとした。「きみにはショッキングだったんじゃないのかな？」わたしを振り返って尋ねた。

わたしは世慣れているふりをして、あんなことにはすっかり慣れていると言おうかと思ったが、嘘をつくのはあまりうまくない。「あんなことをする人がいるなんて思ってもみなかったわ」

「アルコールのせいなのか？　それともなにか薬物を使った？」フレディは再びダーシーに向き直った。

「ぼくたちは奥の部屋には入らなかったんだが、そこでコカインが提供されていたことは間違いないね。ぼくたちが部屋に引き取ったときには、みんなすっかりできあがっていた」

「だれが提供しているのかをぜひ知りたいね。税関の人間は、空港や船が入ってくるモンバサで目を光らせているんだが、これまでのところ何も見つかっていない。言えるのは、安定した供給があるということだけだ」彼は再びわたしを見た。「きみはパーティーには参加しなかったんだろう？」そう言って、くすくす笑った。

「参加していたら、きみには話さないよ」ダーシーが応じた。「ジョージーは乗り気だったんで、ぼくが止めなくちゃならなかった」

「ダーシー！」わたしがにらみつけると、ダーシーは噴き出した。彼の笑い声に応じるように、茂みからこすれるような音が聞こえてきた。フレディが用心深くあとずさった。

「ハゲワシが残っているだけだと思う」ダーシーが言った。「最初に見つけたときにはたくさんいたんだ。追い払うのは無理だった。できるかぎり死体を覆っておいたが、奴らが膝掛けをめくれなかったことを祈ろう」

ダーシーはとげのある枝を脇によけ、茂みのなかに足を踏み入れた。

「大丈夫だ。膝掛けに重石をしておいたのは正解だったね。脚の部分しかめくれなかったみたいだ」

ハゲワシが脚を食べているところを想像して吐き気がこみあげたが、あわてて抑えこんだ。どちらにしろ、急いで死体を見るつもりはない。丸めた肩と邪悪なまなざしをしたハゲワシは、わたしにとって悪夢そのものだった。ほんの一メートルも離れていないところで、再び食事に戻れるのを辛抱強く待っている彼らの姿は、わたしがこれまで目にしたなによりも不安をかきたてた。気がつけば、ダーシーとふたりでテムズ川のハウスボートにずっといればよかったと考えていた。少なくともあそこでは、舷窓をのぞきこむ白鳥以外、警戒しなくてはならないものなどなかった。

「シングまで、いまいましい牛車に前をふさがれていないことを願うよ」フレディが言った。

「ほとんどの道路では追い抜くことができないからね」

「彼はいい医者なのか？」ダーシーが尋ねた。「インド人なんだろう？」

「そうだ。シーク教徒だよ。ターバンを巻いているが、いいやつだ。ロンドンのバーツで学んでいる」

ふたりは近くにいたくないのか、死体から遠ざかりはじめた。フレディがダーシーに顔を寄せた。「この件があれに関わりがあるとは思っていないだろう？」

「ありえないだろう？」ダーシーはわたしに聞こえているのではないかと、警戒するような視線をこちらに向けた。「彼が夜中にパーティーを抜け出すなんて、だれに予想できた？ただしだれかが……」ダーシーはそれ以上なにも言わず、ブワナの車の脇に立ったままのわたしに近づいてくると、肩に腕をまわして言った。「大丈夫かい？　それほど長くはかからないはずだ」

それから約三〇分後、まずは車の音だけが聞こえてきた。ミシンと芝刈り機が混じったような音だった。ようやく車が見えてくると、年代物のモーリス・テンであることがわかった。その医者はひときわ長身のうえターバンを巻いていたから、いかにも窮屈そうだ。車を降りて自由の身になると、急ぎ足でわたしたちに近づいてきた。

「緊急事態だというメッセージを受け取りました、ミスター・ブランチフォード。死体ですか？　交通事故？　このあたりの道路は死の危険がいっぱいですからね。つい先週も、ギルに向かって走っていた車が崖から落ちたんです。スピードの出しすぎなんですよ。ああいった大きくて力のある車は、この国の細い田舎道には向いていないんだ」

彼は言葉を切り、わたしたちは紹介されて握手を交わした。

「それでは、あなたたちが死体を見つけたんですね？」シングが尋ねた。「さぞショックだったでしょうね。とりわけ若い女性にとっては」

「この若い女性は、見た目よりずっとタフなんですよ」ダーシーはそう言ってわたしにウィンクをした。

わたしたちはブワナの車まで揃って歩いた。

「ぼくたちが見つけたとき、ドアは開けっ放しでエンジンもかかったままでした」ダーシーが説明した。「運転手の姿はなかった。呼んでみましたが、返事はなかった。そうしたら、その先の茂みでなにかが動く音がしたんです。それで調べようと……」

「こんなことを言うのはなんですが、それはあまりに無謀ですよ」ドクター・シングが言った。「茂みのなかにはなにが潜んでいるかわからない。ただのレイヨウでも、襲われたら怪我をするかもしれない」彼はそう言いながら指を振り、そして首を振った。「話を続けてください。口をはさんではいけませんね。わたしはしゃべりすぎるといつも妻に言われているんですよ」小さく笑って言った。

「死体にはハゲワシが群がっていました。なにか大きな動物に死体の一部が食われているのが見えました。それがだれなのかすぐには見分けがつきませんでしたが、うなじのところでカールしている長めの髪で彼だとわかったんです」

「だれだったんです？」

「チェリトン卿です。ブワナと呼ばれている人ですよ」

「ブワナ・ハートレー？　そいつは驚きだ。このあたりの住人のなかでも、彼はこの国の危険をもっともよくわかっている人だと言って差し支えない。あの岩のあいだを速度を落として走っているときに、襲われたんでしょうか？」

「そうは見えないんですよ」ダーシーが答えた「車のなかはまったく乱れていない。ほら、彼の持ち物は後部座席にきちんと載ったままなんです」

「なるほど」ドクター・シングはため息をついた。「刑事の真似事をするのはわたしの仕事じゃない。死体を見せてください」

「こっちです」ダーシーはひときわとげの多い枝を脇によけた。

ドクター・シングはそのあとを追ったが、わたしはその場に残った。ハゲワシたちが飛び立った。何羽かは残って岩の上に留まり、恐ろしく不気味なまなざしでこちらを見おろしている。ハゲワシたちに興味深そうに見つめられながらひとりでここに残るよりは、ダーシーたちのあとについていくほうがいいと思い直した。

「なるほど」ドクター・シングの声が聞こえた。「明らかに、大きな動物に襲われていますね。ざっくりと食われている。気の毒に。これなら、死因は不運な事故として死亡証明書にサインできますね」

「ですが、彼が茂みを引きずられた痕跡はないんです」ダーシーが言った。「どうして彼が真夜中に、道路からはずれてこんなところまで来たのかがわからない」

「ライオンを見かけて、危害を加えてくるおそれがあると思い、仕留めようと思ったのかもしれない。射殺したと思ったが実は生きていて、逆に襲われたんじゃないでしょうかね」

「その説には矛盾点がふたつあります。銃が見当たらないことがひとつ。そして、彼がなにかに傷を負わせたことを示す血痕が残っていないのが、ふたつめです」

「あなたはハンターのことをよくご存じですね。この国に遊びに来た方だと思っていましたが」

「家では牡鹿を狩ったことがあります。基本は同じですよ」ダーシーが言った。

「確かにそうですね。ですが、彼が前向きに倒れたせいで、銃が下敷きになっている可能性があります」ドクター・シングは点を稼いだかのように、また指を振った。「そっと彼を仰向けにしましょう」

わたしは顔を背けた。体の前面がどうなっているのかを見たくなかった。軍隊蟻はレイヨウをきれいに平らげてしまうとブワナが話してくれたことを思い出した。岩の背後に立つ大きなユーカリの木から鳥のさえずりが聞こえ、黒と白の猿の群れが枝から枝へと飛び移っているのが見えた。それを眺めていると、やがてダーシーの声がした。「これを見てくれ。動物が作った傷じゃない」

フレディが口笛を吹いた。「なんてこった。オマーラ、きみの言うとおりだ。きみの勘は正しかった。彼を殺したのは動物じゃない、人間だ」

わたしは自分の目で確かめたくなった。茂みのあいだに目を凝らした。ブワナは仰向けにされている。顔はひどく損傷していて、白いシャツの胸のあたりは血に染まっていた。ダーシーがシャツを開いて、なにかを指さしている。心臓の周辺に刃物で刺した痕があった。

22

八月一二日
ハッピーとは言えないハッピー・ヴァレーの様々な場所で

さあ、あの言葉を言うわよ。わお！　ヴァレーにいるだれかがチェリトン卿を殺した。犯人を心から責める気にはなれなかった。彼のような振る舞いをする人間には敵がいただろう。彼が妻に手を出すことを面白く思っていなかった夫は、ケニアに大勢いたはずだ。問題は、ゆうべ彼ら全員がイディナの家にいたことだ。

自然の真っただ中で、平穏で素晴らしい新婚旅行を楽しめると思っていたのに！　ため息ばかりだ。

「これはもはやわたしの仕事ではありませんよ、ミスター・ブランチフォード」ドクター・シングが言った。「すぐに警察に連絡しなくてはいけません。ナイロビの犯罪捜査課に。この男の死因を突き止めるのは、彼らの仕事です」

「刺されたせいで死んだんだろう？」フレディの声は明らかに震えている。自分の受け持ち地域で損傷の激しい死体を見たなら、きっとわたしの声も震えただろう。

「確かにそのように見えますね」ドクター・シングがうなずいた。「何者かが彼を殺して、ここに残していったんでしょう。野獣に襲われたとわたしたちが考えるように、動物たちが死体の一部を食べることを期待していたんだ」

「どこか別の場所で殺されて、ここに運ばれたということは考えられるか？」フレディがダーシーの顔を見た。

「そうは思えない」ダーシーもいつもより顔色が悪い。「あの車で運ばれたわけじゃないことは確かだ。だとしたら、血の跡が残っているはずだからね。それに死体の下の地面が血に濡れているところを見ると、彼はここで倒れて血を流し続けたんだと思う」

「犯人は運が悪かったのね」わたしは言った。わたしの存在を忘れていたかのように、三人は顔をあげた。「だれかを刺したら、普通は仰向けに倒れると思うものだわ。仰向けに倒れていたなら、動物やハゲワシに食べられて刺し傷の痕跡は消えていたでしょうね」

「彼女の言うとおりだ！」ドクター・シングはこぶしをもう一方の手に打ちつけた。「まさにそのとおりですよ、お嬢さん。犯人はまさしくそうなると思ったんだろう。つまり犯人は、被害者が倒れて死ぬのを見届けることなく、この場を離れたことになる。車からはなにも盗まれていないと言いましたよね？　強盗の仕業じゃないということですね？」

「車のなかのものは、なにひとつ手をつけられていないようでした」ダーシーが答えた。「もちろん、ポケットのなかまでは調べていませんから、金が盗まれているかもしれませんが」

「それは警察の仕事ですね」ドクター・シングが言った。「わたしたちはこれ以上、ここにいるべきじゃない。一番近い電話はどこだかわかりますか？」

「エガートン少佐夫妻がこの近くに住んでいると聞いています」わたしは言った。

「タスカー？　だが彼らはパーティーに行ったんじゃないのか？　ああいうことが好きなタイプだと思ったが」フレディが言った。

「来ていたけれど、早めに帰ったのよ。ベイブが怒ったの。ブワナが彼女を無視して、そして――」〝彼女ではなくイディナと寝ることを選んだから〟とは、言えなかった。そんなことを口にできるような育てられ方はしていない。

「それじゃあ、ふたりはいま家にいるんですね？」ドクター・シングが確認した。「あなたたちはいますぐ彼らの家に行ってなにがあったのかを話し、ボーイを何人か貸してくれるように頼んでください。警部が到着するまで死体を見張っていなくてはいけない」

「ナイロビはどれくらい遠いんですか？」わたしは尋ねた。

「二時間はかかる。道に問題がなければね」フレディは確かめるように医師を見た。「わたしはイディナの家に戻って、警察が話を聞くまでだれも帰らないように引き留めておく」

「わたしはここに残るべきでしょうね」ドクター・シングはあまりうれしくはなさそうだっ

きませんからね」

た。「これ以上動物に嚙まれて、刺し傷の痕跡が消えてしまうような危険を冒すわけにはい

ダーシーはまだ死体を見つめている。「かなり大きなナイフだ。少なくとも傷は五センチはある。だれがそんなナイフを持ち歩いているんだろう？」

「先住民はみな、それ以上の刃渡りの山刀を持っているよ」フレディが答えた。「だが山刀で人を刺すのは難しいだろうな。刃の形状からしてね。あれは切りつけるためのもので、刺すことには使わない」

「そうだな。それに、これはとても手際がいい」ダーシーはうなずいた。「だれの仕業にしろ、どうすれば肋骨のあいだを刺せるのかを知っている。心臓をひと突きで、即死だよ」

「もうやめて」わたしは不意にもう耐えられないという気持ちになった。けれどもちろん、そう認めるつもりはない。「電話をしてナイロビから警察官に来てもらわなくてはいけないのなら、これ以上お喋りをしている暇はないわ。あれこれ憶測しても役には立たない。捜査は警察に任せましょう」

わたしは車へと歩きはじめた。「そうだな」ダーシーが言った。「ぼくたちはエガートンの家に行って、それからイディナのところに戻る」ダーシーはフレディを見た。「だれかがレディ・チェリトンと彼の子供たちに知らせなくてはいけない」

「それは警察の仕事だと思わないか？」

「イディナの家にいるだれかが、許可なく話していなければね」

「このあたりにエンジェルと親しい人間はいないと思う。彼女はここでのパーティーの類にはほとんど出ていなかった。嫌っていたんだと思う。早くヨーロッパに戻りたくて仕方がなかったんじゃないのかな」フレディが言った。

ほんの一瞬、ダーシーとわたしの視線がからまった。夫の死を望む動機としては申し分ないし、彼女には夫を殺させるためにだれかを雇うだけの金がある。

「わたしは死体のそばで見張っているとエガートンに伝えてください」ドクター・シングが言った。「警察が到着するまで、一緒に見張ってくれる使用人が何人か必要だということも」

「もちろんだ。エガートンの使用人を来させるようにするよ」フレディが応じた。「気をつけるんだ。なにかあったら車に戻るといい。そこなら安全だ」

「明るいところでは、大型の猫が死体を狙ってやってきたりしませんよね?」シングの口調は不安そうだった。

「この件に大型猫が関わっているとは思えない」フレディが言った。「腹を空かせたライオンは、死体をこんなに残したりはしない。それにもし彼が刺し殺されたのなら、においに誘われて集まってくるのはハイエナだ。普段の奴らは明るいところでは戻ってこない。ときにずうずうしくなることはあるがね」

「すぐに応援をよこすようにします」わたしは言った。「行きましょう、ダーシー」

狭い道路で医師の小さな車がうしろに止まっていたので、少し誘導しなければならなかったが、わたしたちは無事にディディの車に乗りこんだ。恐ろしい現場をあとにしたときには、わたしはほっとして小さくため息をついた。一・五キロも走らないうちに、山のほうへと向かう道が左手に現われた。その脇の標識には〝ランサーズ。エガートン屋敷〟と記されていた。

「槍騎兵《ランサーズ》?」わたしは尋ねた。

「エガートン少佐はベンガル槍騎兵連隊に所属していたことがあるんだ」フレディが言った。

「そのことをとても誇らしく思っている」

「だがインドではなく、アフリカで暮らすことを選んだのか」ダーシーが指摘した。

「あの気候じゃ、だれもインドで暮らすことは選ばないと思うぞ」フレディが言った。

細い道を走る車は轍《わだち》にはまってがたがたと揺れた。道の終わりには簡素な農家かバンガローが建っているのだろうと思っていたが、木立を抜けたところにあったのは宮殿だった。中央にドームがある白い建物で、優雅なベランダには円柱が並んでいる。建物の前には手入れの行き届いた芝生が広がり、池には睡蓮が咲き、美しい花をつけた木々があった。

「わお」ダーシーはわたしと同じくらい驚いているようだ。「これは予想外だ。エガートン夫妻はとても裕福らしいね。軍の恩給で暮らしているわけではないようだ」

「彼の家は資産家だし、農園もうまくいっているからね」フレディが言った。「ベイブが彼と結婚した理由がわかるだろう?　金に糸目をつけないんだ」

車が家に近づいていくと、大きなウルフハウンドが激しく吠えたてながら飛び出してきた。わたしたちが降りられずにいるあいだに、使用人が現われて犬に駆け寄り、首輪をつかんだ。

犬はそれでもうなりながら、わたしたちに飛びかかろうとしている。

「すみません、ブワナ。すみません、メムサーイブ」彼が言った。「こいつはいい番犬なんです」

「そうらしいね」フレディは慎重に犬を避けながら車を降りた。「この家の主人に会いたい」

「旦那さまはまだおやすみだと思います」使用人が答えた。「おふたりはゆうべパーティーに行って、とても遅くに帰ってこられたんです。メムサーイブは昼まで寝ていると思います。早起きはなさらないんです。なので、出直していただけますか？」

「そうはいかないんだ」フレディが告げた。「これは重要なことなんだ。殺人があった。警察を呼ばなくてはいけない」

「警察？　キクユ族が殺されたんですか？」

「いや、白人だ。電話のあるところまでわたしを案内してくれないか？　それから、ここの主人を起こしてきてほしい」

「もちろんです、ブワナ。まずは犬を閉じこめてきます。どうかついてきてください」

彼は、座り心地のよさそうな籐のソファと椅子が置かれている広々としたベランダにわたしたちを連れて行き、そこから印象的な中央の部屋へと入った。ドームのある部屋だ。頭上から射しこむ色のついた光が、磨きあげられた木の床にモザイク模様を描いている。壁には、これだけは欠かせない動物の頭部が飾られ、巨大な虎の毛皮が暖炉の前に敷かれている。真《しん》鍮《ちゅう》のトレイやヒンドゥー教の神の像など、そこにあるあらゆるものがインドを連想させた。

わたしは、この部屋のすべてがタスカー・エガートンが選んだものであることに気づいた。妻の個性はまったく感じられない。チェリトン卿に言い寄られて、彼女が舞いあがったのも無理はないと思えた。貴族の称号を得る可能性があったことも魅力だったに違いない。かわいそうなベイブ。彼がもう存在しないことを知ったら、大きなショックを受けるだろう。

わたしたちは待つようにと言われた。フレディは電話のある書斎へと連れていかれ、すぐに戻ってきた。「ナイロビの警察と話をした。警部補がこちらに向かっている。彼が全員から供述を取るまで、だれもイディナの家から帰さないようにと言われたよ」

「気に入らないだろうな」ダーシーが言った。

「そうだな。ぼくはますます憎まれる。ぼくが背中にナイフを突き立てられずにすんでいるのは、おじが植民地で尊敬されている人間だという、ただそれだけの理由なんだよ」

「恐ろしいことを言うのね、フレディ」わたしは言った。「本気じゃないわよね」

「入植者たちがどれほど政府に反感を抱いているか、きみにはわからないんだ。長くここにいる者たちは、ここは手つかずの森から作りあげた自分たちの土地だと思っていて、それをどう使おうと自分たちの勝手だと考えている。それに確かに、政府の規則のなかには少々厳しすぎるものがある。自分の地所を流れる川から水を汲むのに許可を取らなきゃいけないとかね……こういうのが人を怒らせるんだ」

「それはわかるな」ダーシーがうなずいた。「ぼくも規則やルールはあまり好きじゃない」

「もちろんそうだろうとも。きみも型破りだからな。きっとケニアでうまくやっていけるぞ」

「間違いない。そうしたらジョージーとぼくは、毎週あの手のパーティーに参加できる。そうだろう、ジョージー？」ダーシーはにやりと笑いながら言った。

「わたしを唆《そそのか》しちゃだめよ。誘いに応じるかもしれないわ」わたしは言った。「あなたに飽きたらね」

23

八月一二日
タスカー・エガートンの家　ランサーズ

ベイブのような若い女性が、タスカー・エガートンみたいなずんぐりした年上の男性と結婚した理由がようやく納得できた。彼は明らかに大金持ちだ！　それにもちろん、ブワナを殺す機会があったのは彼ら夫婦だけだ。彼らはブワナの少し前に帰っていった。わたしがなにか訊くことはできるだろうか？

自分たちの笑い声で、足音が聞こえなかった。まもなくタスカー・エガートンがローブの紐を結びながら荒々しい足取りで部屋に入ってきた。血色のいいふくよかな男性で、ローブはその下になにも着ていないことがわかる程度に体を覆っているだけだった。

「いったいどういうことだね？」彼が問いただした。「あんただということはわかっていたんだ、ブランチフォード。また越権行為をしているんだな。いまいましい政府の犬め」

「それは違います、サー」フレディが言った。「政府の監察医であるドクター・シングがぼくをここによこしたんです。いますぐあなたの使用人を数人、お借りしたい。殺人があったので、警察が調べるまで死体を保護する必要があるんです」

「どこかの先住民が争いの最中に首を切り落とされたのか？　わたしやわたしの使用人になんの関係があるのかわからんね」

「先住民ではありません、サー」フレディが言った。「あなたの隣人のひとりです。チェリトン卿です」

「ブワナ？　ブワナが殺された？　ありえない。彼はゆうべ、イディナのパーティーにいたんだ。間違いないのか？」

「間違いありません。偶然にも、現場はここからそう遠くないところです」フレディは落ち着いた口調を崩さなかった。わたしは彼が誇らしくなった。「道路が岩にはさまれているところです。ですので、見張りのために使用人を数人貸してください。死体はすでになにかの動物に一部を食われているんです」

エガートンはショックを受けたようだ。「わかった。もちろんだ。無論だとも。ああ、神さま。なんということだ。こんなこと……考えても……気の毒なブワナ。親しかったわけではないが、こんな目に遭うなんて」

「それでは、ボーイたちをドクター・シングのところに連れていきますね」フレディが言った。「そのあとで、オマーラ夫妻を迎えに戻ってきます」

「わかった」タスカー・エガートンはうなずいた。「手配をしてくれ、サミー」わたしたちを出迎えてくれた長身の使用人に向かって言った。「何人必要だ？」

「三、四人でいいでしょう。それ以上は車に乗れませんし」

「三、四人だ、サミー。死体のそばにいてもびくびくしないやつらを選んでくれ。ソマリ族がいいだろう。キクユ族は死体と悪霊についておかしな考えを持っているからな」

「彼らはアッラーを崇拝していないからです、ブワナ」サミーはいかめしい口調で応じた。「わたしの部族から選びます。わたしたちは死を恐れません」

彼は威厳たっぷりの足取りで部屋を出ていった。タスカー・エガートンはその場でドアを見つめている。「ブワナ・ハートレー。だれが想像しただろう」そうつぶやいてから、わたしたちがまだここにいることに気づいたようだった。

「初めてのケニアがとんだことになったな」彼が言った。「普段のわたしたちはいたって友好的なんだ。仲良くやっている。警察が犯人を見つけられるといいんだが。きっとならずものの先住民の仕業だろう。仕事をクビになって、仕返しをしようと思ったんだ」エガートンは言葉を切り、たっぷりしたウェストのまわりでロープの紐をしっかりと結び直した。「それにしても、きみたちはこんな朝早くからなにをしているんだ？　パーティーにいたじゃないか。みんな昼まで寝ているのが普通なのに」

「ぼくたちは夜が明けると同時に帰ったんです」ダーシーが答えた。「妻がディディの家に帰りたがったんです。あそこは居心地が悪かったみたいで。彼女が好むようなことではありませんでしたから」

「そうだろうな。彼女の王家の親戚のなかには、喜んで参加した者もいたようだが。ゆうべデイヴィッド王子がいなかったのが意外だったよ。以前であれば、チャンスに飛びついていただろうに」エガートンはくすりと笑った。

「彼の女友だちが厳しく目を光らせていますからね」ダーシーが言った。

「同じ飛行機だった人だね？　うぬぼれの強そうなほっそりした黒髪の女性？」

「その人です」ダーシーは笑いをこらえて答えた。

「かわいそうに。わたしはああいう女性につかまりたくはないな。でも、そうはならないんだろう？　いずれはどこかの退屈な王女と結婚して、義務を果たすんだ」

彼はわたしに向き直った。

「そう願っています」わたしは言った。「彼のご両親は、ときが来たら彼が正しいことをしてくれることを願っているんです」

「彼をよく知っているのか？」

「ええ、とても。子供の頃から知っています。とても優しい人で、わたしは彼が大好きでした。でもシンプソン夫人がどういうわけか彼を尻に敷いてしまっているみたいで」

「理由は神さまがご存じだ。彼女は美しいわけでも、若いわけでもない」彼はなにかに納得した様子だった。「きみたちも朝食がまだだろう？　さぞ空腹だろうし、ショックも受けているに違いない。ボーイたちの尻を叩いて、テーブルになにかを並べさせよう」彼は部屋を横切り、ベルの紐を引いた。間髪をいれずに大理石の床を歩くスリッパの音が聞こえ、動揺した様子の若い下男が現われた。「キッチンに行くんだ。客がいるからすぐに朝食を用意しろと伝えろ。さっさとやれと言え。さあ、早く行け」

「はい、ブワナ。伝えます」彼はそう返事をすると、走って部屋を出ていった。

エガートン少佐は檻のなかの動物のように、うろうろと歩き続けている。

「飲み物はどうだね?」ボトルが並んだサイドボードに歩み寄った。「一杯やる必要があると思わないか? ブランデーはどうだ? 神経をなだめるにはいいだろう。個人的には、たいていの病は上等のジン・トニックで治ると思っているんだがね」

「わたしはけっこうです、ありがとうございます」わたしは言った。「まだこんな時間ですから」

「ばかばかしい。毒をもって毒を制すというやつだ。いいじゃないか。ほんの一杯だ。ブランデーをひとなめするだけだ」

「それなら、ほんのひと口だけ」わたしが折れたのはブランデーを飲みたかったわけではなく、いらないと言えば彼がしつこく勧めてくるだろうと思ったからだ。タスカーはクリスタルのデカンターの栓を開けると、グラスにたっぷり五センチほども注いでわたしに手渡してから、ダーシーに尋ねた。「きみはどうする?」

「ぼくはジン・トニックをいただきます」ダーシーが答えると、エガートンは満足そうにうなずいた。

「座りたまえ。朝食はすぐに準備ができるはずだ。わたしのところには、ヴァレーでも最高のキッチンボーイがいるんだ。給料をはずんでいる。彼らは利害に敏感なんだよ。ここだけの話だが、新しいメムサーイブは彼らの扱い方を知らなくてね。使用人のいる家で育っていないものだから。わたしが厳しすぎると思っているようだ。彼らはそれしか知らないと教えているんだがね。彼らは自分たちが主人にこき使われるものだと思っている。決められたことに従わなくてはならないとわかっているんだ。彼らの族長や呪医も決して優しくはないからね」彼はくすくす笑った。「さあ、ぐっと空けて。まだたくさんある」

いまが、タスカー・エガートンから情報を得るまたとないチャンスであることにわたしは気づいた。それも、ブランデーをあんなにぐいぐい飲んでいるのだから。どう話を持っていけばいいのか、わたしは慎重に考えた。まもなくチャンスがやってきた。彼がこう尋ねてきたのだ。「殺人は何時頃行われたと医者は考えているのかね?」

「ぼくたちがいたときには、彼はまだちゃんとした検視を行っていませんでした」ダーシーが答えた。「ですが、チェリトン卿は一二時ちょっと過ぎに帰ったことがわかっています」

「一二時ちょっと過ぎ?　間違いないのか?　いったいなぜ?」

「奥さんから電話があったと聞いています」会話に加わりたかったので、わたしが答えた。「体調が悪かったので彼女はパーティーには来なかったんですが、ますます具合が悪くなったから帰ってきてほしいと頼んだみたいです」

「そして彼は、聞き分けのいい子供のように従ったというのか?　ブワナらしくないな」タスカーは嘲るように鼻を鳴らした。

「彼の子供たちが英国から訪ねてきていますから、いい印象を与えたかったのかもしれませんね」

「そうかもしれないいな。で、家に帰る途中で襲われたのか？」彼は再びダーシーに向き直った。

「なんとも言えません。死体はかなり硬直しているようでしたし、傷から出血が続いているようには見えませんでしたから、死後しばらくたっていたと思います。もちろん、動物がかなりの部分を食べていましたし、ハゲワシたちも群がっていましたが」

わたしはちらりとダーシーを見た。淡々とした口調でそんな話ができる彼が意外だった。

「それでは、どうして彼が殺されたと思ったんだ？」タスカーが尋ねた。「動物に襲われたのは明らかだったんだろう？」

「人間が最初の一撃を加えた痕跡があったんです」ダーシーが言葉を選びながら答えた。

「あなたと奥さんはブワナより先に帰ったんですよね？　途中でなにか不審なものを見ませんでしたか？」

「不審なもの？　どういう意味だね？　茂みに潜んでいる人間とか？」彼は鼻であしらった。

「暗いところで車を走らせているときは、行く手に大きな動物がいないかどうかに気をつけている。茂みを見ている余裕はないよ。そもそも、真っ暗なんだ。道路から五〇センチ離れたところに隠れていたら、気づかない」

「あなたはどうしてそんなに早く帰ったんですか？」わたしは尋ねた。「奥さんも具合が悪かったんですか？」

タスカーは苦い顔でわたしを見たが、わたしはいたって無邪気な表情を浮かべていた――そう見えていることを願った。

「知りたいのなら言うが、妻がちょっとばかり癇癪《かんしやく》を起こしたんだ。あれ以上残っていると、彼女もわたしも恥をかくことになると思ったから、急いで連れて帰ってきた。妻はちょっと飲みすぎていたし、まだ感情をうまくコントロールできないんでね」

「奥さんはなにに動揺したんですか？」行きすぎた質問であることはわかっていた。

「動揺？　彼女は怒りまくっていたよ。どういうわけか、ブワナ・ハートレーは自分に気があると思っていたんだ。きみもその話は聞いていると思うがね。このコミュニティでは、噂話は山火事のように広がるからね。彼の移り気なまなざしは移ろい続けて、ひとところに長くはとどまらないことを彼女はわかっていなかった。ふたりは関係を持ったが、じきにブワナは彼女に飽きた。そうなると、わたしにはわかっていた。だから騒ぎ立てなかった。彼女はいずれ捨てられて、従順な妻に戻ると思っていた。戻らなければ、バーミンガムの母親のところに送り返すまでだ」これまで幾度となく繰り返してきたに違いない冗談なのだろう、タスカーは大声で笑った。

「なにがそんなにおかしいの？」女性の声がして、縁に羽根飾りのついたピンク色のシルクのローブをまとったベイブ・エガートンがドア口に現われた。顔色は悪いけれど、それでもきれいだ。いつもの真っ赤な口紅と頬の白粉をつけていないので、作りのしっかりした可愛らしい顔であることがよくわかったし、驚くほど若く見えた。「笑い声が聞こえて、それで目が覚めたのよ」ベイブは飲み物のトレイに近づくと、ブランデーをなみなみ注いだ。「こんな朝早くからお客さまが来ることがあるなんて知らなかったわ」

彼女のアクセントには、いまもまだ粗野なところが残っていた。

「すみません。ですが今回はただの訪問じゃないんです」ダーシーが言った。「警察に電話をかけるのに、お宅が一番近かったものですから」

「警察？」ベイブは不安そうな顔になった。「強盗？」

「殺人です」

「きみの友人のブワナだよ」タスカーが楽しんでいるのがわかった。「彼が道路脇に倒れているのを、この人たちが見つけたんだ」

ベイブはぽかんと口を開けて、タスカーを見つめている。「わたしをからかうために、そんな作り話をしているのね。ひどい人。ロスのはずがないでしょう。わたしたちが帰るとき、あの場にいたんだから。イディナのベッドに」

「残念ながらチェリトン卿なんです」わたしは言った。「あなたたちが帰ったあと、戻ってきてほしいと奥さんから電話があったんです」

「それで帰ったの？」ベイブは驚いたようだ。「あの人、いつもは女性に言われたとおりになんてしないのに」ようやく彼女は本当だと悟ったようだ。「なんてこと。本当に彼なの？

本当に死んだの？」

「残念ですが」ダーシーが言った。

ベイブは手で顔を覆い、手だけを震わせながら彫像のようにその場に立ち尽くした。「信じられない。ゆうべわたしはひどいことを彼に言ったのよ。怒っていたし、酔ってもいたから」彼女は怒りに燃えた顔をあげた。「だれの仕業だか、あなたはわかっているわよね？」

「いいや。だれなんだ？」タスカーが訊いた。

「あの男よ、トムリンソン。そうでなきゃ、どうしてあの人たちがパーティーに来るの？これまで来たことなんてなかったじゃない」

「トムリンソンがブワナを殺したがる理由があるんですか？」ダーシーが尋ねた。

ベイブはダーシーに哀れむような笑みを向けた。「彼の妻が昔、ブワナと結婚していたからよ、もちろん」

「シェイラ・トムリンソンがチェリトン卿と結婚していたの？」わたしは思わず口走っていた。顔がかっと熱くなった。

「ずっと昔の話だ」タスカーが説明した。「彼は戦後、英国に戻った。そこでシェイラと出会って結婚した。彼女を連れてアフリカに戻ってきたんだが、彼女はここでの生活環境になじめなかったんだ。ショックだったんだと思う。まあ、上流階級のなに不自由ない暮らしをしていたわけだから、無理もない。ブワナはすぐに彼女に飽きて、ほかに興味を向けるようになった。かわいそうな彼女はだれも頼る者もなく、アフリカに閉じこめられてしまった。

そこにトムリンソンが現われて、ブワナの手から彼女をさらっていったというわけだ」

「驚いたわ」わたしは言った。「それじゃあ彼は、エンジェルと結婚するためにシェイラを捨てたんですね？」

「いやいや、そうじゃない」タスカーは笑いながら答えた。「エンジェルは最近の相手だよ。農園に資金を注入する必要があるとブワナが考えたんでね。あいだにミセス・ハートレーはもうふたりいた。レディ・チェリトンになるまで粘らなかったことを、いまごろふたりとも後悔しているだろうな」

「そのふたりというのは？」わたしはさらに尋ねた。

「ふむ、ひとりは英国に戻って、いまは株式仲買人と幸せに暮らしているはずだ。もうひとりは、カミラ・ラザフォードだ」

「カミラ・ラザフォード？」事態はますます複雑になっていく。

「そのとおり。だが彼女もブワナと似たり寄ったりだ。チョップス・ラザフォードは確か、ブワナから数えて三番めの夫だよ」

「わお」禁じていた言葉がぽろりと漏れた。それも当然じゃない？　耐えられるショックにも限界がある。

「彼と関わりのなかった女性はこのあたりにはいないんですか？」ダーシーが訊いた。

「彼を拒絶したのはイディナだけだ――結婚の申し込みという意味だがね。彼女は、ベッドを共にする以上のことを受け入れてはいない。だがブワナはずっと彼女が好きだったんだと思うよ」

わたしはまだベイブが言ったことを考えていた。「シェイラが昔ブワナと結婚していて、そのあとトムリンソンと結婚したのなら、どうして彼がいまになってブワナを殺したがると思うんですか？　どれも遠い昔の話で、彼女はいまの夫と幸せに暮らしている。どちらにとっても、いい結果になったんじゃないんですか？」

「ブワナはどういうわけか、トムリンソンをいらだたせるのを楽しんでいたんだ」タスカーが言った。「彼はそういう男だった。気に入らない人間をいじめたり、巧妙なやり方で困らせたりする。シェイラがほかの男と幸せに暮らしているのが気に入らなかったんだと思うね――とりわけ、トムリンソンのような真面目で退屈な男と。最近、トムリンソンは南アフリカから賞を取った牡牛を買ったんだ。するとブワナも、同時期に同じところから牡牛を買った。二頭は同時に到着した。もちろん、トムリンソンが大金を払った牡牛は片方だけだ。だがブワナは先にやってきて、その牛を自分の地所へと運ばせた。トムリンソンは、彼のものになるべき牛をブワナが奪ったことを証明しようとしたが、写真の牛はどれも同じように見えるし、写真ではどちらのほうがいい牛なのかはわからない。トムリンソンは裁判を起こしたが、負けた」タスカーはチェリトン卿にいい感情を抱いていないにもかかわらず、よくやったと言わんばかりににやりと笑った。「ブワナは裁判所での戦いを楽しんでいた。たいてい勝つんだ」

「でも、敵を大勢作ったでしょうね」ダーシーが指摘した。

「彼の死を望んだことのある人間は大勢いたと思うね。だがいろいろあったけれども、彼には一目置いてしまうところがあった」タスカーは顔をあげ、ドア口に使用人が立っていることに気づいた。「ああ、いいぞ。朝食の用意ができたようだ。行こうか？」

「朝食？」ベイブはおののいたような表情になった。「彼の遺体がすぐそばにあることを知りながら、よくなにかを食べる気になれるわね？　わたしはもう二度となにも食べられないかもしれない」

「好きにすればいい」タスカーがドアのほうへと歩きだし、ベイブはそのあとを追った。

ふたりが長い食堂へと入っていくのを見ながら、わたしはあることを考えていた。わたしたちはベイブが部屋にいるときに、ブワナの死体が見つかった場所のことを話題にしたかしら？　つまり彼女は自分で言っている以上のことを知っているか、あるいは部屋に入ってくる前にドアの外で立ち聞きしていたかのどちらかだということだ。

24

まだ八月一二日
エガートンの家とイディナの家に帰る道路上

　死体のあるところまで連れていくなんてフレディに申し出なければよかったと、わたしは考え始めていた。なにより、一緒に来なければよかった。そうすることはできたのに。またもやわたしの愚かなプライドのせいだ。夫より臆病だと思われたくなかった。これからパーティーのあとのイディナの家に戻り、再びあの人たちと顔を合わせ、警察に話を聞かれることになる。ああ、どうしよう――恐ろしいことに気づいた。この手の犯罪は新聞に載る可能性がある。メアリ王妃は、ケニアのこのあたりでどういったパーティーが行なわれているかをきっとよくご存じだろう。ダーシーとわたしが出席したことを知れば、わたしの曾祖母以上に〝面白くない〟と思われるに違いない。

　デイヴィッド王子が参加を止められていたのが幸いだった。少なくとも今回彼が、スキャンダルに巻きこまれることはない！

フレディが戻ってきたのは、ずらりと並んだ朝食を食べはじめたちょうどそのときだった。警察が来たときにその場にいたいし、客がだれも逃げ出したりしないように見張っていたいから、いますぐにイディナの家に戻るべきだと彼は言い張ったが、おいしそうなにおいがあまりに誘惑的だったせいか、軽く済ませればいいというわたしたちの言葉に、結局はうなずいた。軽く済ませるはずが、気がつけば彼の皿には山盛りのベーコンにソーセージ、スクランブルエッグとトーストが載せられていた。

「それで、正確な死因を医者は突き止めたのか？」タスカーが訊いた。「殺人だと聞かされたが、動物に襲われたのではないとどうして断言できるのかがよくわからない」彼はフレディに顔を寄せた。「いいか、気の毒なあの男は死んだ。なにをしても彼は戻らない。あんたがナイロビからいまいましい警察官を呼んだから、捜査で大騒ぎになるだろう。もう手遅れだとはわかっている。だが、自分が厄介な事態を引き起こしたことは理解しておいたほうがいい。だれもあんたに感謝しないだろうことも。隠しておきたいことが暴かれてしまうだろう。ナイロビの連中がわたしたちをどう思っているか、知っているだろう？　グラマースクール出の若造たちがわたしたちに偉そうに命令するんだ。少なくともあんたはちゃんとしたパブリックスクールを出ている。よそ者を関わらせず、わたしたちの側につくべきだ。動物に襲われたということで話をまとめたらどうかね？　だれにとってもそのほうがずっと簡単だ」

「あなたたちのなかに殺人犯がいてもいいんですか、少佐？」フレディが訊いた。

「わたしたちのなかに？　犯人はわたしたちのなかにはいない。ありえない」タスカーの声が大きくなった。「わたしたちはみな、イディナのパーティーに参加していたんだ」

タスカーとベイブはブワナより先に帰ったとフレディが言うのを待ったが、彼はそのことには触れなかった。「あなたのお仲間だとは言っていませんよ、少佐。このあたりに逃亡者が潜んでいないかどうか、警察に確認します。あるいは、確たる政治観を持つ人間が……」

フレディはそこで言葉を切った。

「政治観？　政治のために人を殺すような輩《やから》か？　ブワナがモズレーを崇拝していることはだれでも知っている。それを言うなら、ヒトラーのこともだ。人にはそれぞれ意見がある。彼らの言っていることはもっともだとわたしも思う。優れた種族が支配を続けていけるようにすべきなんだ」

「熱烈な共産主義者は、そういった声を黙らせようとするかもしれませんね」フレディが言った。

「ケニアで熱烈な共産主義者に会ったことがあるか？」タスカーが笑った。「あんたが万人の平等を信じているのなら、先住民に政府を任せてみるか？　いったいどういうことになると思う？」

「ぼくたちはもう行かないと」フレディはわたしたちを見て言った。「手厚いもてなしと、使用人を貸してくれたことに感謝します。用が済んだら、彼らにはすぐに帰ってもらいますよ。警察が到着したら、そうなると思います」

「頼むから、動物の仕業だと警察官の前で医者に言わせるんだ」タスカーが背後から叫んだ。

「わたしたちに大変な思いをさせないでくれ」

わたしは後部座席に座り、車はすぐにイディナの家に向けてがたがたと走り始めた。おいしい料理とコーヒーを胃に収めたので、気分はぐっと上向いていた。頭はようやくしっかりと目覚め、ゆうべのアルコールの影響も消えていたので、物事をはっきりと考えられるようになっていた。タスカーとベイブは第一容疑者として考えなければならないだろう。ブワナに無視されたベイブが激怒したので、ふたりは早めにパーティーから引きあげた。もう関係は終わりだとブワナが彼女に告げたということは、考えられるだろうか？ もう彼女を愛人にしていたくないと？ 彼女は報復をしたがるタイプのような気がした。

タスカーがブワナの死を望むもっともな理由もある。ブワナは彼の妻と堂々と浮気をしていたからだ。彼が簡単に屈辱を感じることは、パーティーで例の下品なゲームについて口にした言葉からもわかっている。ベイブを家で降ろしてから、ブワナを待ち伏せするのは簡単だっただろう。唯一の問題は、ブワナがあれほど早く家に呼び戻されることを彼が知るすべがなかったことだ。それに彼もベイブも、知らせを聞いて本当にショックを受けていたように見えた。

わたしはさらに考えた。すっかり忘れられているのが宝石泥棒だ。別の犯罪のように見えたものがどこかでつながっていることがしばしばあると、わたしはこれまでの経験から知っている。貴重な宝石が盗まれた直後に、彼のふたりの子供が飛行機で国外に向かい、その数日後に彼が死んだのは偶然だろうか？　けれどやはりここでも問題は、ディディとシリルとブワナの家族を除いた入植者たち全員がイディナのパーティーに参加していたことだ。彼らがブワナを殺したかったなら、自宅で殺していただろう。わざわざあそこまで車で行き、帰ってくる彼を待ち伏せする理由があるだろうか？　動物に襲われたように見せかけるためかもしれないが、ブワナよりあとで車が通った形跡がないというのが、その仮説の欠点だ。ブワナの車は大型のビュイックで、タイヤ痕はかなり特徴的だ。

フレディの言葉で、ふと我に返った。「それで、きみはどう思う、ダーシー？」

「だれが彼を殺したかということか？　見当もつかない」

「そうじゃない、タスカーが言ってたことだ。みんなのことを考えるなら、動物に襲われたことにすべきだと言っていた。ぼくはそれでなくてもここでは嫌われている。彼らが従いたくない規則を執り行うのがぼくの仕事だからね。今後は完全なのけ者だよ」

「殺人は殺人だ」ダーシーが応じた。「きみは義務を果たさなくてはいけない。それがどれほど不愉快であってもね」

「根っからの英国人のようなことを言うんだな。ここで暮らしていると、英国ではどんなふうだったかを忘れてしまう。ここの人たちは自分の小さな宇宙で神のように振る舞っているんだ。破ってはいけない法律なんてないと思っているんだよ」

「不都合になった人間を排除することも含めてかい？」

フレディはうなずいた。「イディナの家にいた人間はひとり残らず、なんらかの理由でブワナ・ハートレーに腹を立てていたことがじきにわかると思う」

「生きていれば、腹が立つ人間は大勢いるさ。だが、だからといって人を殺すことはめったにない」

前の座席で話しているふたりを眺めているうちに、わたしはあることを思い出していた——死体を見ていたとき、ふたりが交わした会話の断片だ。フレディが、「この件があれに関わりがあるとは思っていないだろう？」と尋ね、ダーシーが彼を黙らせた。あれってなに？　これ以上、黙って座っていることができなくなった。

「フレディ、この件は宝石泥棒となにか関係があると思う？」わたしは尋ねた。

フレディはぞっとしたように振り返った。「どうしてきみが——」

「妻はとても鋭いんだよ」ダーシーが言った。「ぼくたちがケニアに来た本当の理由を訊かれた。詳しい事情を話したほうがいいと思ったんだ」

「きみたちがケニアに来た本当の理由をかい？」

「そうだ。英国で宝石が盗まれて、それを引き渡すために犯人がケニアに来たかもしれないという事実を彼女に話した」

「そうか」フレディが言った。「宝石泥棒。もちろんだ。なるほど、納得だ」

わたしは少しも納得していなかった。ふたりは宝石泥棒ではなく、まったく別のことを話していたような気がした。ダイヤモンドが盗まれたというのは、わたしを黙らせるためにダーシーが考えた作り話だったの？　いま彼に尋ねることはできない。けれどあとで、ふたりの部屋に戻ったら——彼から本当のことを訊き出そう。

その後の車のなかは静かだった。わたしは道路脇で見つけた野生動物を楽しもうとした。殺人事件について話したかったけれど、ふたりがなにか重要なことを隠しているのなら、話をしても意味はない。そういうわけでわたしは後部座席で怒りを覚えながら、チェリトン卿を殺す動機がある人間について考えていた。まずはタスカーとベイブだ。どちらにも犯行は可能だった。ふと、興味深い考えが浮かんだ。ベイブは報復をしたがるタイプだとさっき感じた。ブワナにかかってきた電話が、妻からのものではなかったとしたら？　エガートンの家には電話がある。ベイブがエンジェルの声音を真似て帰ってきてほしいとブワナに告げ、こっそり家を抜け出して彼を待ち伏せしていたとしたら？

不可能ではないと思ったけれど、ブワナは大柄でたくましい男だ。話をするために車を降りた彼にベイブがナイフを突きつけたのだとしても、彼なら簡単にナイフを取りあげることができただろう。ただし、彼女が甘い言葉で誘惑して——〝ここでやりましょうよ、なにもないところで〟——彼がその誘いに乗ったのなら、話は別だ。体を寄せ合ったところで、刺せばいい。そうだとしたら、彼女の服に血がついているはずだ。血のついたナイフが彼女の家のどこかに隠されているかもしれない。

タスカーでもベイブでもないとしたら？　トムリンソンが牡牛のことで不満を抱いていた

ことはわかっている。けれど、取引で出し抜かれたからといって、だれかを殺すだろうか？

　何年も前にブワナから受けた仕打ちについて、シェイラ・トムリンソンはずっと怒りを抱いていたのかもしれない。けれど、いまの夫と幸せに暮らしているようだったし、かつての夫と会うことに不安そうな様子だった。どちらにしろ、彼女はひと晩中、イディナの家にいた。みんながそうだ……ベイブに乗り換えられて腹を立てていたパンジー、ブワナと関係を持っている妻に怒りを覚えたはずのハリー、かつてブワナと結婚していたカミラ……ナイロビから来たチョップス・ラザフォードとアトキンス夫妻の動機は考えつかなかった。ハッピー・ヴァレーの一団を非難しているようだったが、結局は自ら参加している。少なくともイディナはひと晩中、ずっと忙しかったはずだとわたしは考えた。

　イディナの家に着き、フレディが車を止めようとしていたとき、わたしは興味深いことに気づいた。ブワナの車と種類も年代も同じ車が二台ある。あの道路を最後に通ったのがブワナの車だというわたしの仮説は、成り立たないということだ。ここにいるだれでも、彼のあとを追っていくことができた。それどころか、集団での犯行ということもありうる――なんらかの理由で厄介になった人間をグループ全体で排除しようとしたのかもしれない。けれど、彼はどこでも歓迎されていたし、人の妻を誘惑したり、あえて危険を冒したりする彼のことをタスカーが語る様子はまるで崇拝しているようだった。ナイロビから来る警察官が有能で聡明であることを願った。わたしのこれまでの経験からすると（わたしの年齢で積みたい経験よりは、かなり広範囲に及んでいる）、最初にたどり着いた結論や最初に見つけた容疑者にこだわり、自分たちが間違っていることを認めたがらない警察官が多すぎる。少なくとも今回は、わたしたちはまったくの部外者で、無害な傍観者だ。

25

八月一二日
イディナの家に戻ってきた

テムズ川のハウスボートに残っていればよかったと思うことがたびたびあった。そこにいるのはダーシーとわたしのふたりだけで、そうしなければならないのならキュウリのサンドイッチなしでも喜んで我慢するのに。なにもかもがあまりに忌まわしすぎる。あの人たちはとんでもなく下劣な日々を送っていて、警察がやってきたらそのすべてが明らかになるだろう。わたしたちは部外者だから、解放してもらえることを祈っている。

「ようやくか！」わたしたちが居間に入っていくと、ミスター・トムリンソンが大声をあげた。「よくもずうずうしく、帰るなどとわたしたちに言えたものだ。で、なにがわかったんだね？　事故だったのか？　これでみんな帰ってもいいんだろうな？」

なんて答えるだろうと思いながら、わたしはフレディを見た。彼は首を振った。「残念ながら、事故ではありませんでした。チェリトン卿は殺されたので、ナイロビから警察がこちらに向かっています。彼らの到着まで、みなさんにはここにいてもらわなくてはなりません」

ジョスリンが玄関近くに立っていた。「なんてこった。殺人？　なんて恐ろしい。英国にそんな話が届いたら、父さんはものすごく怒るよ。面倒を起こすなっていうのが、最後に言われたことだったんだ……」父親の怒りを思い浮かべているかのように、彼は顔をしかめた。

「ばかなことを言わないの。あなたはなにも関係ないわ」イディナが言った。「わたしたちみんな、関係ないの。彼が死んだことはとても残念だけれど、彼が夜中に人気《ひとけ》のない道路で車から降りたのは、わたしたちのせいじゃない。警察だってそれはわかるはずよ」

「だが、わたしはどうなるんだ？」ミスター・ヴァン・ホーンが立ちあがり、フレディに詰め寄った。「わたしはいったいいつまでこんな不便を被ってなきゃいかんのだ？　帰ろうじゃないか、ミスター・ブランチフォード？」

「申し訳ありませんが、勝手にあなたを送っていくことはできません、サー」フレディが言った。「ぼくたちと一緒に待ってもらわなくてはいけません」

「それはないだろう。そもそも、ここに連れてこられることに同意した覚えはないぞ。わたしの意思に反して留め置かれているんだ。わたしは外国籍だ。大使館に連絡するぞ」

「すみません、サー。事件が起きたときにあなたは遠く離れたところにいましたし、この件に無関係なことはわかっていますが、警察が到着するまでぼくはここから離れられないんです。もしそのあともここに留まるように言われたら、オマーラ夫妻に送ってもらいますから、シリルとサファリに行ってください」

「今日はもう、たいしたものは仕留められないだろう」ヴァン・ホーンが冷ややかに言い返した。「動物は早朝が一番いいからな。少なくとも野生動物が山のようにいる南アフリカではそうだ。ここではいまのところ、レイヨウと猿をほんの数えるほど見たきりだ。来た価値があるのかどうかも怪しいところだ」

「ぼくが自由に動けるようになったらすぐにギルギルまでお送りしますよ」フレディが言った。「もうサファリに行く気がないのでしたら」

ヴァン・ホーンは肩をすくめた。「こんな人里離れたところで、ほかにすることがあるのか？」

「ここへはなにをしに？」パンジー・ラグが尋ねた。

ヴァン・ホーンは再び肩をすくめた。「仕事ですよ。ナイロビでいくつか取引を終えたあと、短い休みを取ることにしたんです。まったく時間の無駄でしたよ。まっすぐ海岸に向かって、次の船で帰ればよかった」

「それほど長くはかからないはずですよ、サー」フレディが言った。「それにディディ・ルオッコは喜んでひと晩泊めてくれるだろうし、長めのサファリのためにシリルがテントと運搬人を手配してくれるかもしれない。それなりの距離を北へ走れば、マラに着きます。いやというほど動物を見られますよ。狩りがしたいのなら——目をつぶって銃を撃っても必ずなにかに当たるくらいの数の群れがいますからね」

「意味もなく殺生をしたいわけじゃない」ヴァン・ホーンが言った。「食べるためなら、いい。トロフィーを手に入れるためでもいい。だが、ただ動物が倒れるところを見るため？　わざわざ労力を費やす値打ちはないね」

彼は腕を組み、表情のない石のような顔で再び椅子に座りこんだ。気まずい沈黙が広がった。座ったまま何人かが身じろぎした。数人が不安そうに煙草をふかしているので、部屋には不快なほど煙が充満していた。すでにグラスを手にしている人たちがいることにわたしは気づいた。タスカー・エガートン言うところの、〝毒をもって毒を制す〟というわけだ。

「まったく無礼だ」しばらくしてから、チョップス・ラザフォードがぼそりと言った。「警察がわたしたちになんの用があるというんだ？　気の毒な男の死にわたしたちが関係あるはずがないじゃないか。彼が帰ったとき、わたしたちはみんな忙しくしていた。なにをしていたかは、警察が知る必要のないことだが」

「もちろんよ」イディナが応じた。緊張した様子でトルコの煙草をふかしている彼女は、急に年を取ったように見えた。「ブワナが家に呼び戻されたときには、わたしたちはみんなそれぞれの配偶者と一緒にベッドのなかにいたわ」イディナは一度言葉を切った。「そうじゃなかった？」

「そのとおりだ」ハリー・ラグが確かめるようにパンジーを見ながらうなずいた。「ぐっすり眠っていたよ。電話が鳴っているとパンジーがつぶやいていたような覚えはあるんだが。そうじゃないかい、ダーリン？」

「言ったような気がするわ」

何人かが笑いをかみ殺したのがわかった。ここにいるだれからも警察は有益な情報を得られないだろう。わたしは渡されたコーヒーを手にソファの端に腰をおろした。隣に座っていたシェイラ・トムリンソンは素っ気なくうなずいただけだった。ショックを受けているようで顔色が悪い。彼らのほとんどは茫然とした表情を浮かべていたが、ゆうべの不品行とひどい二日酔いのせいにすぎないのかもしれない。ひとりひとり表情を確かめているうちに、欠けている人間がいることに気づいた。フレディも同時に気づいたようだ。

「ナイロビから来た夫婦はどうしました？　アトキンス夫妻は？」

「帰ったのよ、ダーリン」イディナが言った。「残るように説得したんだけれど、赤の他人の死の捜査に協力できることなんてなにもないって言われたわ。自分の評判に傷がつくのが怖くてたまらないのね。いまにもちびりそうだったわよ」彼女はくすくす笑った。「彼、副総督になりたいのよ。野心家ね」

「だとしても許可なしに帰るべきではなかった」フレディは初めて、事態を仕切ろうとしている政府の役人らしい口調で言った。

「わたしはどうすればよかったの？　力ずくで言うことを聞かせるの？」

「車のキーを取りあげることはできたでしょう」フレディが指摘した。

「いまになってみれば、そうすればよかったって思えるけれど」イディナは不機嫌そうに髪をはらった。「わたしはショックを受けていたことを忘れないでね。みんなそうよ。わたしたちはみんな、とても親しい人を亡くしたの」

男性よりも女性たちのほうが親しかっただろうとわたしは思い、彼女たちを改めて観察した。シェイラ・トムリンソンとカミラ・ラザフォードは、どちらも彼と結婚していたことがある。パンジー・ラグは彼の愛人で、明らかに彼に執着している。イディナは彼との距離を縮めすぎないようにしていた。彼の網にかかっていないのは、ミセス・アトキンスだけだったようだ。彼女がこのパーティーに夫を引っ張ってきたのは、もっと大きな獲物――デイヴィッド王子――との関係を復活させたかったからだ。今回のことをだれが、なんと言ってデイヴィッド王子に説明するのだろうとわたしは考えた。英国の新聞に載るだろうか？　ダーシーに提示されている仕事に影響はあるだろうか？

「ともあれ、ただぼんやりと座っていても仕方がない」チョップス・ラザフォードが言った。「ここから出られないのなら、しっかり朝食をとって英気を養うのはどうだろう」

「食堂にもう用意してあるわよ、ダーリン。こんなときによく食べ物のことを考えられると思うけれど。わたしはひと口だって食べられそうにないわ」ベイブ・エガートンも同じことを言っていたと思い出した。つまりイディナは、自分で認める以上に彼のことが好きだったということだ。

シェイラ・トムリンソンはじっと自分の手を見つめていたが、顔をあげて言った。

「わたしもよ。早く子供たちのところに帰りたいだけ」

「お子さんは何人ですか？」隣に座っている彼女が不安げにジャケットのタッセルをいじっていたので、無難なことを話題にするのがいいかもしれないと思ったわたしは尋ねた。

案の定、彼女は笑みを浮かべて答えた。「五人よ。みんな男の子。上のふたりは英国の寄宿舎に入っているけれど。ふたりがいなくて、とても寂しいの。みんなとてもいい子たちなのよ」

「小さな怪物だと聞いているがね」ハリー・ラグがパンジーに向かって小声で言った。

わたしは再び、そこに集まった人たちの顔を見まわした。ほかに子供がいる人はいるだろうか？　何度も結婚しているはずなのに、子供の話は一度も出なかった。両親の奔放なライフスタイルを邪魔しないように、それなりの年になるやいなや寄宿舎に追いやられているのかもしれない。わたしが知るかぎり、ヴァレーにいる子供はチェリトン卿の双子だけだ。父親が死んだとき彼らがここにいたというのは、なんて都合のいいことか。ルパートが爵位やそれにまつわるものすべてを相続するわけだ。ルパートはアフリカの農場を引き継ぐつもりはないと言明していた。そういったことを考えると、彼には父親を殺すもっとも大きな動機があることになる。

ほかの客たちは食堂に向かい、サイドボードで保温されていた料理を食べはじめた。わたしはエガートンの家ですでに食べてはいたが、同じように食堂に向かった。とりあえず食べていれば、ただ気を揉みながら待ったり、意味のない会話をしたりしなくてもすむ。朝食を終えて一一時になっても、警察官はまだ現われなかった。テニスかクロケットをしようかとイディナが提案したが、はかばかしい返事は得られなかった。

わたしはダーシーに近づいた。「車に乗って出かけたまま、どこに行ったんだろうってディディが心配しているかもしれない。電話をしたほうがいいんじゃないかしら？」

「足止めされている本当の理由を話すわけにはいかない」ダーシーが言った。「ブワナの家族より先に彼女が知るのはおかしいだろう。だがそうだな、ディディにはなにか予定があって、車が返ってこないのでいらいらしているかもしれない」

わたしはダーシーと一緒に電話のところまで行き、彼が話すのを聞いていた。

「ぼくたちは足止めされているんです。イディナの家でちょっとトラブルがあって。帰ったらくわしいことを話しますよ。それほど長くはかからないはずです。いいえ――ジョージーもぼくも大丈夫です。あなたの言うとおりでしたよ。パーティーはちょっとしたショックでした。いいえ、ぼくたちは参加していませんから！」

ダーシーは受話器を置いた。「大丈夫だった。ディディは車を使わないそうだ。それにシリルの古いサファリ用の車がある。彼は腹を立てていたよ。朝早く起きて、ミスター・ヴァン・ホーンのためにすべて準備を整えていたんだろうな」

「かわいそうなシリル。彼って、本来は怠け者よね」

「場違いじゃないかい？」ダーシーが言った。「彼はロンドンのクラブにいるか、公爵未亡人の居間で紅茶を飲んでいるようなタイプだ。それがサファリに客を案内している――間違いなく、もっとも危険な職業のひとつだよ。どうも筋が通らない」

「そうね」わたしはさらになにか言おうとしたが、ちょうどそのときジョスリンが興奮した顔でドアを開けた。「警察が来ましたよ、レディ・イディナ。ぼくが案内しましょうか?」

ジョスリンは引きつったような笑みを浮かべた。「なんだか、どきどきしませんか?」

「まったくばかばかしい」チョップスが吐き捨てるように言った。「彼らを連れてきて、さっさと終わらせよう」

イディナが、部屋を出ていこうとしたジョスリンの袖をつかんだ。

「ひとつだけ言っておくわよ、ダーリン。警察にゆうべのことを訊かれたら、わたしたちはみんな一二時前にはベッドのなかにいたの。みんなぐっすり眠っていたのよ。わかった?」

26

八月一二日
イディナの家

　警察と関わったことはこれまで何度もあるのに、彼らが部屋に入ってくるといまでもひどく不安になる。わたしは無実だしなにも隠すことはないとわかっていても、感じる恐怖――なにか間違ったことを言ってしまうのではないか――に変わりはない。この警部補がたいていの刑事より聡明だといいのだけれど。


　ハリー・ラグが立ちあがり、窓の外を眺めた。カーテンを戻し、わたしたちに向き直って言った。「なんてこった。あのウィンドバッグか」

「ウィンドラッシュでしょう?」パンジーが訂正した。

「わたしはあの男をお喋り男《ウィンドバッグ》と呼んでいるんだ。ナイロビで起きた事件のことを覚えているだろう？　グラマースクール出だよ。鼻もちならない男だ。あいつの前では言葉に気をつけたほうがいい」

　砂利を踏む足音が外から聞こえた。ジョスリンは護衛のようにドアの前に立っていたが、警部補が入ってくるとうしろにさがった。この部屋にいる日焼けした面々に比べると、警部補はどこか迫力に欠ける印象だった。言ってみれば、すべてがベージュのような。砂色の髪をした痩せた男で、砂色の口ひげをしょぼしょぼと生やしている。カーキ色のブッシュジャケットを着て、地元警察の制服らしい大きな帽子は部屋に入るときに脱いでいた。軽蔑と疑念の表情を浮かべてつかつかと入ってきた様子を見れば、ここにいるすべての人間が有罪であってほしいと思っていることがよくわかった。

「みなさんでお楽しみだと評判の娯楽はすべてやりつくしてしまったので、今度は互いを殺し合うことにしたわけですか？」

「なんですって？」イディナはさらに部屋の奥へ進もうとする彼の前に立ちふさがった。「いまの言葉は不適切なうえに、悪趣味ですわね、警部補」一度言葉を切った。「〝警部補〟でいいのですよね？」

「そのとおりです。ウィンドラッシュ警部補です」

「わたしはレディ・イディナ・サックヴィル＝ハルデマン。お会いしたことはないはずね」そう言ってイディナは手を差し出した。貴族から中流階級に対するこれ以上の仕打ちはないだろう。警部補にはっきりと身の程を思い知らせた。

もちろん警部補は握手をしなくてはならなかった。

「いいかしら、ウィンドラッシュ警部補、わたしたちはつい先ほど、親しい友人のひとりが殺されたと聞かされたばかりなの。全員がショックを受けています。ですから、わたしたちの扱いには充分気をつけることをお勧めしますわ。ここにいる全員が総督の友人ですし、大げさな言葉や当てこすりを善意に解釈するつもりはありませんから」イディナは警部補よりずっと小柄だったが、その存在感は圧倒的で、彼は小さく一歩あとずさったように見えた。

フレディがイディナの隣に立った。「わたしはフレディ・ブランチフォードといいます、サー。ここの地域管理官です。電話をかけたのはわたしです。実際に死体を見ましたが、殺人であることはまず間違いありません」

「きみはこういったことの専門家なのかね？」ウィンドラッシュは口元に冷笑を浮かべたまま言った。

「いいえ、サー。ですが大きなナイフの傷痕は、眠っているあいだに死んだのではないことを示す、わかりやすい判断材料かと」

何人かがくすくす笑い、ウィンドラッシュは顔をしかめた。

「で、死体はどこに？」彼が尋ねた。

「北に数キロ行ったところです。案内しますよ」

「きみは死体をそのままにしてきたのかね？　今頃は、ハイエナどもが見つけているぞ」

「ギルギルから来た監察医がそばにいますし、近くの屋敷の使用人を借りてわたしたちが戻るまで見張ってもらっています」フレディが冷静に答えた。「まず死体を見に行くのか、それともここにいる人たちの調書を取るのか、どうしますか？　当然ながら彼らは、できるだけ早く家に帰りたいそうなんですが」

「それはそうだろう」ウィンドラッシュが言った。「わたしが死体を見に行っているあいだに、巡査部長にまず調書を取ってもらい、そのあとでわたしが直々に全員に話を聞くことにする」

「お役に立てる話ができるとは思えませんけれど、警部補」イディナが言った。「ここにいる人たちは昨日の夜わたしのパーティーにいらして、そのままひと晩お泊まりになったんです」

「全員がひと晩泊まったんですね？」彼の顔に浮かんだ薄ら笑いを見れば、イディナのパーティーでなにが行われているかの噂を耳にしているのがよくわかった。

「わたしはいつもみなさんをきちんともてなすことにしていますから」イディナは落ち着いた口調で応じた。「夜にこのあたりを運転するのは危険ですもの。たとえば、象とか」

「その殺された男だが、身元に間違いはないんだな？」

「はい」フレディが答えた。「チェリトン卿です」

「チェリトン卿？」ウィンドラッシュは戸惑ったような顔になった。

「このあたりではブワナ・ハートレーとして知られていました」イディナが割って入った。

「彼はつい最近、いとこから爵位を受け継いだんです」

「ああ、なるほど。あなたたちは常々なにかを受け継いでいますからね。違いますか？」ウィンドラッシュはうなずいた。「ブワナ・ハートトレー。ふむ、そういうことか。それで、どうして彼はパーティーに参加しなかったんです？　あなたと喧嘩でも？」

「いいえ、彼はパーティーに来ていました。ですが、奥さんは体調がすぐれなくて来なかったんです。夜中の一二時頃、ますます具合が悪くなったから帰ってきてほしいという電話があって、それで彼は帰ったんです。わたしのところに挨拶に来たので見送りましたが、ほかの人たちは全員がもう眠っていました」

「電話の鳴る音を聞きました」パンジーは無邪気そうな笑顔を警部補に向けた。「でもハリーはもう眠っていて、いびきをかいていたわ」

「それでは、彼は真夜中に出ていったんですね？」

「一二時ちょっと過ぎだったと思います」

わたしはイディナの冷静さに感心していた。素晴らしく説得力のある演技だ。

「彼が戻ってこなかったのに、奥さんから二度めの電話はなかったんですか？」

「それが妙なところなんです」イディナは言った。「かかってはきませんでした。彼はとても怒りっぽいんです。扱いには気をつけなければならないことが、時々ありました」

「ブワナ・ハートトレーを見かけたことがありますよ」ウィンドラッシュが言った。「何度か裁判沙汰になっていますよね。しょっちゅう、訴えられていた」

「数回です」イディナは肩をすくめた。

「わたしは一度彼を訴えた」トムリンソンが言った。「わたしの上等の牡牛を盗んだんだ。だがだからといって、わたしが彼を殺したかったということにはならない。裁判はそのためにあるんだ。法律で物事を解決してもらうために」

「その裁判ではあなたが勝ったんですか？」

「残念ながら負けた」この話を持ち出さなければよかったと彼が考えているのがわかった。

「彼に恨みを抱く理由があるわけですね」ウィンドラッシュは再び薄ら笑いを浮かべた。

「その逆だよ。わたしは彼を通じて妻と出会った。だから彼には感謝している」トムリンソンはシェイラの肩に手を置き、ぎゅっとつかんだ。

「なるほど。ほかに、最近彼と仲たがいをした人はいますか？」

「もしいたとしても、どうでもいいことなんじゃないかしら」イディナが言った。「だってさっきも言ったとおり、全員がここにいて眠っていたんですから」

「ここで眠っていた、ね。ずいぶんと都合がいい」ウィンドラッシュはぐるりと部屋を見回した。「ゆうべここで眠っていなかった地元の住人はいましたか？」

「エガートン少佐夫妻は早めに帰りました」イディナがさらりと答えた。「奥さんの具合が悪かったんです」

「ヴァレーのこのあたりでは、なにかが流行しているんですか？　奥さん方はみなさん具合が悪いようだ」

「時々、体調を崩すのは罪ではないと思いますけれど。ここワンジョヒ・ヴァレーでも」

「やはり体調を崩しているというチェリトン卿の奥さんですが、お住まいはどちらです？」

「谷の北の端です。英国から訪ねてきている、ふたりの義理の子供たちと一緒にいます。彼女の隣人もパーティーには来ませんでした。ご存じかもしれませんね——ディディ・ルオッコですけれど。競走馬の調教をしていて、よくナイロビにも行っていますから」

「ああ、彼女ですか。レース場で見かけたことがあると思います。彼女は招待されていなかったんですか？」

「彼女とわたしはあまり親しい間柄ではないんです」イディナが答えた。「彼女は野外活動のほうを好むので」

警部補は鼻を鳴らした——笑いと嫌悪のうめきが交じったような声だった。

「あとで、彼女たちにも話を聞きに行きますよ。ですが、死体を確認したら、まずはここに戻ってきます。ですから、捜査に役に立つことがないかどうか、みなさんにはよく考えていただきたい。みなさんが彼と本当に親しかったのなら、犯人を捕まえて、正義が行われてほしいと思うはずですからね」

「もちろん、そう思っていますわ、警部補」イディナが言った。

ミスター・ヴァン・ホーンが警部補の前に立った。「いいかね、わたしは外国からの訪問者で、サファリに向かう途中なんだ。ここにいる人間とは無関係だ。面識もない。いますぐ帰る許可をもらいたい。それでなくても一日が台無しなんだ」

「あなたは？」ウィンドラッシュが尋ねた。

「ウィルヘルム・ヴァン・ホーン。南アフリカ国籍だ。仕事でナイロビに来たので、数日ギルギルで休暇を過ごそうと思ったのだ」

「では、ここでなにをしているんです？　ゆうべのパーティーに参加したんですか？」

「とんでもない。地域管理官のこの男が、サファリに案内してくれるという男のところまで送ろうと申し出てくれたんだ。すると、あそこにいるあの若者に途中で止められて、殺人があったからということでここに連れてこられた。すでに一時間以上も無駄にしているんだぞ」

「パスポートを見せてもらえますか、サー？」

「どこのばかがサファリにパスポートを持ってくるというんだ？」ヴァン・ホーンが怒鳴りつけた。「ギルギルのホテルに置いてあるに決まっている。見たければ、あとで見にくるといい。わたしのアリバイが知りたいというのなら、ゆうべの一二時にはギルギルのホテルのバーで飲んでいた。わたしに交通手段はないし、殺された男のことも知らない」

「わかりました、サー」ウィンドラッシュ警部補は彼の要求を受け入れた。「そういうことでしたら、あなたを引き留める理由はないようだ。ですが、地域管理官にはわたしと一緒に死体を見に行ってもらわなくてはなりません」

「こちらの夫婦が彼を送ってくれます」フレディが言った。「オマーラ夫妻です。ふたりは英国から新婚旅行に来ているんですが、今朝早く、家に帰る途中で彼らが死体を発見したんです」

「なるほど」警部補がわたしを振り返った。明るい色の髪と肌の持ち主にしてはその目は驚くほど黒く、鳥のようななまなざしは今朝見かけたハゲワシにどこか似ていた。

「英国から直接いらしたんですか？」

「そうです」わたしより先にダーシーが答えた。

「だれのところに滞在しているんです？」

「ディディ・ルオッコです。フレディ・ブランチフォードはぼくのオックスフォード時代の友人で、彼が手配してくれました」

「なるほど」ウィンドラッシュはしばし黙りこんだ。「あなたたちが死体を見つけたんですね。いったいどういった経緯で？」

「ぼくたちは今朝早く、ディディの家に帰ろうとしていました。するとエンジンがかかったままの車が、前方で道路をふさいでいたんです」ダーシーが答えた。「運転手が近くにいるのかと思って、呼びかけました。茂みでなにか動くものがあったのでそのあたりを捜してみたら、ハゲワシが死体にたかっていたんです。恐ろしい光景でした。とりわけ、妻にとっては」

「では、あなたたちもパーティーに参加していたんですね？」この質問はわたしに向けられたものだった。

「はい。レディ・イディナが親切にも招待してくださったので。昨日の午前中のポロの試合でお会いしたんです」

「あなたはこの手のパーティーに参加するんですか？」彼はあの薄ら笑いをわたしに向けた。

「わたしはまったくなにも知らないわけじゃないんですよ。ここでなにが行われているのかは聞いていています」

「わたしはスコットランドのお城で育ちました、警部補。あのあたりではどんな種類のパーティーも行われていないとはっきり言っておきます。見ず知らずのわたしたちを招待して、今回、社交界の名士の方々の仲間入りをさせてくださったのは、レディ・イディナのご親切です」わたしたちもパーティーに参加して楽しんでいたなどとウィンドラッシュに思われたくはなかったが、イディナの顔をつぶすことなくそう伝えるための言葉が見つからなかった。

「スコットランドのお城？　あなたはスコットランド人のようななまりがありませんね」

「わたしの曾祖母にもなまりはありませんでしたが、彼女はスコットランドがとても好きで、あそこにお城を建てたんです」

「お城を建てた？」

「ええ、バルモラルを」

「あなたのひいおばあさんというのは？」

「ヴィクトリア女王です」頬が緩みそうになるのをこらえなければならないくらい、わたしは自分が誇らしかった。

「そうですか、あなたはデイヴィッド王子のご親戚なんですね。どうしてそう言ってくれなかったんですか？」彼の顔がピンク色に染まった。「そういうことでしたら、もちろんいつでも帰ってくださってけっこうです、殿下」

「それなら、ぼくたちが喜んでミスター・ヴァン・ホーンをお送りしますよ」ダーシーが言った。「レディ・イディナ、いろいろご親切にありがとうございました。とてもためになりました」ダーシーはイディナと握手を交わした。

「帰ってしまう前にまた会えることを楽しみにしているわ」その言葉には裏の意味があると、彼女の表情は語っていた。

イディナはわたしをハグし、わたしたちは母がいつもするように数センチの距離を置いて互いの頬にキスをした。「ぼくたちも行きましょう、警部補」フレディが言った。「そうしないと彼らはチェリトン卿の車の先に行けませんから」

「ああ、そうか」ウィンドラッシュ警部補が言った。「ではあなたたちは、巡査部長に供述していてください。わたしが戻ってくるまで、だれもどこにも行かないように。わかりましたね？」

「それは――」「でも――」「警部補――」いくつもの声が彼のあとを追ったが、彼が足を止めることはなかった。わたしたちは彼について外に出ると、車に乗りこんだ。ミスター・ヴァン・ホーンに助手席に乗ってもらった。ダーシーは後部座席に乗るわたしに手を貸しながら、小声で言った。「きみが自分の地位を利用するのを見たのは初めてだ。虎の威を借る狐というやつだね」

「本当に必要なときだけよ。彼が行かせてくれなかったらどうしようって思ったの。うまくいったでしょう?」

「素晴らしかったよ。たいしたものだ」

彼はわたしに軽くキスをすると運転席に座り、わたしたちは警部補とフレディのあとを追った。

27

八月一二日
ディディの家に戻ってきた

ああ、助かった。逃げだせて本当にうれしい。パーティーというだけでもうんざりなのに、殺人犯が出席していたかもしれないパーティーだなんて。

延々と続く道路を走り出したときには、空高くのぼった太陽がぎらぎらと照りつけていた。日射病と帽子をかぶらないことの危険性について、ディディが警告してくれたことを思い出した。警察の車が止まっているところまで、わたしたちはなんの問題もなくたどり着いた。警察官たちはすでに車から降りていて、ウィンドラッシュ警部補は医者と話をしていた。

「冗談じゃない。足止めはもうたくさんだ」ミスター・ヴァン・ホーンがうめいた。「どうして彼らは道路脇に車を止めないんだ？　頭が悪いのか？」

「殺された男性の車が道路の反対側をふさいでいるからでしょう」ダーシーは車を降りて、ウィンドラッシュとフレディに急ぎ足で近づいた。「チェリトン卿の車を移動させることはできませんか？　そうすればぼくたちが通れるんですが」

「まずは指紋を採取して、写真を撮る必要がある」ウィンドラッシュが素っ気なく答えた。

「それなら、識別するためにぼくの指紋が必要になりますね」ダーシーが言った。「その車に乗りましたから」

「どうしてそんなことを？」ウィンドラッシュは疑惑のまなざしを彼に向けた。

「エンジンがかけっぱなしだったんです。夜中からそのままだったんでしょう。車を移動させようと思ったんですが、警察が調べるはずだと気づいたのでエンジンを切りました。かけたままにしておく理由はありませんでしたから」

「なるほど」ウィンドラッシュは渋々うなずいた。「つまり、犯罪現場にいた最初の人間がきみだったわけだ。ほかにはなにに触ったのかね？」

「死体を仰向けにする手助けをしました」

「どうしてそんなことをしたんだ？」

「医師とぼくでしたんです。だれなのかを確認するためと、死因を調べるために」ダーシーは相変わらず、驚くほどの落ち着きぶりを見せていた。

ウィンドラッシュが目を細くした。「死体を見つけたというのに、きみはあまり動揺していないようだ。いったい、英国でどんな仕事をしているんだね？　それともきみは、ポロばかりして遊んで暮らしている貴族のひとりなのか？」

「ぼくは遊んで暮らせるような身分じゃありません。仕事があれば喜んで働きますよ。ご存じないようならお教えしておきますが、英国ではいまも不況が続いているんです。ぼくは、ときたま与えられる職務を引き受けています」

「どんな職務だね？」

「対価をもらえるものならなんでも。ですが、新婚旅行から帰ったら、正規の政府の仕事をもらえることになっています」

警部補ははっとしたらしく、幾分優しげな表情でわたしを振り返った。

「そうでしたね、あなたたちが新婚旅行中だということを忘れていた。大変なショックを受けたということも。心配いりませんよ。いますぐに道路を空けますから。わたしが死体を見ているあいだに、部下たちに車の処理をやらせます」

警部補が医師のあとについて茂みに入ろうとしたところで、わたしは我慢できなくなって口を開いた。「興味を持たれるかもしれないことがあるんですが、警部補」

「なんでしょう、殿下？」

いまは、訂正するつもりはなかった。わたしは茂みを指さした。「あれは、ライオンの毛皮に見えませんか？　少なくとも、なにかの動物のものに？」

彼はうなずいた。「そうかもしれません。ですが、チェリトン卿が本当に殺されたのなら、死体を食べたのがどんな動物かはたいした問題ではありません。それにあの毛皮は、ずっと前からあそこにあったのかもしれない」

「そのとおりですね」ドクター・シングが言った。「さあ、こちらです」

ふたりは茂みのなかへと入っていき、ダーシーがそのあとを追った。わたしは行かなかった。なにかに食べられた死体を午前中にあれだけ見れば充分だ。警部補がひゅっと息を吸う音が聞こえた。「気の毒にずいぶんと食われている。いったいどうして殺人だと言い切れる――」

警部補はそこで咳払いをした。「ふむ、なるほど。そうか。確かにこれはナイフの傷だ。解剖を待つまでもない。心臓まで届いているだろう。凶器の痕跡は？　わかった、おまえたちは凶器やなにかほかに手がかりはないかどうか、このあたりを捜すんだ」

車を移動させて道路を通れるようにするまで、それからさらに三〇分近くかかった。まるでピースをずらして移動させ、一枚の絵を完成させるいらだたしいパズルのようだった。遺体は安置所に運ぶため、医師の車に乗せられた。エガートン家のキクユ族の使用人たちは警察の車で送ってもらうことになり、わたしたちは帰れることになった。

わたしはフレディに尋ねた。「ブワナの奥さんと子供たちはどうするの？　早く知らせないと、どこからか彼女たちの耳に入ることになるわ。それはよくない。あなたが知らせるべきじゃないかしら？　警部補ではなくて」わたしはウィンドラッシュのほうを見ながら、声を潜めた。

「きみの言うとおりだと思う」フレディが言った。「だが、今後の尋問に備えて、ぼくはイディナの家に戻ったほうがいいと思うんだ。ここはぼくが管理している地域だからね。地元の人間がナイロビの警察に脅されたり、いやな思いをさせられたりするのは避けたい。きみとダーシーにその役目を頼んでもいいだろうか？」

「でも、彼女たちのうちのだれかが事件に関わっていたらどうするの？　権限のある人間が、彼女たちの反応を見ていなくてもいいの？」

フレディが悩んでいるのがわかった。地域管理官の仕事についたときには、こんな事態に対処することになるとは思っていなかったのだろう。担当の地域を円滑に運営し、規則を守らせることに日々を費やすのだと考えていたはずだ。彼は子供のような仕草で唇を噛んでいたが、やがてダーシーに言った。「きみはこういったことに慣れているんだろう？　知らせを聞いたときの反応を見るのは、ぼくよりもきみのほうが上手だと思う。体が空いたらぼくもすぐに行くから、それまで……」

「わかったよ、大丈夫だ」ダーシーが応じた。「ぼくたちに任せてくれ」

わたしたちは車に戻った。ミスター・ヴァン・ホーンは助手席に座り、むっつりと黙りこくったまま前方を見つめている。ダーシーは、宝石泥棒の容疑者が同じ車に乗っているこの機会を利用するつもりなのだろうかとわたしはいぶかった。彼がなにも言おうとしないので、わたしは尋ねた。「ミスター・ヴァン・ホーン、南アフリカではどんなお仕事をなさっているんですか？」

「わたしは仲介業者なんですよ。取引をまとめるんです」

「どんな取引ですか？」

「わたしの国に投資したい人たちを相手にしています。南アフリカは資源が豊富ですからね、有利な投資をするチャンスがたくさんあるんです。たとえば、金とか」

「ダイヤモンドとか」わたしは、そう言わずにはいられなかった。

彼の表情は変わらなかった。「ええ、ダイヤモンド鉱山はいい投資ですよ。興味がおありなら、紹介できますが……」

「残念ながら、ぼくたちはなにかに投資できるような立場じゃないんです」ダーシーの言葉は、どこかぶっきらぼうに聞こえた。「結婚したばかりですし、とても貧乏なんです」

「そうですか」

「サファリはよく行かれるんですか？」彼に話を続けさせたくて、わたしは尋ねた。

「そうでもないです。わたしが住んでいるのはヨハネスブルグですから。でも若い頃に何度か、クルーガー国立公園に行ったことがありますよ」

「クルーガー国立公園にはどんな動物がいるんですか？」ダーシーが訊いた。

「ここで見られるものはなんでもいますよ。ライオン、シマウマ、キリン……」彼は手を広げ、肩をすくめた。「ミスター・プレンダーガストが誘ってくれたときには、ナイロビから列車で国に帰る前の一日を楽しく過ごせるだろうと思ったんですがね。サファリには行けそうもないし、ただ時間を無駄にしただけでしたよ」

轍の跡が深くえぐれているあたりにやってきたので、舌を噛まないようにわたしたちは口をつぐんだ。やがてヴァン・ホーンが唐突にダーシーに尋ねた。「あなたたちは、そのチェリトン卿という人と知り合いだったんですか？」

「一度会っただけです」ダーシーが答えた。「彼の家のディナーに招待されたんです」

「このコミュニティでは力のある人物だったようですね。有力者というんですか？　政治的野心があったと聞いています」

「本当に知らないんです。ぼくたちもあなたと同じように、ここを訪れているだけですから」

「それでは、彼を殺したかもしれない人間について、なにも噂を聞いていないんですね？」

「ええ」ダーシーはちらりと彼を見た。「彼のことをよく知る人間は全員があのパーティーに来ていました」

「彼の家族以外は。子供たちが英国から訪ねてきたのは初めてだ——そうですよね？」

「はい」

「彼はもう何年も子供たちに会っていなかったんですよね？」

「そうだと思います」

「だとしたら、会ってもすぐにはわからなかったでしょうね」

沈黙のなか、車は走り続けた。ミスター・ヴァン・ホーンはなにをほのめかしているのだろう？　彼らは本当はブワナの子供ではなく、彼を殺すために送りこまれたとでも？　そんな荒唐無稽な話を信じる者はだれもいないだろう。そもそも、ロウェナは学生時代からハートレーという苗字だったのだ。それに、道路に残されたタイヤ痕からも、谷の北からやってきた最後の車がブワナのものだったことは明らかだ。あの家にまったく同じ車があるのではないかぎり。忘れずに確かめようと決めた。

無事にディディの家に戻ってきた。車の音を聞きつけて、ディディが走り出てきた。「ああ、かわいそうに。さぞショックだったでしょうね。イディナから電話があって、全部話してくれたの。殺されたんですって？　警察が来ているの？　すぐに犯人を見つけてくれるわ。きっと、クビにされて宿無しになった使用人の仕業よ」ディディは言葉を切り、息をついた。「だって、わたしたちのだれかのはずがないもの。そうでしょう？」

わたしたちがすぐに答えなかったので、ディディはさらに言った。

「どうやって殺されたの？」

「ナイフで心臓を刺されたんです」ダーシーが答えた。「とても大きなナイフでした」

「そうなのね」ディディはほっとしたようだ。「それなら、わたしたちのうちのだれかじゃないわ。もしも白人が彼を殺したいと思ったのなら、銃で撃ったはずだもの。そんなふうに近づいて襲うような危険は冒さない。彼はとてもたくましいのよ」

もちろん、そのとおりだ。タスカーが彼を刺すところは想像できたが、女性にはとても無理だろう。ブワナのような大柄な男なら、簡単に手首をつかんでナイフをもぎ取ることができたはずだ。

「さあ、なにか食べるといいわ」ディディがわたしの腕を取った。「かわいそうに、さぞお腹が空いているでしょう？」

「食べるものだけはたくさんあったんです」わたしは笑顔で答えた。「エガートンの家でたっぷりと朝食をいただいて、イディナのところでもまた食べましたから。でもコーヒーならぜひいただきたいわ。あら、ミスター・ヴァン・ホーンとはお会いになっていますか？　シリルが彼をサファリに連れていくことになっていたんです」

「もう無理ですがね」ヴァン・ホーンは素っ気ない口調で言った。

「残念な思いをなさいましたね、ミスター・ヴァン・ホーン。どうぞシリルと話をしてくださいな。ひと晩ここに泊まって、明日、ちゃんとしたサファリを楽しまれたらどうかしら？」

「それはご親切に」さっきまで喧嘩腰だったヴァン・ホーンは、ディディに対しては驚くほど礼儀正しかった。

ディディの使用人がわたしたちの荷物を持ち、先に立って寝室へと歩いていく。わたしはエンジェルと双子たちに会う前に、服を着替え、顔を洗い、身だしなみを整えたいと思いながら、そのあとをついていった。そんな役割を引き受けたりしなければよかった……いや、実のところ引き受けたわけではない。押しつけられたのだ。ダーシーがわたしのあとから部屋に入ってくると、ドアを閉めた。

「ひどいことになったね」彼が言った。「いい息抜きになると思っていたんだ。風変わりな景観、動物、新鮮な空気……」

「ゆうべの景観は間違いなく風変わりだったわ」わたしは言った。「あの光景が頭から消えることはないでしょうね。とんでもない人たち。互いを殺し合ったとしても驚かないわ」

手とベッドを共にしているんだから。互いを殺し合ったとしても驚かないわ」


ダーシーは興味深そうにわたしを見た。「犯人は彼らのなかにいると思っているの？」

わたしは肩をすくめた。「これまで聞いたところによれば、動機がある人はたくさんいるわ。それに手段も……」

「手段？」

「気づかなかった？　イディナの家にブワナのものとまったく同じ車が二台あった。道路に残っていたタイヤ痕はブワナのものだと思ったけれど、あそこにいただれかが彼のあとをつけたのかもしれない。アリバイは完璧だもの――みんな、だれかとベッドのなかにいたのよ」

ダーシーは首を振った。「キクユ族の自由の闘士のひとりが犯人だといいと思うよ。それなら、少なくとも話は単純だ」

「絞首刑になるのが白人じゃなくて、先住民だといいと言っているの？　それってひどいと思うわ」

「もしそうなら、絶対に捕まらないだろうからね。地元の支持者たちに助けてもらいながら、アバデアの森に身を隠すだろう。勢いを増している地下運動があるんだ。先住民にさらなる力と政府内での発言権を与えようとする運動だよ」

「ちょっと待って」これまで耳にしたいくつかの言葉が意識にのぼってきた。「ブワナは政治的野心があるって、ミスター・ヴァン・ホーンが言っていたわよね？　本当なの？　先住民に政府内での発言権を持たせることにブワナが強く反対していたなら、地域の代表に選ばれる前に殺してしまおうって先住民のひとりが考えたのかもしれない」

「実のところ、彼はすでに選ばれているよ」ダーシーが言った。「それに、きみの仮定は正しい」

わたしは顔をしかめてダーシーを見つめた。「ちょっと待って」わたしは片手をあげた。「あなたがフレディと話していたとき、彼は〝この件があれに関わりがあるとは思っていないだろう？〟って言ったわ。あなたは彼にそれ以上言わせなかった。あなたは、わたしが知らないなにを知っているの？　なにがあるの？」

ダーシーは落ち着かない様子だった。「きみには関係のないことだよ」

「わたしに関係のないこと？　でもブワナの死には関係あるかもしれないこと？　政治権力に関わりのあること？」わたしは大きく息を吸った。「わたしはあなたの妻になったのよ。それに、わたしはばかじゃない。好むと好まざるとにかかわらず、わたしはこの殺人事件に関わってしまったみたいだから、本当のことが知りたいの。お願いよ」

「きみは時々、恐ろしいくらいに頭が切れるね」ダーシーが言った。「きみの言うとおりだよ。きみはぼくの妻だ。そして、こういうスパイ仕事はぼくと同じくらい上手だ。ぼくがきみに隠していることがあるとしたら、それは知らないほうが安全だからだ。でも、これ以上は無理みたいだね」彼は窓に近づき、閉まっていることを確かめた。「このあいだのディナーの席で、ブワナの考え方を聞いただろう？　彼は筋金入りのファシストだ。モズレーの信奉者だよ。白人が支配して、先住民には立場をわきまえさせる」

わたしはうなずいた。「でも、ここにいるたいていの人たちはそうなんじゃないかしら」

「そうかもしれない。だがブワナはヒトラーの熱烈な崇拝者だ。彼は数カ月前ベルリンにいたんだが、ぞっとするような話を向こうにいる知人から聞いたよ。ブワナの仕事は、時期が来たらドイツへの忠誠を宣言できるように、植民地で力を持てるくらいにまで政治の世界で偉くなることだったらしい」

「ドイツへの忠誠？」わたしは思わず大声をあげてしまい、あわてて口を押さえた。「そんなのありえない」

「そうだろうか？　きみもここで暮らす英国人たちを見ただろう？　退廃的だ。クスリとアルコールに溺れている――ブワナのような人間がそういうものをけしかけるんだ。そのせいで彼らは先住民たちからひどく嫌われているだけでなく、何事にも無関心になっている。先住民の軍隊は、戦争のあとで独立することを約束してくれる人間なら、だれであっても従うだろう」

「戦争？　ここで？」

ダーシーはわたしの肩に手を置いた。「ジョージー、ぼくたちはヒトラーが驚くべき勢いで軍備を増強していることを認めなければいけないと思う。彼はすでに、スペインで厄介な事態を引き起こしているし、モズレーは英国で支持を得ようとしている。近い将来、戦争が起きるよ。そして、植民地にも広がるだろう」

「なんてこと」口走ったその口調がジョスリンのものに似ていることに気づき、彼の少年のような無邪気な顔が脳裏に浮かんだ。また戦争になれば、彼や彼のような若者が戦いに送られて死ぬのだ。

「すべての戦争を終わらせるための戦争をしたばかりなのに」自分の声が興奮のあまりうわずっているのがわかった。

「みんなそうであることを願っていた。だがドイツ人は仕返しがしたくてたまらないんだ。また、胸を張るチャンスが欲しいんだよ。ヒトラーはそれ以上のものを求めているんだと思う。彼は世界を支配したがっている」

「狂ってる」わたしは言った。「頭がおかしいのよ」

「だがとても賢い。怒りと憎しみと国民の誇りをかきたてる術を知っている。ぼくたちはあまりに長く、彼を過小評価していたんだ」

わたしは窓に近づいた。青空を背景に、はるか彼方の丘まで見事な景色が続いている。鮮やかな色のタイヨウチョウが噴水の縁へと急降下しているのが見えた。なにもかもがあまりにも非現実的で、あまりにも遠いもののように思えた。わたしはいま聞いたことを頭のなかで整理しようとした。ブワナはもしかするとドイツの工作員で、危険な存在だった可能性がある。そしてわたしたちが滞在しているのは、彼の隣家であるディディの家だ。わたしはダーシーに向き直った。「あなたはそのことをここに来る前から知っていたのね？」

彼はうなずいた。

「だからあなたはここに送りこまれた。宝石泥棒の話は、わたしにあれこれ訊かれないための作り話だった」

「それは違う。宝石泥棒は本当にあったし、ぼくたちはミスター・ヴァン・ホーンに目をつけていた」

わたしは大きく息を吸った。「あなたはわたしをだましたのね。わたしに嘘をついた」

ダーシーはこちらに近づいてくると、わたしの肩に手を乗せた。「ジョージー、ぼくがなにをしているのかきみは薄々感づいているよね。ぼくにはすべてを話すことができないときがある。きみになにもかも話すわけにはいかないときがあるんだ。だがきみの言うとおり、ここに来た本来の目的は、いまの状況と彼がぼくたちの国にもたらす危険を見定めることだった」

「もうひとつ質問があるんだけれど、嘘をつかないと約束してくれる？」

「ぼくが答えられる質問であれば、嘘はつかないようにする」

わたしは彼の目を見つめて、もう一度大きく息を吸った。「彼を殺した犯人を知っているの？」

28

八月一二日
ディディの家

だんだん話が見えてきた。知らないほうがよかったかもしれない。嫉妬にかられた夫がブワナのあとを追っていって刺したのだったなら、ことははるかに簡単だったのに。実はそうだったのかもしれない。わたしは巻き込まれないようにして、ここでの時間を楽しもうと思う。ダーシーも関わらずにいられればいいのに。

最初に浮かんだ質問はあまりにも衝撃的で、とても口に出すことができなかった。〝あなたが彼を殺したの?〟というのがそれだが、不可能であることはわかっていた。ダーシーはひと晩中、わたしの隣にいたのだから。それは間違いない。そういうわけで、わたしはもう一度尋ねた。「彼を殺した犯人を知っているの?」

「知っていればよかったんだけれどね。共産党がここに工作員を置いて、ブワナと同じことをさせようとしていた可能性はある。そのうちのひとりが、彼の行動を阻止しようとしたというのもありうる話だ。だが疑問は残る。夜のあんな時間に、彼があの道路を通ることをどうやって知ったんだ？」

「パーティーにいただれかが、共産党の覆面工作員だとか？」わたしは言った。「ありえないわよね。共産党員はぜいたくをしたり、なにかに溺れたり、何百万人もの使用人を雇ったりはしないでしょう？」

「ぼくに答えられればよかったんだけれどね」彼はわたしの体に腕をまわした。「だがなにが起きているにしろ、これはぼくたちの新婚旅行なんだから、きみにはここで素晴らしい時間を過ごしてほしいんだ。いいね？」

「わかった」わたしは渋々応じた。顔をあげると、彼がキスをしてきた。

「着替えて、身だしなみを整えたほうがいいわね」わたしは言った。「でも、ミスター・ヴァン・ホーンはどうなの？　彼は宝石の売買をしているってあなたは言ったけれど、仲介業者だって彼は言っていたわ」

「あながち間違いだとは思わない。彼は取引をまとめるのが仕事だし、国をまたいで移動している」ダーシーはわたしに体を寄せた。「彼もドイツ政府のために働いているんじゃないかと、ぼくたちは疑っている」

「つまり、彼の目的は盗品を受け取ることじゃなくて、チェリトン卿と会うことだったって言っているの？」

ダーシーはうなずいた。「可能性はある」

「それならどうしてギルギルに滞在していたの？　チェリトン卿とふたりきりで話せるチャンスは一度もなかったのよ」

「疑惑を持たれないためだと思う。自分の行動が見張られていることはわかっていたはずだ。だが彼がサファリに連れていってもらえるようシリル・プレンダーガストに働きかけて、その結果チェリトンの隣家に泊まることになったのには、理由があるんじゃないかい？」

「つまり、ふたりが会うことを阻止したかった人間がいた。その直前にブワナが殺されたのは、願ってもないことだったわけね」

ダーシーはうなずいた。「フレディは、ナイロビで活動している共産党の下部組織を調べるはずだった。だが彼はここに配属された――首都から遠く離れた奥地のまた奥にね」

「フレディ？　彼はあなたたちの仲間なの……？」

ダーシーはにやりとした。「ぼくたちの〝仲間〟というのがどういう意味かは知らないが、彼は英国政府と連絡を取り合っていて、手を貸してくれているんだ」

わたしは〝わお〟という言葉を呑みこんだ。「まさか、彼がチェリトン卿を殺したわけじゃないわよね？」

「そういう計画だったなら、ぼくの耳にも入っていたはずだ。ぼくたちは行き当たりばったりに人を殺すようにけしかけられているわけじゃないからね。政府の人間は、ただ状況を把握して、なにが起きているかを知りたいだけだ」

「アトキンス」わたしは唐突につぶやいた。「彼はナイロビに住んでいるわ。ケニア政府のために働いていると言っていた。それに、イディナのパーティーにはまったく興味がないようだったのに、招待されるように仕向けた。そのうえ、警察が来る前にさっさと帰っていったのよ」

ダーシーは首を振った。「チェリトンにドイツの息がかかっていることをアトキンスが知っていたとは思えない。たとえ知っていたとしても……」

「彼は根っからの英国人だわ。知っていたら激怒したでしょうね。ブワナが英国貴族の称号を受け継いでいるのだからなおさらよ。ブワナがそれ以上英国の名に傷をつける前に、止めようとしたかもしれない」

「可能性はある」ダーシーは渋々うなずいた。「だが、それを証明できるとは思えないよ。アトキンスはひと晩中、だれかと一緒に――ひょっとしたら複数の人間と――ベッドのなかにいたと、みんなが証言するだろうからね」彼は肩をすくめた。「ともあれ、もう考えるのはよそう。殺人事件の捜査はぼくたちには関係ないし、政府の問題はだれかが引き受けてくれている。ぼくがすべきことはひとつだけ、盗まれた宝石がだれの手に渡ったのかを調べることだ」

「でもミスター・ヴァン・ホーンがダイヤモンドを受け取ったのだとしたら、できるだけ早く国を出ようとするんじゃないかしら？」

「彼がダイヤモンドを受け取ることになっていたのならね。そうじゃないのかもしれない。いまケニアにはないのかもしれない。わからない」ダーシーはわたしの肩に手を乗せた。「とにかく、きみとぼくはここでの時間を大切にして、できるかぎり楽しもうじゃないか。なにかしたいことはないの？」

「シリルとサファリに行くのもいいわね」わたしは言った。「動物が見たいわ」

「それなら、ぼくたちも連れていってくれるように頼んでみよう。一石二鳥というやつだね？　ミスター・ヴァン・ホーンの様子に目を光らせておくことができる。ブワナが死んだいまとなっては、おとなしく帰っていくと思うけれどね。ただもし……」

「ダイヤモンドに関わりがあるなら、話は別？」

「ここにいる何者かが彼の連絡係なら、事情は違ってくると言おうとしたんだ。ブワナがファシズム支持者たちの小さな組織の一員であることはわかっているから。だが、ぼくたちがまずすべきは、エンジェルに会って夫の死を知らせることだ。気は進まないけれどね」

「なんとなく、彼女はあまり悲しまないような気がするわ」

ダーシーは苦笑いをした。「そうかもしれないね。彼の子供たちも。彼らは地所を売りに出して、できるだけ早くここから出ていこうとするんじゃないかな」

わたしたちは顔を洗い、清潔な服に着替えてからディディのところに向かった。ディディはシリルとミスター・ヴァン・ホーンと一緒に、前庭に置かれているテーブルの前に座っていた。ミスター・ヴァン・ホーンはワイシャツ姿で、くつろいだ様子だ。テーブルには濁ったレモネードのようなものが入ったピッチャーが置かれていた。わたしたちが近づいていくと、ディディが顔をあげた。「新婚のおふたりさんが来たわ。せっかくの新婚旅行なのに、恐ろしいことになったわね。もちろんあなたたちはブワナの知り合いではないけれど、あんな状態の彼を見つけるなんてさぞショックだったでしょうね。さあ、座ってジン・フィズをお飲みなさいな」

わたしは仕方なく受け取った。この地ではずいぶんと早い時間から飲みはじめるようだ。味は悪くなかったが、わたしはほんのひと口飲んだだけで言った。

「ディディ、わたしたちはブワナの家に行かなくてはならないんです。ブワナの死をだれかほかの人から聞く前に直接伝えてほしいと、ダーシーが頼まれたので。一緒に行ってもらえませんか?」

「まあ」ディディは気乗りしない様子だった。「そうね、そのとおりね。わたしが行くべきでしょうね」

「あなたから話してもらったほうがいいと思うんです。ぼくたちは彼女を知りませんから」ダーシーが言い添えた。

ディディは顔をしかめた。「あなたたちがそのほうがいいと思うのなら。ああ、なんて辛い役目なのかしら。でも詳しい話はあなたたちがしてちょうだいね」ディディは立ちあがり、ミスター・ヴァン・ホーンに向かって言った。「すぐに戻ります、ミスター・ヴァン・ホーン。なんでもお好きなものを召しあがっていてくださいね」

「ご親切に」彼はうなずいて言った。ドイツの工作員かもしれないとダーシーから聞いたからか、彼の物腰が母の以前の恋人であるマックスによく似ているように思えてきた。彼が実は南アフリカ人ではなくて、ドイツ人だということはありえるかしら？

「心配いらないよ。わたしが彼をもてなしておくから」シリルが言った。「今朝、わざわざこれだけの準備をしたのに彼が寝坊をしたんだと思っていたときには、腹がたってたまらなかった。だがいまは、気の毒な男の悪口を言っていたんだとわかっている。だから、なんでも言ってくださいよ、ミスター・ヴァン・ホーン。森の散策でもしますか？　見るべきものは必ずありますからね」

「気をつけてちょうだいよ」ディディが言った。「すぐ上の川で象が水浴びしているのをボーイたちが見ているの。子供を連れていた象もいたそうよ」

「ダーリン、わたしは象のことならなんでも知っているよ」シリルが言った。「象とわたしは波長が合うんだよ。互いを尊敬しているんだ」

ミスター・ヴァン・ホーンは納得していない様子だったし、動きたくもないようだった。わたしたちはふたりをその場に残し、芝生の上を生垣の切れ目に向かって歩いた。小さなコテージの前を通り過ぎた。ドアが開いていてなかが見えたが、なにも置かれていないようだ。少なくともルパートは、ここに住むようにという父親の命令から逃れる必要はなくなったわけだ。

「あのコテージにはだれが住んでいたんですか？」ディディに尋ねた。

「もう何年も前、ブワナがここに来たときに雇った最初の使用人のために建てたものなの。彼の世話をしていた女性よ。ここをやめて、以前住んでいたところに戻っていったのは……」

ディディは言葉を切った。ジョセフがいくつかある建物のひとつから出てきて、わたしたちに気づいた。「メムサーイブ・ディディ。早いご訪問ですね。お客さまをお迎えする準備ができていないかもしれません。メムサーイブはまだおやすみだと思います」

おやすみ？　もう一二時を過ぎているというのに！　ここでの暮らしはなんて変わっているんだろう。

「大切なことなのよ、ジョセフ」ディディが言った。「悪いけれど、レディ・チェリトンを起こしてもらわないといけないわ」

「そうなんですか」ジョセフの顔が曇った。「悪い知らせじゃないですよね？　ブワナから連絡がないんです。でも、帰りはこのあとになるはずですし」

「とにかくレディ・チェリトンと話をしなくてはいけないの。あなたたちにもすぐにわかるわ」

わたしたちは広々とした居間に案内された。いまは冷え冷えとしていて、よそよそしい感じがした。永遠にも思われる時間が過ぎ、やがてハイヒールの軽やかな足音がして、エンジエルが廊下をやってきた。シンプルなスラックスと水色の開襟シャツという格好だ。目の下には隈《くま》ができているものの、それ以外は健康そのものに見えた。

「あなたったら、今朝はずいぶんと早起きなのね」彼女が言った。「お風呂から出たばかりで、メイドが新しいヘアスタイルを試してくれているところだったのよ。どうかしら？　ちょっとカールが強すぎると思うんだけれど」彼女は髪をひねって見せた。「それで、いったいどうしたの？」

「残念ながら、悪い知らせなのよ」ディディが言った。「座ったほうがいいと思うわ」

「座るの？　どうして？」そう訊き返したところで、エンジェルはその意味を悟ったようだ。

「ロスね？　彼の身になにかがあったのね？」

「彼は亡くなったのよ、エンジェル」

「本当に？」彼女の顔から血の気が引いた。「車の事故？　いつかそうなるってわかっていたのよ。あの人、あんな道路でスピードを出しすぎるんだもの」

「事故ではないんです、レディ・チェリトン」ダーシーが言った。「残念ですが、彼は殺されました」

ジョセフがひゅっと息を吸う音が聞こえた気がしたが、彼はよく訓練されていたから声に出すことはなかった。

「殺された？　だれかが夫を殺したの？」エンジェルはその場に立ったまま、クイーン・アン様式の椅子の背を両手でつかんだ。「でも、彼はひと晩中イディナの家にいたはずでしょう？　口論があったの？　争ったの？　あの人たちはものすごい量のお酒を飲むし、麻薬もやっているんじゃないかってずっと思っていたの。彼は喧嘩っ早いところがあるし……」彼女はしゃくりあげた。「信じられない。ブワナにかぎって。とても強い人だったのに。生命力にあふれていたのに」

「家に帰る途中で殺されたようです」ダーシーが言った。「何者かが待ち伏せしていて、彼の車を止めたんです」

わたしが知りたくてたまらないことをだれも尋ねてくれない。ダーシーが訊くつもりだったのかもしれないけれど、万一に備えてわたしは自分で尋ねることにした。「ずいぶん体調がよくなったようですね」

「よくなった？」

「具合が悪いから、あなたはパーティーには来なかったと聞いています」

エンジェルは肩をすくめた。

「いつもの片頭痛だったのよ。大きな音やまぶしい光が一番辛いから、家にいることにしたの。それにはっきり言って、あのパーティーはわたしの好みじゃないのよ。ブワナは好きだったけれど。彼は、追いかけて征服するのが好きだった」彼女はわたしを見つめた。「彼はあなたを狙っていたのよ。あなたがつれなくしていたから。ゆうべ、あなたと寝られるかどうか、イディナと賭けをしていたわ。負けたみたいね」

「そのとおりです」わたしは憤然として言った。「興味ないってはっきり言いましたから。彼が帰ってこなかったのに、あなたは心配じゃなかったんですか？」

エンジェルはけげんそうな顔をした。「まだお昼よ。ひと晩のお楽しみのあとは、ゆっくり寝ているんだろうと思っていたわ。パーティーのあとは、いつも午後にならないと帰ってこないのよ」

「でもあなたはゆうべ彼に電話をかけて、具合が悪いから帰ってきてほしいって言ったんですよね？　彼は一二時頃に帰ったんです」

「わたしはそんな電話をかけていないわ。片頭痛がしたときは、暗い部屋に閉じこもるしかできることがないのよ。睡眠薬を飲んで、なんとか眠ろうとするの。ちゃんと眠れたわ」

「それじゃあ、だれかがあなたの名をかたって彼に電話をかけたんですね」わたしは言った。「彼は車で家に向かったそうです」

「おかしな話ね。いったいだれがそんなことをしたのかしら。わたしじゃないことは確かよ。九時には寝ていたんだから。双子はトランプをしていたわ」エンジェルはドア口に立つジョセフを振り返った。「ジョセフ、いつもどおり戸締まりをしたのよね？」

「はい、メムサーイブ」ジョセフが答えた。「双子たちはトランプをしていたので、わたしは一〇時には鍵をかけて、ベッドに入りました」

「なにか物音は聞かなかったか？」ダーシーが尋ねた。「車の音とか？」

「いいえ、サー。それに、ブワナがビュイックに乗っていかれました。ほかにはワゴン車しかありません——とても遅い車ですし、キーはブワナのオフィスにあるんです。だれがそんなことを知っているというんです？」

「ゆうべ、あの道路を走った大型のワゴンはなかったわ」わたしは言った。「タイヤ痕は残っていなかったもの」

「ゆうべの電話がどこからだったのか、フレディなら電話局から情報を得られるだろう」ダーシーが言った。「エンジェルになりすまして、ブワナに家に帰ろうと思わせることができた人間がいるわけだ」

「どうしてそんなことを」エンジェルが言った。「パーティーで酔って口論するのとはわけが違う。計算ずくの冷血な殺人だわ。だれかが夫をおびき出して、殺すために待ち伏せしたのね」

「そのようですね」ダーシーがうなずいた。

エンジェルは部屋の向こう側に向かった。「飲まないとやってられない」デカンターの栓を開け、ジンらしきものをタンブラーになみなみと注ぐと、そこにトニックを一センチほど加えて水のように一気に飲み干した。帰っていいものかどうかわからず、わたしは落ち着かない気持ちでダーシーを見た。

ディディがエンジェルに歩み寄って言った。「なにかわたしたちにできることがあったら、言ってちょうだいね。葬儀の準備をしなくてはならないし、これからのことも考える必要があるわ」

「これからのこと?」なにかに気づいたような表情がエンジェルの顔に浮かんだ。「そうだわ、どうするのかを決めなきゃいけない。ひとりでこんなところに留まるつもりはないもの。家に帰れるんだわ。ヨーロッパでもいい。こんないやなところから逃げ出すのよ」希望に目が輝いた。「彼の子供たちは……」言葉が途切れた。「ああ、そうだわ、あの子たちに話さなきゃいけない。ブワナの子供たちはもう起きているの、ジョセフ?」

「はい、メムサーイブ。テニスをしています」

「それなら、すぐにここに来るように言ってちょうだい」エンジェルはわたしたちに向き直った。「あなたたちがいるあいだに、ふたりに話したほうがいいわね。この知らせをどう受け止めるかしら」

「ふたりは父親とは親しい間柄ではなかったんですよね?」黙っているべきだったと気づいたときには、わたしはそう尋ねていた。「幼い頃からほとんど会っていなかったと聞いていますけれど」

「ブワナは、双子が四歳のときに奥さんと別れたの」エンジェルが説明した。「母親は再婚したから、その後ブワナが父親としてふたりに関わったことはないのよ」

「それなら、いまになってふたりをここに呼んだのはだれの考えだったんですか?」わたしはさらに訊いた。「彼女たちですか? それとも父親ですか?」

「ブワナよ。子供たちはそれほど気乗りしていたわけじゃないと思うけれど、どちらもぶらぶらしているだけだし、無料の休暇を断れなかったんでしょうね」エンジェルは苦々しげに笑った。ジンが警戒心を弱めたらしい。「哀れなガキよね、ふたりとも」彼女たちがまだそこにいないことを確かめるように、ドアに目を向けた。「称号を受け継いで、ルパートが自分の跡取りだっていうことに気づいた頃だったわ。ロスは、この地所を引き渡すことを考えはじめたの。息子に引き継いでもらいたがっていた。わたしは、ありえないって思ったけれど。そうじゃない？　そもそもここがうまくいっていたのは、わたしのお金があったからなんだから。わたしはここをあんな子に……」玄関のドアが開いて双子が入ってきたので、エンジェルは口をつぐんだ。テニスラケットを持ったふたりの顔は赤らみ、汗ばんでいる。

「もう。朝から来客なんてやめてちょうだい！　マナーに欠けるわよ、エンジェル」ロウェナは文句を言ったあとで、わたしに気づいた。「いったいなんの用なの？」

「白熱した試合の最中だったんだ」ルパートが言った。「ぼくたち抜きじゃだめなのかい？」

「これは普通の訪問じゃないのよ」ディディが言った。「悪い知らせがあるの。あなたたちのお父さまが亡くなったのよ」

わたしはふたりの顔を眺めていた。不信感？　警戒心？　安堵もあったようだ。悲嘆に暮れていないことは間違いない。

「事故なの？」長い沈黙のあと、ロウェナが尋ねた。

「いいや。殺人のようだ」ダーシーが答えた。「ゆうべ、パーティーから車で家に帰る途中で」

「ゆうべ？」ルパートはけげんそうな顔をした。「父さんが帰ってくるのは今日の午後だと思っていた。あの手のパーティーはなんていうか……羽目をはずすから……朝食前に帰る人はいないって聞いていた」

「そのとおりだ」ダーシーが言った。「だが何者かが、すぐに戻ってきてほしいとエンジェルのふりをして電話をかけてきたんだ。そして彼は待ち伏せされた」

「つまり、計画的殺人ということね」ロウェナが言った。「口論の挙句にそうなったわけじゃなくて」

「そのようだ」

「恐ろしいこと。その人はものすごく父を憎んでいたのね」

「もしくは、父さんになにかをさせまいとしたのか」ルパートはそう言い添えたところで、妙な表情を浮かべた。「なんてこった、それがどういう意味かわかるかい？　ぼくはチェリトン卿になったんだ」大声で笑いだした。「こんなことってあるんだな。ぼくは称号とそれに伴うすべてを相続する。ここにあるもの全部がぼくのものだ。ここに来たときは貧乏人だったのに、金持ちになって帰るんだ」

「その話はあまり大声で言わないほうがいいと思うね」ダーシーが言った。「きみは、彼を殺すもっともな動機がある第一容疑者ということになる」

ルパートは手で口を押さえ、不安そうに小さく笑った。「そうか。もっともだ。ただし、ぼくの声は低いから、電話でエンジェルの真似をするのは無理だ。それに父さんがまともに走る一台きりの車に乗っていってしまったから、ぼくたちはここに閉じ込められているようなものだし。父さんが殺されたのは何時だったんだ？」

「一二時ちょっと過ぎにイディナの家を出ているから、その少しあとだろうと思う。現場は、ここと彼女の家のちょうど真ん中あたりだから、一二時から一時のあいだというところだろうね」

「その時間なら、ぼくたちはみんなベッドの中だ」ルパートが言った。「それに使用人のボーイが玄関と門を閉めて鍵をかけていた」

「一一時半に、パジャマ姿のあなたを見たわ」ロウェナが言った。「バスルームに行く途中ですれ違ったでしょう？」

「そういうことだ。アリバイ成立だな。ここには父さんの弁護士がいるはずだ。今後のことについて話をしなきゃいけないだろうな。アフリカにある不動産は、おそらく売却できるだろう。父さんはぼくにここに留まって、農園を運営してもらいたがっていたんだ」ルパートは再び弱々しく笑った。「想像できるかい？　ぼくが牛の世話をするなんて」

「あなたは称号を受け継いだかもしれないけれど」エンジェルが言った。「この地所は、それとはなんの関係もないわよ。ここを建てたのはわたしのお金なんだから。売却したら、その代金はわたしのものだわ」

「それは違うね、ぼくが跡取りだ」

「父は遺言を残していなかったの？」ロウェナが尋ねた。「大切なことなのに」

「称号を受け継いだときに、書くように勧めたのよ。でもあの人は、自分が死ぬことを考えたがらなかったの。〝そういうことのための時間はたっぷりある〟って言って。それでもしつこくせっついていたら、最後には書いておくって言っていたけれど、本当に手をつけたのかどうかはわからない」エンジェルが言った。「どちらにしろ、この場所に注ぎこんだものを取り戻すために、裁判で争うつもりよ。あなたよりもずっと腕のいい弁護士を雇うだけのお金はあるんだから」

「あなたたち」ディディがあいだに入った。「ブワナは死んだばかりなのよ。彼が遺したもののことで争っている場合じゃないでしょう。彼の死を悼むべきなのに」

「それは難しいわね」ロウェナが言った。「わたしたちは父のことをほとんど知らないんだもの。わたしたちがほんの小さな頃に、父は出ていった。時々プレゼントを送ってきたけれど、これまで会ったのはほんの三、四回だけ。父がロンドンにいるわたしたちに会いに来て、ケニアに来てほしいって言われたときは本当に驚いたわ。ほかにすることもなかったし、ルパートが〝いいんじゃない？〟って言ったから来ただけよ」

「ぼくたちは帰ったほうがよさそうだ」ダーシーが言った。「お悔やみを言うつもりだったんですが、こういう状況では……」

「まだ実感がわかないのよ」エンジェルが言った。「もちろん、彼がいなくなってさびしくなるでしょうね。でも悲嘆に暮れることはないと思うわ」

29

八月一二日
ディディの家

なにをどう考えればいいのかわからない。頭のなかで、ここにいる人たちやその動機がゆらゆらと漂っている。ダーシーの言うとおり、すべてを警察に任せるべきなのだろう。わたしたちにはなんの関係もないのだから。いまからは本当に新婚旅行を楽しもうと思う。


ディディの家に戻ったのは、シリルとミスター・ヴァン・ホーンがちょうど森に出かけようとしているときだった。わたしたちに気づくと、シリルが手を振った。

「大きな獣たちを見に行くところなんだ。一緒にどうだい？」

ダーシーがわたしに尋ねた。「一緒に行きたい？」

「ええ、ぜひ」わたしは答えた。「動物が見たくてたまらないわ」

「頑丈な靴と厚手のズボンをはいているかい？」シリルが訊いた。「蛇がいるよ。それから蟻も」

「少し待ってもらえれば、着替えてくるよ」ダーシーはわたしが履いている夏向きの靴を見ながら答えた。ミスター・ヴァン・ホーンは、待たなければならないことが気に入らないようだ。わたしたちは急いで頑丈な靴に履き替え、出発した。

その細道は、スコットランドの川と同じように岩の上を流れる小川に沿って延びていた。ひんやりとして爽やかな空気もスコットランドを連想させる。けれど背の高い木から垂れさがるつる植物や、色鮮やかな蝶や、聞き慣れない鳥の鳴き声が、ここは故郷から遠く離れた地であることを教えてくれていた。ミスター・ヴァン・ホーンは見るからにびくびくしていて、近くで物音がするたびに、「あれはなんだ？」と尋ねた。

「心配いりませんよ」シリルが言った。「どんな動物でも、姿が見えるはるか以前にわたしたちが近づく物音に気づいて、音もなく森に消えてしまいますからね」

「なにも見られないのなら、ここにいる意味があるのか？」ヴァン・ホーンが辛辣《しんらつ》な口調で言った。

「なにが現われるかは、だれにもわかりませんからね」シリルはにっこり笑った。数歩進み、唇に指を当てる。わたしたちは動きを止めた。彼はつま先立ちで前に出ると、ある方向を指さした。初めのうちわたしには、木立とまだらの影しか見えなかった。やがて枝が折れる音がして、それほど離れていない木陰に象が一頭立っていることに気づいた。光と森の影に完全に溶けこんでいる。わたしたちの存在にまったく気づいていないかのように、あたりの茂みの葉を食べていた。

「これ以上欲張りすぎないほうがいい」ミスター・ヴァン・ホーンはそう言って、引き返そうとした。

「シーッ!」シリルは再び、唇に指を当てた。

象は不意に警戒するように顔をあげ、耳をぱたぱたさせながらこちらに向かってきた。

「動かないで」シリルが言った。

「動くな? あいつはこっちに向かってきているじゃないか」ヴァン・ホーンはうろたえて言った。

「虚勢を張っているだけですよ」シリルは小声で言った。「じっとしていれば大丈夫です。でも走ったりしたら、あいつは追ってきてあなたを踏みつぶしますよ」

象は鼻を持ちあげ、耳を広げている。地面を震わせながら、こちらに向かって突進してきた。木の陰に身を隠せるとわたしは心のなかでつぶやいたが、シリルに言われたとおり、その場から動かずにいた。ミスター・ヴァン・ホーンがダーシーとわたしの背後に隠れたのがわかった。心臓が激しく打ち、逃げたくてたまらなくなった。けれど数メートル先で象は足を止め、鼻を振りあげて大きな声で鳴いた。耳をつんざくような声だった。そして象は向きを変え、森のなかへと消えていった。ミスター・ヴァン・ホーンはハンカチを取り出して、額の汗を拭いた。「もうだめかと思った。きみは本当にサファリ・ガイドなのかね? ほんの一〇分歩いただけで、わたしたちを危険な目に遭わせたんだぞ」

「その反対ですよ」シリルが応じた。まるで楽しんでいるように見える。「あれは若い雄です。攻撃のように見えるのは、そんなふりをしているだけだとわかっていたし、実際そのとおりだった」

「そうじゃなかったら？」

「今頃は、わたしたちのだれかが死んでいたでしょうね」シリルは冷静に答えた。「散策を続けますか？　ブワナの地所には素晴らしい滝があるんですよ」

「一日にこれだけ刺激を受ければ充分だ」ヴァン・ホーンが言った。「殺人があって、今度は突進してくる象。早く南アフリカの文明の地に帰りたいね」

そこまで言われては、家に戻るほかはなかった。

「たいして歩けなくてすまないね」ミスター・ヴァン・ホーンが自分の部屋に戻っていったところで、シリルが言った。「だが、ちょっとばかり刺激的だっただろう？　ヴァン・ホーンはズボンを濡らしたに違いないぞ」意地悪そうにくすくす笑った。

「どうして彼はサファリにこだわるのかしら」わたしは言った。「一頭の動物に会っただけで、すぐに帰りたがったくらいなのに」

「彼はこれまで一度もサファリに行ったことがないと思うよ」ダーシーが言った。「靴を見たかい？　ぴかぴかに磨かれていた。きっとサファリという概念に憧れているだけで、現実に動物と間近で向き合うのはいやなんだろう」

「正直言って、あの象と向き合ったのはちょっと怖かったわ」わたしは打ち明けた。

シリルはわたしの腕を取って、自分のほうに引き寄せた。「いいかい、これは秘密だよ。わたしはあの象を知っているんだ。ほんの赤ん坊の頃から見ている。あいつはいつもあんな風なんだよ。プライドの問題なんだ。もちろん、大人になれば変わってくるんだろうが、いまはまだほんの若造だから目立ちたいんだ。それにサファリの客は、危険な瞬間がないと満足してくれないからね」シリルはにやりと笑って、言い添えた。「きみたちが行きたいのなら、喜んで本物のサファリに案内するよ」

「それはうれしいですね。英国に戻る前に、ぜひ本物のケニアを経験したいですよ」ダーシーが言った。

「それじゃあ、明日、一緒に行くかい？　ミスター・ヴァン・ホーンと行くための準備は整えてあるんだ。象の一件のあとで、彼にまだ行く気があればの話だけれどね。ひと晩、キャンプもできるよ」

「それって、大丈夫なんですか？」わたしは訊いた。

「だめな理由があるかな？」シリルは笑みを浮かべたまま言った。「きみたちの安全はわたしが守るよ」

「いえ、そういうことじゃないんです。殺人があったわけですから、もう一度全員から話を聞くために、警察はどこにも行かないようにと言うかもしれません」

「わたしたちに話を聞く理由があるとは思えないな」シリルは胸ポケットから煙草の箱を取

り出すと、わたしたちに勧めてから一本取り出して火をつけ、深々と煙を吸いこみ、満足そうに吐き出した。「その時間には、わたしたちは何キロも離れたところで眠っていたじゃないか。それにきみたちは彼と知り合いですらない。だめだと言われないかぎり、行こうじゃないか」

わたしたちは芝生を横切った。

「だれが彼を殺したのか、あなたは興味がないようですね」わたしは言った。

シリルはちらりとわたしを見た。「あの男には我慢ならなかったからね。実を言えば、だれかがあいつを殺してくれてよかったと思っているよ」

「そうなんですか？」ダーシーは興味を引かれたようだ。「それはまたどうして？」

「きみは聞いていないのかい？　あの男はわたしを破滅させた。新聞のコラムであの男のことを書いたんだが、あいつはそれを中傷だと受け取った。裁判沙汰になって、もちろんあいつが勝った。わたしは持ってもいない金を払わなくてはならなくなった。評判も落とした」

彼は唐突に言葉を切った。「おっと。これはもっともな動機になりそうだな。警察がブワナの過去をあまり深く調べずにいてくれるといいんだが」

「それじゃああなたは、だれが彼を殺したと思いますか？」わたしは尋ねた。

「最初に話を聞いたときには、妻を寝取られた男だろうと思った。彼は人妻だろうとなんだろうと気にしなかったからね。だが彼らはイディナのところで……相手かまわず寝ていたわけだから……外部の人間だと考えるしかないだろうな。運がよければ、キクユ族のならず者だということがわかって、わたしたちも枕を高くして眠れるようになるさ」

「彼を殺したのは、先住民だと思う？」部屋に戻り、頑丈な靴を脱ぎながらわたしはダーシーに尋ねた。

「その可能性はまずないと思う」ダーシーが答えた。「ブワナの行動をよく知っている人間でなければ無理だ。エンジェルの具合が悪いことを知っていた人間。彼に電話をかけて家へと帰らせ、ふさわしい場所でふさわしい時間に待ち伏せをしていた人間。すべてが、彼の近くにいる人物を示している。違うかい？」

「そのとおりね。最大の動機があるのは彼の息子だわ。エンジェルに貧乏人って言われたほどだったのに、突如として称号と財産を受け継いだんだもの」

「確かに。だが問題は、車もなしにどうやってあそこまで行ったのかということだ。そもそも、どうしてあんな遠いところを選ぶ必要がある？　今日、シリルがしたようにすればよかったはずだ。森に連れていってほしいと父親に頼み、隙を見て殺す。死体をその場に残しておけば、ハイエナか軍隊蟻が始末してくれるから、何事もなかったかのように家に戻ってくればいい」

「そうね。あなたの言うとおりだわ。でも、わたしにはルパートが大きなナイフを振り回して、父親に突き立てるところが想像できないのよ。ブワナはすごくたくましかった。ルパートを取り押さえたでしょうね」

ダーシーはうなずいた。「シリルにも同じことが言える。もし彼がまだ復讐したいと思っていたのなら、ブワナの地所で殺す機会はいくらでもあったはずだ」

わたしもうなずいた。

「警部補の頭が切れることを願うよ。解かなければならない謎がたくさん待っているからね」

部屋を出ていこうとしたとき、ふと思いついたことがあった。

「わたしたちがすっかり忘れていた人間がいるって知っている？　ジョスリンよ。わたしたちと同じ飛行機——チェリトン卿の子供たちと同じ飛行機っていうことね——でここに来て、ナイロビに行くつもりだって言っていたのがイディナに拾ってもらって、パーティーの場に滞在するようになったのは、あまりに偶然が重なりすぎていない？　彼の声はかなり高いし、ブワナに電話をするチャンスはあった。あの家にある車を使って彼のあとを追い、殺すこともできたわ」

ダーシーは面白がっているような顔になった。「ジョスリンがどこかの秘密捜査官だなんて想像できるかい？　最初の任務で自分の靴紐を踏んで転ぶのがおちだよ」

「なにもかもが演技じゃなければね。彼の存在をすっかり忘れていたことが、いったい何度あったかしら？　ジョスリンはだれもが見過ごすタイプなのよ」

ダーシーはうなずき、考えこんだ。「フレディに伝えておくべきかもしれないな。ロンドンと電信でやりとりしているんだ。ジョスリンの素性を調べるように頼んでもらおう。ここで活動しているブワナのファシスト組織の一員について、新しい情報がないかどうかも確かめないと」

わたしはベッドに座りこんだ。「なんて恐ろしくて、ややこしいことになったのかしら。幸せいっぱいの新婚旅行に来たはずなのに、宝石泥棒と殺人と植民地を乗っ取ろうとするドイツの陰謀に巻きこまれてしまったんだわ。どうしてわたしたちの人生って、順調に進まないの？」

「きっと進むさ。約束するよ」ダーシーはわたしの隣に腰をおろすと、手を取った。「言っただろう？　ぼくは事務仕事を引き受けるつもりだ。世間体のいい、安定した仕事だよ。もう直前に連絡を受けて、見知らぬ場所にあわてて駆けつけたりしなくていいんだ。家に帰って、おむつを替えることもできるさ」

わたしは彼の顔を見あげて笑った。「あなたがおむつを替えているところを想像できるわ。子守を雇うだけの余裕があるといいんだけれど」わたしは真剣な口調で言い添えた。「ダーシー、わたしはあなたが満足できる仕事をしてほしいの。官僚制度の歯車のひとつとしてずっと机の前にいる生活では、あなたは幸せにはなれないわ」

「面白いかもしれないよ。外交政策に関わるのは」

「そうね、でも自分で決断をくだすことはできないでしょう？　あなたは次官の部下に意見を伝えて、彼はそれを次官に伝えて、次官はさらに上の人に伝えるんだわ」

「きみは本気で言っているの？　毎日、ぼくがウォータールーから五時四五分に帰ってくるのがうれしくないのかい？」

「わたしと結婚したことをあなたに後悔してほしくないのよ」

ダーシーはわたしの肩に腕を回した。「きみは本当にかわいいね。ぼくはきみと結婚したことを絶対に後悔したりしないよ。約束する」

30

八月一二日の夜
ディディの家

　明日はサファリに行く。とてもわくわくしている……わくわくしているけれど、怖くもある。シリルが野獣からわたしたちを守れるような腕のいいハンターだとはとても思えないからだ。けれど、先住民のポーターや護衛を連れていくのだろうから、きっと大丈夫なはず。恐ろしい殺人事件から離れることができて、きっとほっとするだろう。

　ダーシーとわたしは昼寝をした。あんなことのあとだから、休息が必要だった。その後、ディディとほかの客たちと一緒に庭に出て、ばかばかしいほど型にはまった英国式のマナーで午後のお茶をいただいていると、近づいてくる車の音がした。フレディのおんぼろ車だ。車は大きな木蓮の木陰に止まり、ふたりの男性が降り立った。日光が当たる場所まで出てきたところで、フレディと一緒にいるのがだれあろうジョスリンであるのがわかった。小さなスーツケースまでさげている。

「おーい！」彼はわたしたちに気づいて手を振った。

フレディは気まずそうに笑った。「邪魔をしてすまない、ディディ。昨日、ポロフィールドでジョスリンに会っていたかな？」

「ほんの一瞬ね」ディディが答えた。「初めまして。わたしはディディ・ルオッコ。あなたはイディナの新しい運転手ね？」

「もうそうじゃなくなったんです」ジョスリンが言った。「事態が悪くならないうちに、逃げなきゃならなくなったんで」

「どういうこと？」

「ぼくの恐ろしい父さんのせいです」ジョスリンは天を仰いだ。「チェリトン卿の殺人事件は必ず英国の新聞に載ります。ぼくが殺人に関係のある家にいたことがわかったら、父さんは怒り狂います。激怒します。カンカンです。きっとすぐにぼくをコンゴのジャングルか南極大陸に送りこむでしょう。父さんは、家名や義務をものすごく重要視しているし、はっきり言ってぼくはまったくの期待外れなんです。だからこれ以上、父さんを怒らせるようなことをするわけにはいかないんだ」ジョスリンは校長先生に言い訳をしようとしている生徒のように、下唇を嚙んだ。

「それで、このあとはどこに行くつもりなの？」ディディが訊いた。

「二、三日、ここに置いてやってもらえないだろうか？」フレディはやはり気まずそうに言った。「せめて、この恐ろしい事件が落ち着くまで。いま彼がナイロビに戻って仕事を探そうとしても、だれも雇ってはくれないだろう」

「ぼくは国に帰って父さんと顔を合わせるわけにはいかないんです」ジョスリンが言った。「どこかの男が殺されたのはぼくのせいじゃないのに、父さんはぼくを八つ裂きにするかもしれない」

「もちろんここにいてくれていいのよ」ディディが言った。「どちらにしろ、明日わたしはひとりで残されるみたいだもの。シリルがほかの人たちをサファリに連れていくことになっているの」

ジョスリンの目が輝いた。「サファリ？　いいですね。ぼくもついていくわけにはいきませんか？　ここにいるあいだにやってみたいと思っていたんだ——動物を撃ちたいって。ゴリラを仕留めるんですよ」

「残念ながら、ケニアにゴリラはいないよ」シリルは素っ気なく応じた。「それにわたしは銃を撃つことを客に勧めていない。動物ではなく、互いを撃つ可能性が高いからね。だが行儀よくすると約束するなら、一緒に来るのはかまわない」

「よかった」ジョスリンの顔が輝いた。「あなたはとても親切ですね」

ジョスリンはどこか兄のビンキーに似ているとわたしは思った。必要以上に人を喜ばせようとするところがよく似ている。けれどそう思うと同時に、妙な考えが頭のなかを駆けめぐった。彼は本当に自分で言っているとおりの無邪気な田舎者なんだろうか？　チェリトン卿を暗殺するために送りこまれた男だということはありえるだろうか？　それとも、先住民の反乱を扇動しようとするファシスト組織の一員だとか？

そこまで考えたところでジョスリンがテーブルにぶつかり、ソーサーに紅茶がこぼれた。

「おっと。すみません」彼が謝った。「いまみたいに取り乱しているときは、体をうまく動かせなくなるんです」

わたしは彼を眺めた。どちらの疑念もばかばかしいとしか思えない。彼はドジばかりしている典型的な上流階級の愚か者だ。大好きなわたしの兄のような。ディディが彼とフレディをお茶に誘った。

「普段はお茶にもきみのおいしいスコーンにもノーとは言わないんだが、ディディ、ぼくは今夜ギルギルまで戻らなくてはいけないんだ。ロンドンに送らなきゃならない電報があるんだよ」フレディはちらりとわたしを見た。

ジョスリンは驚くほどの速さで、残っているクレソンのサンドイッチに手を伸ばした。

「本当に泊まっていかなくていいの、フレディ？」ディディが尋ねた。

「そう言ってもらえるのはありがたいが、本当に急を要する用事があるんだ。明日には戻ってくるよ」

「わたし以外はみんながサファリに行ってしまうのよ。戻ってきて、わたしに付き合ってね。あなたが持ってきてくれた上等の赤ワインを飲みましょうよ」

「車まで送るよ」ダーシーが言い、わたしたちはフレディと並んで歩いた。

「どう思う？」テーブルを囲む人々を振り返りながら、フレディがダーシーに尋ねた。「だれの仕業なのか、見当はついたか？」

「電話がどこからかけられたものなのかを調べる必要がある」ダーシーが言った。

「電話？」フレディが眉間にしわを寄せた。「妻がかけたんじゃないのか？」

「かけていないと彼女は言っている」

フレディはうなずいた。「ロンドンへの電報だが、ジョスリン・プリティボーンについてもう少し調べてもらうように、頼むつもりだ」

「いい考えだ。ぼくたちも同じことを考えていた。彼はずいぶんと都合のいいタイミングでやってきただろう？　それに、あれほど間抜けな上流階級の人間がいるとは思えない」

「わたしの兄はあんな感じだわ」わたしはそう言わずにはいられなかった。

フレディがにやりと笑った。「事件についてだが、なにかわかったことがあったら知らせてくれ」

ダーシーはうなずいた。わたしはなにも言わず、手を振ってフレディを見送った。

「とても親切な人だね」わたしたちがテーブルに戻ると、皿をほぼ空にしたジョスリンが言った。

お茶のあとは、着替えるために部屋に戻った。ディナーの席では、殺人犯について様々な意見が交わされた。チェリトン卿の政治的野心や極右傾向についての話は出なかったから、ほかの人たちはそれが殺人と関わりがあるとは考えていないのか、あるいはあえて避けているかのどちらかだろうと思った。シリルとディディは、彼が議会に選出されたことを知っていたし、別の日のディナーでヒトラーを称賛しているのも聞いていたが、犯人はならず者の先住民だろうという意見が大半を占めていた。そのほうがことは簡単だし、知っている人間が関わっていないことになるからだ。彼らの論法に正義は含まれていないようだ。

玄関のドアをノックする大きな音がしたのは、セイヨウスグリのフール（裏ごしした果物を使った冷たいデザート）を食べ始めたときだった（これまでのところ、ヴァレーの食事はとてもおいしい）。

「今度はだれが避難場所を求めているのかしら？」ディディがつぶやいた。「疑いをかけられていないから身を隠すにはいい場所だって思われているのは、ヴァレーでわたしだけなの？」テーブルの背後に立っている使用人を呼んで言った。「ハキーム、残りの寝室のベッドの用意ができているかどうかを確かめておいてちょうだい。我が家はどうも、侵略されそうだから」

「侵略ですか？」使用人は警戒するような顔になった。

「そういう意味の侵略じゃないわ。大勢の人がここに泊まりたがるっていうことよ」

「仰せのとおりに、メムサーイブ」

別の使用人がドアを開けた。男の声がしたかと思うと、ウィンドラッシュ警部補と巡査部長を連れて使用人が戻ってきた。

「こんな時間にお邪魔してすみません、マダム」ウィンドラッシュは帽子を脱いで言った。

「ナイロビ警察のウィンドラッシュ警部補です」

「初めまして、警部補」ディディが手を差し出した。「どういうご用件でいらしたのかしら？」

「重大な犯罪が起きたことはご存じだと思います。隣人のチェリトン卿が突然亡くなったんです」

「そのことなら、死体を発見したというレディ・ジョージアナとミスター・オマーラからすでに話を聞いていますけれど」

警部補はわたしたちに視線を向けた。「ここにいたんですか。デイヴィッド王子たちと一緒にディラミア卿のところに滞在していると言っていませんでしたか？」わたしの嘘を見破って喜んでいると言いたげな口ぶりだった。

「王子の親戚だと言った覚えはありますが、いまはミセス・ルオッコのお世話になっています」わたしは落ち着いた口調を崩すまいとした。

「なるほど」警部補は歯のあいだから息を吸った。いらつく癖だ。「あなたたちとミセス・ルオッコ、それからこちらの男性はミスター・プレンダーガストですね？　彼もここに泊まっているんですか？」

「いまのところは」シリルが答えた。「ナイロビで時々わたしを見かけているんじゃないかな。新聞のコラムを届けに行っているから」

「ああ、そうだ。見たことのある顔だと思ったんですよ。ギルギルの有名なゴシップ欄ですね。わたしは読んだことはありませんがね。それではあなたは、ゆうべのレディ・イディナのパーティーには参加しなかったんですね？」

「わたしたちは行っていません」ディディが答えた。「ミスター・プレンダーガストとわたしはひと晩中、この家にいました——こちらの若い夫婦に一台きりの車を貸したので」

「なるほど」警部補が言った。「ああ、それからミスター・ヴァン・ホーンもここにいるんですね。ですが、もちろん彼は事件には無関係だ。だが……」テーブルの反対側でデザートのお代わりをしようとしているジョスリンに気づき、彼は口をつぐんだ。「ミスター・プリティボーンでしたね？　レディ・イディナに雇われていると聞いていましたが」

「雇われていましたよ」ジョスリンが答えた。「少なくとも、困っている彼女を助けたし、親切にしたんです。でもぼくの父親は、古くからの家門を汚されるようなことは一切許さないんですよ」

「なんですって？」警部補は頭のおかしな男を見るような目で彼を見た。

「家名に泥を塗るってことです。できることなら、ああいったことが行なわれていて、そのうちのひとりが殺された家に泊まっていたことを父に知られないようにしなきゃいけない。そういうわけでぼくは急いであそこを逃げだしたというわけです。クアム・セレルリームで」

「クアムなんです？」

「ラテン語ですよ。できるだけ早くっていう意味です。いまはただ、この知らせが英国に伝わったときに、ぼくの名前が出ないことを祈るだけです」

「なるほど」警部補はジョスリンを見つめながら、長々と息を吸った。「事件が解決するまでは、居所をはっきりさせておくようにしてください。それから許可なく、このあたりから出ていかないように」

「まさかぼくが関係しているなんて考えているわけじゃないでしょうね？」ジョスリンの声は耳ざわりなほど甲高くなった。「ぼくはここにいる人をだれも知らないんですよ。ほんの数日前に来たばかりなんだ。それに、血をちょっと見ただけで失神するし。それにだれかを殺したなら、車を盗んでいきますよ。そこに残していくんじゃなくて」

彼の指摘はもっともだった。強盗でもキクユ族のならず者でも、たとえ白人の犯罪者であっても、ブワナを襲ったなら彼の車で逃げていただろう。運転ができなければ話は別だが。だがその場合でも、車のなかに置かれていたものは盗んでいったはずだ。つまりこれは、いわゆる普通の強盗の仕業ではない。復讐したかったか、あるいはなんらかの理由でブワナの口をふさぎたかった何者かによる、計画的な殺人だ。

「明日は彼らをサファリに連れていくつもりなんですよ」シリルが言った。「許可してもらえますかね？」

「どこに行くつもりなんです？」

「谷の北側にほんの数時間ほど行くだけですよ。マラまではいきません」

警部補はしばらく考えてからうなずいた。「だめだという理由はないでしょう。あそこからではどこにも逃げられない。長いあいだ行っているわけではありませんよね？」

「ひと晩だけです。ちょっと味わってもらう程度ですよ」

「そういうことならいいでしょう」

「それで、わたしたちにどういったご用件ですか、警部補？」ディディはあくまでも丁重だった。「なにか飲むものを持ってこさせましょうか？」

「仕事中は飲みません。ありがとうございます、ミセス・ルオッコ」

「それならコーヒーはどうですか？　レモネードか水は？」

「コーヒーならいただきます。ありがとうございます」警部補が応じた。

「巡査部長は？」

ワインかビールを勧められればノーとは言わないだろうという気がしたけれど、巡査部長はちらりと上司の顔を見たあとで、コーヒーをもらうと答えた。ふたりは椅子を引いて腰をおろした。

「いくつかお尋ねしたいことがあるだけです――はっきりさせておかなければならないことがあるので」警部補が言った。「被害者の奥さんと子供たちに話を聞いてきました」一度言葉を切り、わたしたちの反応を見てからさらに言った。「みなさんがレディ・チェリトンのことをどう感じているのかが知りたいんです。彼女は夫を愛していたと思いますか？」

「妙なことを訊くんですね」ディディが言った。「人がだれかを愛していたかどうかなんて、だれが判断できるというんですか？」

「それでは、ふたりの結婚生活は幸せだったのでしょうか？」

「エンジェルは心から幸せだったとは言えないでしょうね」ディディはシリルを見ながら、言葉を選びつつ答えた。「彼女はアフリカやここでのライフスタイルがあまり好きではなかったようですから」

「あなたが知る範囲で、被害者は彼女を大切に扱っていましたか？」

ディディはためらったあとで、答えた。「彼女が望んでいたようには扱っていませんでしたね」

「どういう意味です？」

「ブワナ・チェリトンはほかの女性に手を出さずにいられなかったんです。エンジェルはもっと自分を見てくれる夫が欲しかったんだと思います」

「ふむ。こんなことになったいま、彼女はそうしようと思えばケニアを出て、アメリカに帰ることができるわけだ」

「彼女はいつでもそうできましたよ、警部補」シリルが言った。「エンジェル自身がとても金持ちなんです。でも彼女はここに残った。それだけブワナのことが好きだったという証じゃないですかね」

警部補はうなずいた。「離婚がいやだったのかもしれない」

「それは理解できませんね。ブワナは離婚のベテランだった。これまでにもう何度も離婚しているんです。彼女がそれを望んだなら、面倒をかけずに終わらせることができたはずだ」

シリルはにやりと笑った。

ウィンドラッシュがなにをほのめかしているのかはわかっていた――エンジェルには夫の死を望む動機があると言いたいのだろう。そして、そのためにだれかを雇うだけの金があるとも。興味深い仮説だ。

「被害者の子供たちですが」警部補はコーヒーに砂糖をスプーン数杯入れてから、言葉を継いだ。「彼らのことはなにかご存じですか?」

「まったくなにも。最初の結婚でもうけた子供をケニアに連れてくるとブワナから聞いたのは、ほんの数週間前でした。貴族の称号を息子が受け継ぐことになるから、自分がここでしていることに興味を持たせたいんだろうと思っていたんです。称号と一緒についてきた英国の地所に戻るつもりはないと、ブワナははっきり言っていましたから」

警部補はゆっくりとコーヒーを飲んだ。口ひげは邪魔にならないのだろうかと、わたしはいぶかった。「あなた方はいつも、だれかから称号と土地をもらうんですね。うらやましいことだ」

「ブワナをかばうわけじゃありませんけれど」ディディが言った。「彼がここに来たときは、なにひとつ持っていなかったんです。掘っ立て小屋に住んでいました。いま彼が手にしているものはすべて、彼が自分の手で作りあげたものです」

「それとエンジェルの金とでね、ダーリン」シリルが言った。「エンジェルの素敵な金を忘れちゃいけない」

警部補はにやりと笑った。「そして彼は、かなりの数の仲間の入植者たちと仲たがいをした……だましたり、妻を寝取ったりしたんですよね？　彼に恨みを抱いている人間が大勢いたんじゃないですかね？　ずいぶんと複雑な話だ」彼はまたコーヒーを口に運んだ。「妻がすべてを仕組んだと考えるほうが、ずっと単純だ」

「彼女は家にいて片頭痛で寝ていたと言えば、反論になるかしら。使用人と義理の子供たちが証明できるわ」

警部補の笑みが広がった。「彼女のような女性は自分の手を汚しませんよ。人を雇ってやらせるんです。数週間前、彼女の夫が使用人のひとりをクビにしたそうですね。彼の牛になにかを食べさせたら具合が悪くなったとかで、その場で解雇したと聞いています。その使用人は何年もよく働いていたのに。恨みを持つ人間は、レディ・チェリトンの申し出を引き受けたでしょうね。それに先住民なら、山刀のようなものを持っている可能性は高い。包丁やハンティングナイフにしては、傷痕が大きかったんですよ」

沈黙が広がった。おおいにありうる話だと思えた。やっぱり白人の入植者ではなく、先住民の仕業なんだろうか？　そこにいる人たちから安堵のため息が聞こえた気がした。自分たちの一員ではないことにほっとしている。不公平だと思った。

警部補はコーヒーを飲み干した。

「もちろん、かなりの財産を相続する息子を無視することはできませんし、ほかの使用人に話を聞けば、わかってくることもあるでしょう。先住民の村にも行くつもりですよ」彼は音を立ててカップを置くと、立ちあがった。「これ以上お邪魔はしませんが、だれも無断でこの付近から出たりしないように。ああ、もうひとつ興味深い話がありました」彼はまた一拍の間を置いた。「チェリトンの娘から面白いことを聞いたんですよ。父親があなたに言い寄っていたと言っていましたよ、レディ・ジョージアナ。そしてあなたはかなり乱暴にそれをはねつけたと」

警部補はじっとわたしをにらみつけた。実のところ、その表情がおかしかったので、わたしは笑いをこらえながら反論した。「わたしには彼を殺す動機があるとおっしゃりたいのかしら？　もっとよく考えていただきたいわね、警部補。わたしに言い寄ってきた男性を殺していたなら、英国に死体の道ができていたでしょうね」母の姿が脳裏に浮かんだ。母に言い寄った男性はそれくらいはいたはずだ。「彼がパーティーから帰ったときには、わたしはもう夫の横で眠っていましたし、そもそもわたしは大型のナイフを振り回すような人間ではありません。そんなものがどこにあるのかも知りませんし」

警部補はわたしの言葉にたじたじとなって一歩あとずさった。その日一日高ぶっていた感情があふれ出てきたようで、わたし自身が驚いていた。

「いや、違います」彼は言った。「あなたが彼を殺したなんて、みじんもそんなことは考えていませんよ。もちろんですとも」警部補はばつの悪そうな顔になったので、わたしは満足した。「それでは、わたしは失礼します。先住民に話を聞けば、すべて解決すると思いますよ。お邪魔しました。コーヒーをごちそうさまでした、ミセス・ルオッコ」彼は小さく会釈をすると、巡査部長を連れて出ていった。

　ダーシーがわたしを見て、笑顔で言った。「よくやった。感心したよ」

「妙な一日だったね」ようやく自分たちの部屋に引き取ったところでダーシーが言った。

「ストレスを忘れて過ごす幸せいっぱいの新婚旅行とは言えないな」

「あなたはどうだか知らないけれど、わたしはくたくたよ」わたしはベッドに倒れこんだ。

「今夜なにかが起きたら、大声をあげるから」

「警部補は、エンジェルが人を雇って殺したというシナリオが気に入っているみたいだね」

　わたしはうなずいた。「彼女はそんなことをしないと思う。アメリカに帰りたいのなら、帰ればいいんだもの。そうじゃない？　ブワナは止めなかったでしょうね」

「どうだろう。アメリカでは、ギャングに問題を解決してもらっていたみたいだからね」

　わたしは笑った。あまりにばかげている。「そのことはもう考えないようにするわ。今夜はもう眠って、明日のサファリを楽しみましょうよ。運がよければ、ミスター・ヴァン・ホーンがサイに追いかけられるかもしれない」

「きみには邪悪な一面があるね」ダーシーはわたしの隣に座って、髪を撫でた。「きみを怒らせてはいけないことがよくわかったよ」

　ベッドに入ると、わたしは即座に眠りに落ちた。ダーシーが妙なことをしているのに気づいて、暗闇のなかで目を覚ました。わたしの足の上で飛びはねている――ひどく重い。

「なにをしているの？」半分眠ったまま尋ねた。

「なんのことだい？」頭のすぐ横からダーシーの声がした。

途端にすっかり目が覚めた。「ダーシー」彼を揺すった。「起きて。部屋のなかにだれかいる」

ベッドから飛び降りる彼の素早さに感心した。足をなにかにぶつけて悪態をつく彼の声が聞こえ、照明のスイッチを探しているのがわかった。カチリと音がした。部屋が人工の光に満たされ、わたしは悲鳴をあげた。大きな猿がわたしからほんの数メートルのところで、ベッドの足元に座っている。よろい戸が大きく開いていて、ひんやりした夜の風が吹きこんでいた。

「シッ、シッ。出ていけ！」ダーシーは猿に向かって枕を投げつけ、向かっていった。猿は黄色い歯をむき出したものの、渋々出ていった。ダーシーはよろい戸を閉めた。

「いったいどうやって入ってきたの？」わたしの心臓はまだ激しく打っていた。「よろい戸は閉まっていたわよね？」

「ぼくが自分で閉めた。見ていただろう？　空気を入れ替えるのに窓を開けて、それからよろい戸の掛け金をかけたんだ」

「今夜は風が強いわ。そのせいで開いたのかしら？」

ダーシーはよろい戸を揺すった。掛け金はしっかりかかったままだ。

「ベッドの上にあるのはなに？」わたしは尋ねた。

ダーシーはベッドに近づき、しげしげと眺めてからつついた。「肉だ」

彼を見つめているあいだに、その意味がわかってきた。「だれかが豹をここにおびき寄せようとしたのね。猿だけじゃなくて」

「冗談ではすまないな」ダーシーが静かに言った。「ぼくたちのどちらかを殺そうとしている人間がいる」

「もしくはわたしたちを脅かして、すぐに帰らせようとしているんだわ」

31

八月一三日　火曜日
早朝　サファリに出発しようとしている

ゆうべの猿の出来事のあとでは、行きたいのかどうかわからなくなった。この家にいるだれかがわたしたちの死を望んでいると思うと、すごく不安だ。

ドアをノックする音で目を覚ました。ダーシーが起きあがって、慎重にドアを開けた。トレイを手にした使用人が入ってきた。

「ブワナ・プレンダーガストが早くサファリに出発したいとのことなので、みなさんを起こすようにとメムサーイブに言われました」使用人はベッド脇のテーブルにトレイを置きながら言うと、お辞儀をして出ていった。ダーシーはわたしに紅茶のカップを手渡してから、よろい戸を開けた。あたりは霧に包まれている。流れこんできた空気は氷のように冷たかった。

わたしは身震いし、途端にゆうべの出来事が一気に蘇ってきた。

「あの猿のあとでは、サファリに行きたいのかどうかわからなくなったわ」わたしはダーシーに言った。「わたしたちを殺したがっている人がいるのよ。その人物がサファリに同行していないとは限らないでしょう？」

「確かに。だがぼくは、一生に一度の経験を逃したくはないよ。行かなかったら、きっと後悔する。でも油断しないようにしよう。きみを危険な目には遭わせない」ダーシーは額に落ちてきた癖のある黒髪をかきあげた。「ゆうべのことはジョスリンやミスター・ヴァン・ホーンとは関係ないと思う。ふたりとも豹についても、よろい戸を開けっ放しにしておくことの危険性についても、わかっていないはずだ。シリル？　彼になんのメリットがある？　ぼくたちとは会ったばかりだ。彼はチェリトンを憎んでいて、死んだことを喜んでいた」

「だれにしろ、どうしてわたしたちの死を望むの？　もしくは脅かしたりするの？」

「なにかぼくたちが実際に見た以上のものを見たと思っているんだろう。チェリトンの死体を発見したのはぼくたちだからね」

「なにか見逃したものがあったかしら？」わたしは言った。「どちらにしろ、谷のこちら側にいる人たちが殺人に関係しているはずはないわ。ブワナのあとにこの方向から来た車はなかったんだもの。タイヤ痕を確認したわ。同じタイプの車はイディナのところにしかなかった。そうでしょう？」

ダーシーは難しい顔をしている。「ウィンドラッシュ警部補の仮説が正しくて、エンジェルが不満を抱いている使用人を雇って夫を殺させたのだとしたら、その同じ使用人が自分の家からここまでやってきてぼくたちの部屋のよろい戸を開けたことになる」

「だとしても、同じ疑問に行き着くわ。どうしてわたしたちに危害を加えようとするの？」

「わからない。さあ、紅茶を飲んで着替えよう。頑丈な靴とズボンを忘れちゃいけないよ！」ダーシーはくすくす笑った。

わたしは着替えの途中で手を止めて尋ねた。「あなたに関係しているということはない？」

「どういう意味だい？　ぼくに関係しているって？」ダーシーは洗面道具を手にバスルームから出てきたところだった。

「チェリトン卿とヒトラーのつながりを調べるためにここに来たんだって、あなたはようやく話してくれた。彼らの計画に関わっている人間がほかにもいて、これ以上わたしたちに首を突っ込まれたくないと考えたとしたら？」

ダーシーは肩をすくめた。「その人間はミスター・ヴァン・ホーンということだろう？　だが彼が野獣と遭遇したときの態度を思い出してごらん。あの象に怯え切っていた」

「わたしだって怖かったわ」わたしは白状した。「すごく、不安をかきたてられたわよね」

ダーシーは重々しくうなずいた。「きみの言うことも一理ある。彼のような人間は、その時々に求められている役割を演じるのがうまいんだ。ふむ、彼はぼくたちを脅かして追い払いたいんだろう。死んでほしいと思っているのかもしれない」鞄に入れようとしていたひげ剃りの道具を手に持ったまま、ダーシーは考えこんだ。「きみが行きたくないのなら、やめてもいい。サファリは改めて行ってもいいんだ」

「でもあなたは行きたいんでしょう？　ヴァン・ホーンから目を離したくないのよね？」

「理想を言えばそうだ。フレディは一緒に来ないからね」

「それなら行きましょう。ちゃんと警戒していれば、大丈夫よ」

ダーシーはわたしを抱き寄せた。「きみは素晴らしい女性だよ、ジョージー。きみに結婚を申し込んだのは、大正解だ」

胸のなかに温かいものが広がり、わたしたちを殺そうと企んでいるかもしれない何者かと共にこれから荒野の真っただ中に行くことを思い出したのは、しばらくたってからのことだった。心がざわついた。シリルが守ってくれるはずだと、わたしは自分を納得させた。危険な目には遭わせないはずだ。

荷物を詰め終えたわたしたちは、朝食の席に向かった。早い時間だったから、用意されていたのはトーストとコールドミートと果物だったが、わたしはまだゆうべのショックから立ち直っておらず、なんであれ喉を通りそうもなかった。ミスター・ヴァン・ホーンは、偉大な白人ハンターを主人公にした劇から抜け出てきたかのようなサファリジャケットを着ていた。本物の冒険に触れたことのないジャケットであることは間違いない。彼は求められている役割を演じると言ったダーシーの言葉を思い出した。仕事用の服装に身を包んだシリルはいつもとまったく違って見えた——遊び人ではなく、いかにも田舎者といった風情だ。

「荷物をサミュエルに渡したかい？」シリルが尋ねた。「ああ、いいね、小さな鞄ひとつだけだね。車内はスペースが限られているんだ。彼がきちんと詰めこんでくれるよ」

ドアの近くに立っていた年配のキクユ族の男性が、わたしたちの鞄を受け取った。ガウン姿のまま部屋から出てきたディディは、疲れた様子で心配そうだった。

「準備はできたの？　ジョージー、わたしの帽子を持っていきなさい。あなたのはとても素敵だけれど、小さすぎるわ。サバンナには日陰がないのよ。日射病で死んでもらいたくないわ」

「わかりました。ありがとうございます」わたしは帽子を受け取った。

「彼女たちの面倒をよく見てあげてね、シリル」ディディが言った。「親戚のひとりが動物に食べられたとか、踏みつぶされたとか、王家の方々に連絡する羽目になるのはごめんよ」

「ディディ、彼らにまったく危険がないことくらいわかっているだろう？」シリルはいらだち交じりの声で言った。「心配いらないから、出発の準備をさせてくれないか。やらなければならないことが山ほどあるんだ」

わたしたちは、シリルの車が止めてある家の裏側の離れに連れていかれた。その車はトラックによく似た形状だが、屋根があるだけで側面は開いている。前方に三列の木製の座席があり、そのうしろに様々な機材が山積みにされていた。乗りこむわたしたちに手を貸すため、サミュエルがその脇で辛抱強く待っていた。そのとき、大きな声がした。振り返るとジョセフがいて、そのうしろにルパートとロウェナの姿が見えた。

「待ってくれ」ルパートが叫んだ。

わたしはディディに尋ねた。「ふたりが来ることを知っていたの？」

ディディは首を振った。「このあいだのディナーのときに、ふたりにサファリを経験させたいようなことをエンジェルが言っていたわ。きっとシリルに頼んだのね」

最初に近づいてきたのはジョセフだった。抱えていた様々な道具を車に載せていく。ロウエナとルパートは、どちらも薄手のリネンのズボンとカーディガンというひどく場違いな格好だった。ロウエナは小ぶりの粋な麦わら帽子をかぶり、ルパートはパナマ帽を頭に載せていた。

「もっとましな帽子はないの？」ディディが訊いた。「日射病で死んでしまうわ」

「これしかないんですよ」ルパートが答えた。

「ジョセフ、ふたりにちゃんとした帽子を探してきてあげてちょうだい」

「ふたりにそう言ったんですよ、メムサーイブ」ジョセフは肩をすくめたが、家へと駆け戻り、すぐに大きなブッシュハットを持って戻ってきた。

「みっともないわね」ロウエナは断ろうとした。「遠慮しておくわ」

「わたしと来るのなら、それをかぶることだ」シリルが近づいてきて言った。「サファリでは、常にわたしの言うとおりにしてもらわなくては困る。命がかかっているんだ」彼はダーシーとわたしに顔を寄せて言った。「彼らは来させたくなかったんだが、父親のことで辛い思いをしているから、警察の捜査から離れたところに行かせたいとエンジェルが言うんでね」

興味深い話だ。エンジェルが彼らを遠ざけておきたいのか、あるいはふたりのどちらかが警察に調べられたくないのか、どちらだろう？　荒野の真っただ中に出かけていくのは、なんとも都合がいい。移動の問題さえなければ、わたしはルパートを怪しんだだろう。ほとんど知らなかった父親に愛情を抱いていないことは確かだし、彼の死によって多額の遺産を相続したのだから。けれど……新たな考えが浮かんできた。もしもエンジェルが夫の死を画策したのだとしたら、彼女が多額の金を注ぎこんだ地所の法定相続人となったルパートを排除したがるもっともな理由があることになる。

「さあ、いいぞ。乗ってくれ！」シリルが声をあげた。ミスター・ヴァン・ホーンは一番前の列にシリルと並んで座ることになった。わたしは彼の隣だ。ダーシーとロウェナとルパートはジョスリンと一緒に二列めに、ジョセフとサミュエルが一番後方に座った。わたしは護衛について聞かされたことを思い出した。わたしたちを守るために、大勢の護衛がつくんじゃなかったの？　実際は年配のサミュエルとジョセフだけだ。シリルに問いただすのは気が引けた。わたしたちの楽しみのために時間を割いてくれているのだから。けれど、ジョセフが一緒に来てくれると思うといくらか安心できた。彼は有能そうな若者だ。

わたしたちは谷の北側に向けて出発した。一・五キロほど進むと道路は悪くなり、木々に覆われた山の傾斜は次第に緩やかになっていった。やがて右方向に曲がり、道らしきところをがたがたと進みはじめた。とんでもなくひどい道で、前についている手すりで体を支えなくてはならなかった。

「朝食を軽くしておいてよかったわ」ロウェナがわたしのうしろで言った。「そうでなかったら、全部戻していたところよ」

今回ばかりは、わたしも彼女と同じ意見だった。ミスター・ヴァン・ホーンがしきりにこちらに体を預けてくるので、もし彼がわたしをどうにかしたいと思っていたら、一度ぐいっと押すだけでわたしは車から放り出されるのだという恐ろしい考えが浮かんだ。わたしはさらにしっかりと手すりをつかんだ。やがて耕作地と林が見当たらなくなり、車は低木地帯に出た。上部が平らな木がところどころにあるだけで、あとは背の低い茂みと枯れ草が広がっている。突然、だれかが叫び声をあげた。前方に水牛の群れがいる。頭を低くして、挑発するかのようにじっと動かない。冷たい朝の空気のなかで、その鼻息はまるでドラゴンの吐く息のように見えた。

「水牛はたちの悪い生き物だよ」シリルが楽しげに言った。「まったく予想がつかないんだ。わたしはライオンや豹のほうがずっといいね。あいつらが突進してくるときは本気だし、なにより絶対にあきらめない。角で突いて、死ぬまで踏みつけるんだよ」

「それなのにあんたは、今夜わたしたちを小さなテントで眠らせるつもりなのか？」ミスター・ヴァン・ホーンの声は震えていた。「どうやってわたしたちが踏みつぶされないようにするんだ？」

「ひと晩じゅう、火を燃やして見張りを置くんだ。危険はないよ。わたしたちが邪魔さえしなければ、どんな動物でも襲ってくることはないと覚えておくんだね。あいつらのように。

あいつらが移動するのを待とう」

一五分たっても水牛たちが移動する素振りを見せなかったので、シリルはクラクションを鳴らした。水牛たちは鼻を鳴らしたが、トラックが前進するとその場を離れていった。「第一ラウンドはこちらの勝ちだ」シリルが言った。

その後、わたしたちはシマウマとウシカモシカとイボイノシシとありとあらゆる鳥を見た。心をとりこにする光景で、わたしは恐怖も車の乗り心地が悪いことも忘れていた。シリルが車の速度を落とした。「あれを見て。滅多に見られないシーンだ」

水たまりの脇にほっそりしたレイヨウの群れがいる。シリルが指さしたものが見えた。豹だと思った。背の高い草のあいだから、ひっそりと忍び寄っている。

「チータだ」シリルは満足そうにうなずきながら言った。

レイヨウは警戒しはじめている。チータはいきなり茂みから飛び出したかと思うと、レイヨウに向かって突進した。レイヨウは驚くほどのスピードで跳ねるようにして逃げていく。けれどチータのほうが速かった。あまりに速すぎて、なにか金色のものが動いているとしかわからない。チータは一頭のレイヨウの背中に飛びついて、引き倒した。その後なにが起きたのかは見えなかったが、チータはレイヨウが窒息するまで喉に嚙みついているのだとシリルが教えてくれた。その部分は残酷だけれど、チータがレイヨウを追いかけているときはとてもわくわくした。動物の世界は常に食うものと食われるもので成り立っていることをわたしは改めて思い出した。わたしも毎日肉を食べている。自分で動物を追いかける必要がないだけだ。

「いまのシーンを撮影したかったな」ダーシーが言った。「全部ぼけていただろうけれどね」

車は走り続けた。遠くに丘が見えるだけで、乾いた風景がどこまでも広がっている。頭上には、これまで見たこともないほど大きな青い空があった。シリルがまた車を止めて、どこかを指さした。右手に土煙があがっていて、わたしはまたなにか動物がいるのだろうと思いながら目を凝らした。代わりに見えてきたのは、一定のペースでこちらに向かって走ってくる男たちの集団だった。槍を持ち、肩にマントをかけている。彼らの動きは、たったいま目撃したチータと同じくらい優雅だった。

「マサイ族だ」シリルが言った。「ここでなにをしているんだろう。一番近い彼らの集落は、ここから西方向のリフト・ヴァレーにあるんだが。なにか知っているか、ジョセフ?」

「わかりません」ジョセフが言った。「見たことのない連中です」

彼らはこちらに近づいてきて、わたしたちのすぐ前を通り過ぎようとした。こちらに気を取られることもなければ、速度を落とすこともなかった。まるでわたしたちが存在していないかのようだ。聞いたことのない言語でジョセフがなにか言葉をかけると短い答えが返ってきたが、だれひとりとしてわたしたちのほうに目を向けることはなかった。地面を踏みしめる足音と着ているものがジャラジャラと鳴る音が聞こえただけで、土ぼこりとともに彼らは去っていった。

「儀式に行くんです」ジョセフが言った。「新しいモラン——新しい戦士の誕生です」

それから半時間ほど走り、小さな川の近くでシリルは車を止めた。

「わたしは普段、ここで野営するんだ」シリルが言うと、サミュエルはその年にしては驚くほど機敏に車から飛び降り、荷物をおろしはじめた。わたしたちも車を降りて、全員が嬉々として脚を伸ばした。ジョセフが手を貸してあっという間に三張りのテントが張られ、火がおこされた。

「きみは焚火の脇でわたしと一緒に寝るといい」シリルはジョスリンに毛布を差し出しながら言った。

「外で？　身を守るものもなしに？」ジョスリンは恐怖の表情を浮かべた。「夜中に野獣が襲ってきたらどうするんです？」

「大丈夫さ。火を絶やさないようにしていれば、動物は寄ってこない」

「ぼくはテントのなかがいいです」

「いいだろう。わたしと同じテントを使えばいい」ミスター・ヴァン・ホーンが言った。「彼の不安はよくわかる。わたしも焚火の脇で眠るのはごめんだ」

ふたりはテントのひとつに荷物を運びこんだ。双子が二番めのテントを、ダーシーとわたしが三番めを使うことになった。「このテントは、ジョスリンが考えているほど、ぼくたちを守ってくれるとは思わないけれどね」ダーシーが笑いながら言った。「突進してくるサイや象は、一瞬で壊してしまうだろうな」

「心強い言葉をありがとう」わたしが応じると、彼は声をあげて笑った。

「まずはランチを捕まえなくてはね」全員が再び顔を揃えたところで、シリルが言った。「わたしと一緒に獲物を撃ちに行きたい人はいるかい？」

わたしは気乗りしなかったが、ダーシーは首を振って言った。「離れ離れになるべきじゃないと思いますよ」そこで、わたしたちは全員揃って徒歩で出発した。焼けつくような暑さだったから、わたしはディディの大きなつばのある帽子に感謝した。ロウェナとルパートの様子をうかがうと、ふたりとも顔を赤くしてうんざりしている様子だった。

「まったく、なんてきついんだ」小さな丘をとぼとぼとのぼりながら、ルパートが文句を言った。「こんなことだってわかっていたら、来なかったのに。いったいだれが言い出したんだ？」

「わたしじゃないわよ」ロウェナが応じた。「エンジェルだと思うわ。わたしたちを元気づけたかったのよ」

「あの家の居間に座ってシャンパンを飲んでいれば、充分に元気だったさ」

わたしは前を行くふたりの後頭部を見つめながら考えた。どうしてエンジェルはそれほどふたりを家から遠ざけておきたかったんだろう？　彼女が不利になるようなことをふたりが知っていると思ったんだろうか？　ブワナに帰宅を促す電話をどちらかが聞いていたとか？　どうすれば突き止められるのか、見当もつかなかった。ウィンドラッシュ警部補がこの事件を解決する可能性はあまりないだろうとわたしは考えていた。もしもエンジェルが先住民を雇って夫を殺させたのだとしたら、その男はいまごろどこか遠い村に身を隠しているだろう。

わたしはジョセフに並んで、話しかけた。

「チェリトン卿が亡くなって、とても気落ちしているんでしょうね」

「妙な感じです」彼は言った。「なんだか夢を見ているみたいです。本当じゃないみたいな。今朝わたしは、彼の怒鳴り声が聞こえてくるものだと思っていたんです。これからどうなるのか、わたしにはわかりません」

「レディ・チェリトンが地所を売ることにしたら、あなたは部族のところに戻るの？」

「戻るかもしれません。でもそれって、せっかく受けた教育が無駄になりますよね？　慎重に考えないと。いまは頭がぼうっとしていて」

「マサイの言葉が上手なのね。彼らと一緒に暮らしていたことがあるの？」

ジョセフは笑みを浮かべた。親しみの持てる優しい笑顔だ。「赤ん坊のころは、母さんがその言葉でぼくに話しかけていたんです。それに、実際一年間は仲間たちのところに戻っていました。一人前の男になるときに。わたしが戦士としての技術を身につけることが、母さんにとっては大事だったんです」

「お母さんはあなたの部族の人たちと暮らしているの？　お母さんとはよく会っているの？」

「はい、部族と暮らしています。母さんとはあまり会っていません。母さんの教えが恋しいです」彼の顔から笑みが消えた。わがままな白人ばかりがいる家のなかで、ただひとりのマサイ族である彼はひどく孤独に違いない。何歳だろうとわたしは考えた。二〇歳そこそこというところだろう。それに彼はほかの使用人たちとは違う——英国の教育を受けているうえ、部族も違う。ふたつの世界のどちらにも属していないのだ。彼は足を止め、岩場をのぼるわたしに手を貸してくれた。のぼり切ったわたしたちのほとんどはぜいぜい息を切らしていたが、ひとかたまりになってあたりを眺めた。初めのうちは貧弱な低木とところどころに立つ木々しか見えなかったが、やがて背の高い草に完全に溶けこんでいるシマウマの群れを見つけた。遠くには、アカシアの葉を食べているキリンがいる。

「あれがいいだろう」シリルは曲がった角を持つ、大きな鹿のような動物の群れを指さした。「クーズーだ。おいしい肉だ。さてと——銃の撃ち方を知っていて、音を立てずに動けるものはわたしと一緒に来てくれてかまわない」

「わたしが行こう」ミスター・ヴァン・ホーンが言った。

「ぼくもだ」ルパートも声をあげた。「ぼくの射撃の腕はなかなかなんだ」

わたしは横目でダーシーを見た。彼が幾度となく狩りをしたことがあるのは知っている。けれど彼は首を振った。「ぼくたちは見ているよ」

「わたしも行くわ」ロウェナが言った。「弟と同じくらい、わたしも射撃がうまいの」

「よろしい」シリルがうなずくと、サミュエルはそれぞれにライフルを手渡した。「わたしの言葉には必ず従うように。口を閉じたまま、わたしから離れないようにするんだ。角で突かれても助けに行くつもりはないぞ」

「ぼくはここに残ったほうがいいだろうな」ジョスリンが言った。「ぼくのことだから、自分の足を撃つのがおちだ」彼は恥ずかしそうに笑った。「でも、見ているのはきっとわくわくするだろうな」

　サミュエルとシリルが先頭に立ち、ほかの者たちはそのあとについて出発していった。彼らが遠ざかっていくのを見て、わたしはほっとしていた。あのなかのひとりが本当にゆうべ、わたしたちの部屋のよろい戸を開けたんだろうか？　けれど、いますぐ隣に立っているジョスリンもディディの家に泊まっていた。そこまで考えて、ばかげているとわたしは自分に言い聞かせた。ジョスリンはよろい戸を開ける前に、なにかにつまずいてランプを倒していたことだろう。

　一行は茂みの背後にしゃがみこんだ。銃声があたりに轟《とどろ》いた。近くにいたあらゆる動物が駆けだしていく。一頭が倒れていた。サミュエルとジョセフが解体するために残り、ほかの人たちは戻ってきた。

「たいしたものだ、ミスター・ヴァン・ホーン」シリルが言った。「心臓に見事に命中していた」

「運がよかった」ヴァン・ホーンが言った。

　心臓に見事に命中。野営地に戻りながらわたしは考えていた。彼は訓練を受けたドイツの工作員で、ダーシーを排除したがっているのかもしれない。安全な場所にいられればよかったのにと、気がつけばわたしはまた考えていた。

32

サファリの野営地

わたしの気のせいだろうか？　それとも緊迫感が漂っている？　ばかなことを考えるなと、ずっと自分に言い聞かせている。ほかの人たちは楽しんでいるのだ。わたしも楽しまなくては。

サミュエルが焚火であぶったクーズーの肉はおいしかった。ディディがサラダと果物、焼き立てのパン、上等のワインを数本持たせてくれていた。ランチのあとは、テントのなかで昼寝をした。夕方になると、シリルがサファリ車――正しい名前がわからないので、わたしはそう呼んでいた――にわたしたちを乗せ、ライオンを探しに出かけた。砂地のくぼみに寝そべっている群れがいた。濃い色のたてがみを持つ大きなオスが一頭に、メスと子供がそれぞれ三頭ずつ。わたしたちは車に乗ったまま彼らを眺めたが、彼らはわたしたちにまったく関心がないようだった。ライオンたちは素晴らしかったので、だれも撃とうと言い出す者がいないことにほっとした。

「やっぱり来てよかったわ」野営地に戻ってきたところで、わたしはダーシーに言った。

「よかった」ダーシーはそう応じたものの、その顔に笑みはなかった。

夕食には、サミュエルがクーズーの肉にジャガイモと玉ねぎとピーマンを加えて、シチューを作ってくれた。とてもおいしかっただけでなく、夜が連れてきた冷たい風からも守ってくれた。川からくんできた水で皿を洗い、残った食べ物はすべて埋めた。「夜中に、動物たちにあたりをうろつかれたくはないからね」シリルが言った。

食事のあと、焚火を囲んで座っていると、ロンドン動物園でしか聞いたことのない音が聞こえてきた。ライオンの吠える声。ありえないくらい大きかったし、どこから聞こえているのかも判別できない。

「わたしたちが殺したクーズーの死体の残りを見つけたんだろう」シリルが言った。「ライオンは、必要とあらば死肉も食べるんだ。ハイエナを追い払ったんじゃないかな。だが心配はいらないよ。サミュエルとジョセフとわたしでひと晩じゅう、交代で見張りをするから」

大勢で焚火を囲んでいるのだし、サミュエルとシリルはライフルをすぐ手元に置いているのだから安全だとわかってはいたものの、ライオンの大きさを実際に見たばかりだったから、自分たちがひどく無防備な気がした。寝袋にくるまったシリルとサミュエルとジョセフを焚火の脇に残し、わたしたちはそれぞれテントに引き取った。服のまま寝床に入り、ダーシーに体をすり寄せながら彼がいてくれてよかったと思った。夜中に、ふと目が覚めた。テントのフラップから、満天の星がきらめく空が見える。遠い丘の上に月がのぼっていた。どうして目が覚めたのだろうと考えていると、またあの声が聞こえた。わたしたちのテントのすぐ外で、しわがれた咳のような音がする。わたしたちのテントと焚火のあいだを影が横切った。大きな影が音もなく、ゆっくりと動いている。ライオンが野営地のなかにいた。

どうすればいいのかわからなかった。ダーシーを起こせば、彼がなにか物音をたてたり不意に身動きしたりして、ライオンを警戒させるかもしれない。死んだふりをするべき？　ここに横になって、ライオンの息が顔にかかるのを感じたい？　見張りがいるとわたしは自分に言い聞かせた。三人のうちのだれかが、銃を持って見張っているはずだ。きっと追い払ってくれるだろう。けれどライオンはさらに近づいてきた。わたしたちのテントのすぐ外にいるのがわかる。テントのフラップから大きな頭がのぞいていた。なにか武器になるものはないか、投げつけるものはないかとわたしはテントのなかを見まわした。思いついたのは靴だけだ。あたりを手探りしたけれど、見つけることはできなかった。ライオンはただ好奇心にかられているだけかもしれない。このまま通り過ぎるかもしれない……。

突然叫び声があがり、うなり声がして、言葉では表現できない恐ろしい音が続いた……ぞっとするような音、さらに叫び声、そして銃声。外は大混乱になっている。

「なにごとだ？」ダーシーが体を起こし、テントは一メートルの高さしかなかったので、立ちあがろうとして頭をぶつけた。

わたしは彼をつかんだ。「ダーシー、外に出ないで。ライオンがいるの」

「銃声がしたぞ」ダーシーはテントのフラップをあげた。シリルとジョセフとサミュエルの輪郭が炎の明かりに浮かびあがっているのが見えた。黒い塊を見おろすようにして立っている。

「よくやった」シリルの声がした。テントから出たダーシーに気づいて、彼は言った。「はぐれライオンが野営地をうろついていたんだ。ジョセフが槍で突いた。わたしがとどめを刺した」

わたしは靴を探した。四つん這いになって進んでいると、なにか冷たくてぐにゃりとしたものに手が触れた。ぎくりとして、思わず声が漏れた。

「どうした？」ダーシーが即座に戻ってきた。

「なにかに触ったの……なにか死んでいるみたいに冷たいもの」

ダーシーはしゃがみこみ、わたしが触ったものを探している。「夕食に食べたクーズーの残りだ」彼が言った。「肉のついた骨のようだ」

「どうしてそんなものがわたしたちのテントのなかに？」わたしが尋ねても、ダーシーはなにも答えなかった。外では、全員が起き出してきたようだ。不安そうな、怯えた声が聞こえてくる。

「なんてこった、ライオンだ！」ジョスリンの声は少女のように甲高く、ヒステリックになっていた。

「ライオンだって？　ライオンにわたしたちを襲わせたのかね、プレンダーガスト？」今度はミスター・ヴァン・ホーンだ。「きみはプロじゃないのかね？　わたしたちは安全だと請け合っただろう？　きみを信用するべきではなかったようだ」

「わたしたちみんな、寝ているあいだに食べられていたかもしれないんだわ」ロウェナが言った。「見張りを立てるはずじゃなかったの？」

「わたしが見張っていた」シリルが言った。「物音が聞こえて、なにかがトラックに入りこもうとしているようだった。それでほんの一瞬、焚火を離れて見に行ったんだ。おそらくもう一頭ライオンがいて、食料品を置いてあったところのにおいを嗅いでいたんだろう。ジョセフが注意を怠らずにいてくれて、そして槍を持ってきていてくれて本当によかった」

わたしは彼らに近づいた。胸から槍が突き出しているライオンの死体が足元に横たわっていた。ジョセフが槍を引き抜いた。「持ってきていてよかったですよ」彼が言った。「持ってこないつもりだったんですが、部族と暮らしていたとき、モランはどこへ行くときも槍を手放さないものだと言われたことを思い出したんです」

「狙いは確かだ」サミュエルが言った。「心臓を貫いている」

サミュエルがコーヒーをいれると、シリルはそこにたっぷりとブランデーを注ぎ、わたしたちはそれぞれ寝床に戻った。

「あの肉はどうしたの？」わたしは小声でダーシーに尋ねた。

「焚火に放りこんだよ」ダーシーが囁き返した。「これ以上、肉食動物をおびき寄せたくはないからね」

「だれかがわざとわたしたちのテントに肉を置いたのよね？　よろい戸を開けてベッドに肉を置いたのと同じ人物だわ」

「ぼくたちのことが本当に嫌いな人間がいるようだ。どうにかしてここから追い出したいと思っているらしいな」

「生死にかかわらず」わたしは言い添えた。

わたしは彼の肩に頭を乗せ、体にまわされた彼の腕の温かさに安らぎを覚えながら横たわった。けれど眠りが訪れてくることはなかった。いったいだれだろう？　サミュエルは除外できる。わたしたちとは会ったばかりで、恨みを抱く理由がない。ジョセフも同様だ。彼はとても気持ちのいい若者だ。ルパートやロウェナがわたしたちに危害を加えたがる理由は思いつかなかったし、彼らが肉のにおいを利用してライオンを野営地におびき寄せる術を知っているとも思えない。ジョスリンはどうだろう？　ライオンを見つけたときの彼の声は、心底怯えていた。ありえない。たとえそれができるだけの知識があったとしても、彼には度胸がない。だとすると残るのはミスター・ヴァン・ホーンとシリルだ。シリルには、わたしたちを追い出したがる理由がない。つまり、怪しいのはヴァン・ホーンということになる。彼がレイヨウを撃つところを見たが、かなりの距離から一発で仕留めていた。彼が訓練を受けたドイツのスパイであることは、まず間違いない。フレディと話をして、できるだけ早く彼をこの国から追い出さなくてはいけない――少なくともわたしたちから充分に離れた、ギルギルかナイロビに追い返さなくては。さっきの出来事を思い出して、わたしは身震いした――あの大きな頭部、あのうなり声。もしあのライオンがテントに入ってきていたなら、食べたのは肉だけだっただろうか？　わたしがじっと動かずにいて、ダーシーが眠ったままでいたなら、わたしたちは無傷でいられただろうか？

朝になって起き出したときには、ライオンの死体はなくなっていた。サミュエルが皮をはいだらしい。それを戦利品として持って帰るということだった。

「きみたちが英国に持って帰れるように、保存処理をしようか？」シリルがわたしに尋ねた。

「遅ればせながら結婚のお祝いとして？」

わたしはあの見事なライオンを思い浮かべ、ゆうべのことを思い出したいだろうかと考えたが、ダーシーが答えた。「光栄ですよ。記憶にとどめておきたい夜ですからね」

「忘れることはないわ」わたしは言った。「でも、あなたがほかの人たちを動物見学に連れていっているあいだ、よければわたしはここに残りたいんです。ゆうべあんなことがあったせいで、ひどく頭痛がして」

だれもがとてもよくしてくれた。サミュエルは紅茶をいれ、スクランブルエッグを作り、川の冷たい水に浸した布を持ってきてくれた。「今日は車でさらに奥まで行こうと思っているんだ」シリルが言った。「川幅が広くなっているところにはカバがいるし、象も見られるかもしれない」

「それならわたしはこちらのメムサーイブと残ります」ジョセフがわたしの隣に立った。

「万一、ライオンが戻ってきたときに備えて」

実を言えば、身を守るところもない場所に残されることは考えていなかったので、わたしはジョセフに感謝の笑みを向けた。

「わたしもあの車に揺られる気分じゃないわ」ロウェナが言った。「わたしもジョージーと同じ。ひどい頭痛よ。ここに来てからずっと頭が痛いの。標高のせいね」

「それなら、ぼくはここに残ってロウェナを見ているよ」ルパートが言った。「姉さんを残していくわけにはいかない」

「あなたはどうします、ミスター・ヴァン・ホーン？」シリルが尋ねた。「カバをカバーしに行きますか？」

「カバをカバー？　ハハハ。面白いね」ヴァン・ホーンは満足そうにうなずいた。「だがゆうべのことを考えると、家に戻ったほうがいいと思う。ほとんどのメンバーはもう、すぐ近くで動物を見たいとは思っていないようだからね」

反対する者はいなかった。わたしたちはテントをかたづけはじめた。わたしはふとジョスリンの姿が見えないことに気づいた。声をあげようとしたちょうどそのとき、くぐもった声がして、畳みかけのテントからジョスリンのくしゃくしゃの髪が現われた。朝食のあいだ、ずっと眠っていたようだ。

荷物を車に載せているあいだ、わたしはジョセフに近づいて話しかけた。

「ゆうべはわたしたちの命を助けてくれてありがとう。あのライオン、テントに入ろうとしていたのよ」

ジョセフは重々しくうなずいた。「あいつがどうしてこの野営地にやってきて、あなた方のテントに入りたがったのか、わたしにはわかりません。きっと人食いなんでしょう。一番近い集落からもすごく離れているのに、どうやって人間の味を覚えたのかは謎ですが。それに年を取っているようにも、怪我をしているようにも見えなかった。人間を狙うのは、そういうやつらなんです」彼は顔を背け、果てしなく広がるサバンナを見つめた。「あなたたちを守らなければならないことも、ああする必要があったこともわかっていますけれど、ライオンを殺さなければならなかったことが残念です。大人になるための訓練を受けていた年、わたしは殺すべきライオンを一頭殺しました。二頭以上のライオンを殺すのは、あまりいいことではないんです」

「でも、そうしてくれてよかったわ。そうでなければ、わたしは今朝ここにはいなかったかもしれない」わたしが言うと、ジョセフは穏やかな笑みを浮かべた。

わたしたちはゆっくりと車を進め、ところどころで止まっては動物を眺めた。わたしたちの脇を駆け抜けていった二頭のサイは、車に人間が乗っていることに気づいていないようだった。昼食をとった小さな湖では、フラミンゴやコウノトリやワニがいた。午後の半ばにディディの家に帰り着いた。これほど早く帰ってきたわたしたちを見て、ディディは驚いていた。

「もっとゆっくりしてこなきゃだめよ」彼女は言った。「あのとんでもない警部補がまた来たのよ。エンジェルをしつこく問いただしていたし、チェリトン卿の子供たちとも話をしたがったの。ふたりがサファリに出かけたと聞いて、すごく怒っていたわ。逃げたんだろうって考えている」

そのとおりだろうとわたしは思った。ふたりはこれまで父親の元を訪れたことはない。ずっと距離を置いていたのに、父親が称号を受け継いだとたんに現われたのだ。ある考えが浮かんだ。ルパートがブワナの車のうしろかトランクに隠れていたとしたら？　ロウェナが電話をかけてブワナを家に呼び戻し、運転している彼をルパートが襲った？　だが車に血痕は残っていなかったし、争った跡もなかった。ルパートは、ブワナが車を止めて降りるように仕向けることができただろうか？　興味深い仮説だったから、早くダーシーに話したくてたまらなくなった。

ディディは、フレディが訪ねてきたことも話してくれた。チェリトン卿の葬儀は土曜日に行われることになり、ディラミア卿とデイヴィッド王子が参列するということだった。死体を発見したのがわたしたちで、そのうえチェリトン卿の家のすぐ近くに滞在しているというので、ディラミア卿はわたしのことを心配しているらしい。新婚旅行が台無しになったことを気にかけていて、すぐに彼の家に来たらどうかと言ってくれていた。

「フレディが明日来ると思うの」ディディが言った。「ディラミア卿のところに移りたい？」

頭のなかで議論がはじまった。執拗にわたしたちを殺そうとする何者かのそばにいることと、シンプソン夫人と同じ家に滞在すること――どちらのほうがひどいだろう？　良識が勝利を収めたが、わたしが口を開くより早くダーシーが答えた。「ぼくたちが出ていくことであなたが気を悪くしないでいてくれるのなら、いい考えだと思います。エルメンテイタ湖近くの田園地方を見ることができるし、警察にもっと話を聞かれたり、検視法廷に出なければならなくなったりしたときにも、フレディがいるギルギルに近い」

「あなたたちが行ってしまうのは残念だわ。でも、わたしもそのほうがいいと思う。せっかくの新婚旅行が殺人や警察に邪魔されるのは不愉快ですものね。だから、もちろん行ってくれてかまわないのよ。今夜は、お別れのディナーをしましょうね」

わたしは重荷をおろした気分で、ダーシーと並んで寝室に戻った。

「ああ言ってくれてありがとう。本当はここを出たくてたまらなかったんだけれど、それってディディに失礼だってあなたが考えるかもしれないって思っていたの」

「ダーリン、いまは感謝の気持ちより常識を重要視するときだよ」ダーシーが言った。「だれかがぼくたちを殺そうとしているのなら、ぼくはきみをここから遠ざけて守らなきゃいけない」

「あとは今夜を乗り切るだけね」わたしは不安にかられながらも、笑顔を彼に向けた。

33

八月一七日　土曜日
ディラミア卿の屋敷

殺人も起こらず、警察が来ることもなく、シンプソン夫人ですら今回ばかりは感じがいいという、至福の三日間を過ごした。馬に乗り、ボートで出かけ、カバとフラミンゴを眺め、おいしい料理とワインを楽しんだ。今日はチェリトン卿の葬儀がある。警察はいくらかでも事件の解決に近づいただろうか。

土曜日の朝、わたしたちは早めに起きて葬儀に出るための身支度を整えた。当然のことながら、わたしは喪服など持ってきていなかったし（新婚旅行でだれかの葬儀に出ることになるなんて、普通は考えないものでしょう?）、ダーシーもディナージャケット以外の黒のスーツはない。幸い、レディ・ディラミアがわたしにドレスを——レディ・ディラミアの腰回りはわたしよりいくらか大きかったが――ディラミア卿がダーシーにジャケットを貸してくれたので、人前に出られる程度にはなった。彼女が貸してくれたベールつきの黒のピルボックス帽子をかぶったわたしは『メリー・ウィドウ』の登場人物のように見えるらしく、ダーシーに笑われた。

朝食の席では、シンプソン夫人（離婚が成立したらしく、彼女はもうシンプソン夫人ではないそうだ。ウォリス妃殿下にならないことを祈るばかりだ！）以外のだれもが上機嫌だった。

「どうしてあの人の葬儀に出るために、せっかくの時間を無駄にしなくてはいけないの」彼女はデイヴィッド王子に文句を言っていた。「その人を知りもしないのに。あなたがいまいましい王家の仕事に戻るまで、あとたった二日しかないのよ。わたしは聞き分けのいい娘のように、おとなしく家に帰らなくちゃいけないんだわ」

「すまないね、ウォリス」デイヴィッドはいつも彼女に謝っている。「だがそういうものなんだ。王家の一員としての義務を果たすのがわたしの仕事だ。そうするべきだと思われていることをしなくてはいけないんだよ」

「お父さまはあなたを働かせすぎよ。どうして彼が自分でここにこないの？」わたしたちがケジャリーと卵をいただいているあいだ、彼女はトーストを半分だけ皿に載せた。

「父の具合が悪いことはきみも知っているだろう？　それにあとを継ぐ前に、わたしに連邦の人々のことをよく知っておいてほしいと父は思っているんだよ」

ウォリスは鼻を鳴らし、トーストをひと口かじった。「一日中続くわけじゃないわよね？」

「葬儀のあとで昼食はあるが、午後は時間が取れるはずだよ」デイヴィッドが答えた。

「でもコミュニティが喪に服しているから、明日はポロはないのよね？」彼女はかわいらしく尋ねた。「残念ね。あなたは楽しみにしていたのに」

彼女は楽しみにはしていなかったようだ。わたしはといえば、ポロの試合にもう出なくていいことに大いに安堵していた。このあいだの試合をどうやって生き延びたのかいまだにわからなかったし、二度も幸運が続くとは思えない。

教会に向けて出発しようとしていたとき、フレディがやってきた。

「ぼくのおんぼろ車できみたちふたりを送っていくよ」彼が言った。「王子はディラミア卿にお願いしよう」

わたしは土の道をおんぼろ車で走ったあとの喪服の状態を想像したが、ダーシーは即座にうなずいた。車に向かって歩いていると、フレディがダーシーに顔を寄せて言った。

「ちょっとした進展がいくつかあって、きみに話しておきたかったから、迎えに来たんだ」

彼が声を潜めたので、わたしは聞くべきではないのだろうと思ったが、結局は耳をそばだてた。

「ヴァン・ホーンがベルリンに送った電報を手に入れた」フレディが言った。「暗号化してあったが、簡単に解読できた」

「それで？」ダーシーは先を促した。

「〝にが不安定。差し当たり、断念〟」

「に？」

「数字の二だ」

「数字の二？」

フレディはうなずいた。「そうだ」

「どういう意味だと思う？」

「二番目の立場にいる人間のことじゃないだろうか。右腕となっていた男で、チェリトンの死後、作戦を引き継ぐことになっていたとか」フレディが答えた。

「それがだれなのか、なにか考えはあるか？」

「シリルよ」わたしが口をはさむと、ふたりは揃って振り返った。

「シリル？　シリル・プレンダーガスト？」フレディはひどく驚いているようだった。

わたしが聞き耳を立てていたことにふたりが気づいていなかったと知って、わたしは顔が赤くなった。

「そう考えれば筋が通ると思わない？　シリルはチェリトン卿を嫌っているふりをしていたけれど、実はこっそりと一緒に動いていたのよ。だから、隣の家であるディディのところに滞在していたんだわ。だれからも疑いの目を向けられないように無気力な遊び人のふりをしながら、ナイロビで新聞のコラムを書いて、水面下で扇動していたのよ」

ふたりがなにも言おうとしなかったので、わたしは言葉を継いだ。

「そうでなければ、ポロの試合のとき、どうしてあんなに長時間ミスター・ヴァン・ホーンの話し相手になったり、サファリに招待したりするのかしら？　彼は慈善行為をするようなタイプだとは思えない。だれも聞いていないところで、戦略を練るのが目的だったのよ」

「それなら、どうしてぼくたちをサファリに招待したんだ？」ダーシーが訊いた。

なにもかもがはっきり見えてきたので、わたしは興奮気味に指を振った。

「あなたが何者なのか、なんのためにここにいるのかを知ったんだわ。サファリはあなたを排除するうってつけのチャンスだったのよ」

「なんの話だ？」フレディが尋ねた。「きみを排除する？」

ダーシーは猿と肉とライオンのことを話した。

「なんてこった。シリルがきみたちの寝室に肉を置いて、窓を開けたのか？　テントにも？野営地にライオンをおびき寄せるなんて、とんでもないリスクだぞ。彼自身を含め、だれが襲われてもおかしくなかったんだ」

「肉はぼくたちのテントのなかにあった」ダーシーが言った。「シリルは自分がなにをしているのか、よくわかっていたんだろう。見張りに立っていたからね」

「そのことをだれに話した？」

「だれにも話していない。それで、これからどうする？」

「ヴァン・ホーンは月曜日にキスムから飛ぶ飛行機をすでに予約している。彼と彼の荷物は調べさせるが、罪を犯したわけではないからね」

「シリルは？」わたしは尋ねた。

「今後は彼から目を離さないようにするが、あの電報を見るかぎり、今回の計画を指揮するにはふさわしくないと判断されたことは明らかだ」フレディはため息をついた。「彼らがあきらめるとは思えない。ヒトラーは帝国のあらゆる国に工作員を送りこんでいるはずだ」

「彼は本当に大規模な戦争を起こそうとしていると思う？」わたしは自分の声が震えていることに気づいた。

フレディはうなずいた。「残念ながら、答えはイエスだ。ぼくたちはとにかく彼より一歩先んじることが重要だ。ケニアのような僻地であってもね」

長い沈黙がつづき、わたしたちはそれぞれがその意味を考えていた。

「きみはいくつか進展があったと言ったね？」

フレディはうなずいた。「二通目の電報を受け取った」

「それで？」ダーシーが尋ねた。

今回、フレディはにやりと笑った。「ジョスリン・プリティボーンという人間は存在しない」

「それなら彼は何者で、なんのためにここにいるんだ？」ダーシーが尋ねた。

フレディは肩をすくめた。「ぼくが知りたいね」

「宝石泥棒とか？」わたしは言った。

「可能性はある。今日中に彼の指紋を手に入れて、ロンドン警察に送って照合してもらうようにするよ。それにさっきも言ったとおり、ヴァン・ホーンが出国するときには彼のことも調べる。だが彼が、盗品を受け取るためにここに来たわけではないことは間違いないようだ」

「だがいずれも、チェリトン卿を殺した犯人についてはなんの手がかりも与えてくれていない」ダーシーが言った。「ギルギルにいたヴァン・ホーンではありえない。交通手段がなかったんだからね。プリティボーンだかだれだか知らないが、彼はイディナの家にいた」

「ジョスリンがブワナを殺すことは可能だったと思う」わたしは言った。「彼は母屋じゃなくて、離れのひとつに泊まっていたわ。彼がエンジェルのふりをして電話をかけたとしたら？　彼の声って、高いわよね？　そして、車に乗りこもうとしたブワナを待ち構えていて殺したのよ。毛布かなにかで彼をくるんで車に乗せ、あそこまで行って草の上に死体をおろし、靴の跡を残してから、車のエンジンをかけたままにして帰ってきたんだわ」

フレディは警戒するようなまなざしをわたしに向けた。「きみは殺人の手段について、驚くほどくわしいんだね」

「実はそうなんだ」ダーシーはわたしを見ながらにやりとした。「彼女を怒らせないほうがいい」

「いい点を突いてはいるが、彼はそのあとどうやってイディナの家まで戻ってきたんだ？」フレディが訊いた。

「暗いなかを歩いて帰ってきたことになる。少なくとも一〇キロはあるぞ」ダーシーが言った。「共犯者がもう一台の車であとを追ってきていたなら、話は別だが」

「でもほかのタイヤ痕はなかったわ」

「あったけれど、ぼくたちがその上を走ったのかもしれない」ダーシーが指摘した。

「そうね」

フレディが後部座席のドアを開けてくれたので、わたしは乗りこんだ。「それで、これからどうするの？」

「プリティボーンの身元と彼がここにいる理由がわからない限り、いまできることはあまりない。さっきも言ったとおり、今日じゅうに彼の指紋を採るよ」

「どうやって？」

「グラスを持たせればいい。簡単さ」フレディは笑って言った。現実のスパイは物語に出てくるスパイとはまったく違うことがよくわかった。そばかすだらけの顔とのんびりした物腰には、村のクリケットの試合がよく似合いそうだ。

わたしたちは出発した。湖近くの道路は谷のなかの道よりはいくらかましだったが、言うほどの差はなかったから、白い木造の教会の脇に車が止まったときにはほっとした。草の上にたくさんの車が止まっていて、墓地にはすでに大勢の人が集まっていた。いくつもの墓のそばを進みながら、わたしはこの地にやってきた挙句に、あまりにも早く死んでいったヨーロッパ人の名前を眺めていた。五一歳。一一歳。四三歳。気がつけばわたしは、彼らの死因を考えていた。事故？　動物？　熱帯地方の病気？　お酒の飲みすぎ？　故郷から遠く離れたところで死ぬのは、どれほど悲しいことだろうと思った。

教会付属の墓地を囲む白い杭柵の近くに、新しい墓が掘られていた。すべてがいかにも英国風で、異国の地では故郷の安らぎがどれほど必要とされているのかをわたしは実感していた。その幻想を唯一打ち砕いているのが、わたしたちが近づくにつれ道路脇から跳びはねながら逃げていく猿の小さな群れだった。わたしたちは、口を開けている墓のそばにたたずむほかの参列者たちに加わった。しなやかな黒いドレスをまとったエンジェルはとても優雅だったが、長く黒いベールに隠れて顔は見えなかった。ルパートとロウェナが彼女の隣に立っている。わたしはジョセフの姿を探し、少し離れたところでヨーロッパ人の集団のうしろにいる彼を見つけた。だれもが葬儀にふさわしい装いだ。ベイブ・エガートンは目頭を押さえている。タスカーはなにかをにらんでいるのか、あるいは感情を表わすまいとしているのかもしれない。イディナは青い顔をして震えていた。トムリンソン夫妻がいることに気づいた――ナイロビからわざわざ来たのか、それともずっとイディナのところにいたのだろうか？そして人々のうしろには、ウィンドラッシュ警部補がいた。全員の振る舞いを観察しているのだとすぐにわかった。メモ帳とペンを手にしていても不思議はないくらい、その態度はあからさまだった。

牧師さまが教会から出てきて、葬儀がはじまった。埋葬の際の祈りの言葉は、いつもわたしを落ち着かない気持ちにさせる。ちりはちりに。灰は灰に。だれもが考えたくないことだ。わたしは横目でダーシーを見ながら、彼の葬儀で墓の脇に立つ日が来ないことを願った。あたりを見まわしていると、柵の向こうでなにか動くものが視界に入った。大きな木の陰になっていて見にくいけれど、墓地の外に立っている人がいる。さらに目をこらすと、先住民の女性であることがわかった。民族衣装を着て、重たそうな首飾りとたくさんの腕輪をつけている。高い頬骨をした、魅力的な女性だ。誇り高そうな表情で、挑むように参列者を見つめている。ある人物のところでその視線が留まり、彼女はわからないくらい小さくうなずいた。そちらに目を向けると、ジョセフが小さく笑みを返したのがわかった。わたしは彼の表情を眺め、それから彼女に目を向けた。不意にすべてを理解した。

牧師さまが祈りを終えた。家族が前に出て、最初の土を棺にかけた。参列者たちがひとりずつその場を離れていく。わたしはそのあとについていくのではなく、ほかの参列者たちの陰に隠れるようにしてジョセフに近づいた。「彼女はあなたのお母さんね」質問ではなく、断定だった。ジョセフはうなずいた。

「以前あのコテージに住んでいたのは、彼女ね？」

「ブワナが母さんのために建てたんです」ジョセフは言った。「彼が最初にここに来たとき、母さんが助けたんだ。母さんが面倒を見た。母さんがいなかったら、彼は生き延びることはできなかった。母さんを通して、わたしたちの部族のやり方やここで家畜を飼う方法を学んだんです。どうすれば、ここで成功できるのかを」

わたしはさらに一歩踏みこんだ。「彼があなたのお父さんなのね」

「そうです」ジョセフの視線はわたしを通り過ぎ、湖に向けられていた。「彼はわたしの父親でした。彼は母に言ったんです。〝心配いらない。この子は息子として認知するから。英国の教育を受けさせる。わたしがちゃんと面倒を見るし、苦労することはない〟」

「でも彼はあなたを息子として扱うことはなかった」

「彼が最初に白人女性を妻として連れてきたときも、母はあのコテージに住み続けていましたが、その女性はなにも言いませんでした。その取り決めに文句を言うことはなかったんです。それとも、父さんの機嫌を損ねたくなかったのかもしれません。けれどその後、アメリカ人女性がやってくると、彼女は母さんを追い出して部族のところに帰らせたんです。すると彼は、わたしをますます使用人のように扱うようになりました。その後貴族の称号を得ると、英国から子供たちを呼び寄せました。それまでは彼らのことを話題にすることも、会いたがることもなかったのに。でもふたりがやってくると、彼らこそが自分の子供であることをはっきりさせた」

「だから彼を殺したのね」言葉が自然に口をついた。自分がなにを言ったのか、にわかには信じられなかった。

ジョセフはまだわたしのうしろを見つめている。「彼は死んで当然なんだ。母さんを追い出した。彼のために人生を捧げた母さんを。彼を愛していた母さんを。それに彼は遺言書を書いていた。わたしは見たんだ。わたしのことはひとことも書いていなかった。まるで、わたしが存在していないみたいに」

「でもどうやって……」わたしは言いかけて口をつぐんだ。

「どうやって彼を殺したかって?」彼は落ち着いた表情を崩さなかった。それどころか、自分のしたことに満足しているようだ。「みんなが寝たあと、電話をかけたんです」彼は言った。「そして、〝すぐ家に戻ってください。奥さんの具合が悪いそうです〟と言った」

その電話をかけたうえで、どうやってブワナが殺された場所まで行くことができたのかとわたしは訊こうとした。ジョセフはわたしの質問を予期していたらしい。

「受話器を置いたあと、走りました。わたしはマサイ族だ。走ることは生まれ持った才能なんです。時間があることはわかっていました。彼がすぐに出発しないことも、渋々家に帰るだろうことも。途中のどこかで、彼を捕まえられることはわかっていた。場所は、どこでもよかったんです。でもわたしは運がよかった。流れを渡るために車が速度を落とさなくてはならないところまで行くことができた。彼の車があの岩の間を通りかかったとき、わたしは手に槍を持ち、肩にライオンの毛皮のマントを羽織って、そこに立っていたんです」ジョセフは誇らしげに肩をそびやかした。「彼は車を止めると、降りてきて言いました。〝悪い知らせか、ジョー〟わたしはこう答えたんです。〝あなたにとってはね〟と。そして彼の心臓めがけて槍を投げた。倒れた彼から槍を抜いて、茂みの中まで運びました。彼は死ぬ間際にこう言いましたよ。〝すまなかった、息子よ〟」

「あなたのマントがとげに引っかかったのね。ライオンの毛皮のようなものを見つけたわ」

ジョセフは相変わらず落ち着いた表情のままうなずいた。

「でも足跡は見当たらなかったわ」

「わたしたちの部族は、痕跡を隠すことに慣れていますから。それに、白人のような靴を履いていないときには、簡単なんです」

残っていた参列者がいなくなるまで、わたしたちは無言でその場に立っていた。ディラミア卿の声が聞こえた。「ホテルの外の庭で昼食を振る舞います。どうぞいらしてください」

その後、車が動き出す音がした。

「このことをだれかに話しましたか？」ジョセフが訊いた。

危険な状況なのかもしれないと、わたしは初めて意識した。彼はわたしを黙らせようとするだろうか？　けれど嘘をつくことはできなかった。

「だれにも。柵の外に立っているあなたのお母さんを見て、初めて真実に気づいたの」

「でも、いまから警察かディラミア卿のところに行くんですよね？」

「わからない」わたしは葛藤する感情と闘っていた。「行くべきなんでしょうね。無実の人が逮捕されるような危険を冒すわけにはいかないもの。そうでしょう？」

「あなたは、あなたの良心に従って行動してください。わたしがそうしたように」ジョセフが言った。「でもディラミア卿はたったいま車で帰ったばかりだ。あなたはしばらく彼と話をすることはできない。その場の雰囲気を台無しにしないためにも、あなたの疑念を彼に伝えるのは昼食が終わってからになるんじゃありませんか？」彼はまっすぐにわたしを見つめた。その表情に、わたしはヨーロッパ人の面影を見た――不安や恐怖といった、マサイ族の戦士の顔には決して浮かばない表情だ。

「あなたはどうするの？」わたしは尋ねた。

「わたしを捜しに来る頃には遠くに行っていますよ。ここから遠く離れたところに行かなくてはいけないでしょうね。タンガニーカとの国境を越えてしまえば、そこにいるわたしの部族の人たちのなかで平和に暮らすことができる。それとも、そんなに遠くまでは行けないかもしれない。捕まって、絞首刑になって、一巻の終わりかもしれない。そうならないことを願いますけれどね」

「わたしもそう願うわ。ひとつだけ聞かせて、ジョセフ。ライオンを野営地におびき寄せて、わたしたちを殺そうとしたりはしていないわよね？」

彼の目がきらりと光った。「どうしてそんなことをするんです？　悪運を呼ぶだけなのに、わたしはあのライオンを殺したんだ」

「そうだったわ。ありがとう」わたしはつぶやいた。「もう行ったほうがいい」

彼は手を差し出した。「神のご加護がありますように、メムサーイブ」

わたしはその手を握った。「あなたもね、ジョセフ」

そして彼は軽やかな身のこなしで走り去っていった。大きな木の下に目を向けると、あの女性はいなくなっていた。

だれかに話すべきだろうかと、わたしは長いあいだ葛藤していた。ジョセフのことは好きだったし、彼が父親を殺した理由も理解できたけれど、殺人は殺人だ。人の命が奪われたのだ。

34

八月一七日
ディラミア卿の屋敷

昼食の席につくと、わたしの様子がおかしいことにダーシーが気づいた。ふたりきりになるやいなやなにがあったのかと尋ねられ、わたしはジョセフのことを打ち明けた。話し終えると、ダーシーは眉間にしわを寄せて言った。「だれかに話さなきゃだめだ。殺人を犯した人間を逃がすわけにはいかない」

「それはわかっているの。ただディラミア卿と話をする機会がなかったんですもの。ウィンドラッシュ警部補に話すつもりはないわ。解決したのが自分じゃないから、きっとすごく乱暴な態度に出る」

「だがジョセフは人を殺したんだ。彼の気持ちは理解できるけれどね」

「命を命で償うことって、公平かしら？」

「それを判断するのはぼくたちじゃない。だが白人のコミュニティをなだめるために、無実の人間に罪をなすりつけるわけにもいかない」

わたしはため息をついた。「警部補がいなくなるのを待って、ディラミア卿に話すわ。そうすればジョセフにはわずかでも望みがあるもの」

「きみは犯人を助けた罪に問われるかもしれないよ」ダーシーが指摘した。

「わたしが止める暇もなく、ジョセフは逃げたって言うわ」

ダーシーは微笑んだ。「きみは寛大すぎるよ」

「そうじゃないの。ただ、正義が公正であってほしいだけ」わたしは顔をあげた。「みんな、帰るみたいね。ディラミア卿に話してくるわ」

簡単に話せることではなかったが、ディラミア卿の反応は意外なものではなかった。

「ブワナの息子ではないかと、ずっと前から思っていたんだ」彼は言った。「かわいそうに。わたしには彼を責められないよ。だが先住民が白人を殺したわけだからね。困ったことだ」

わたしたちはディラミア卿の屋敷に戻ったが、アフリカの魔法はとけてしまっていた。デイヴィッド王子とシンプソン夫人は、それぞれの目的地に向かって出発していった。デイヴィッド王子は王家の義務を果たすためにナイジェリアに向かい、シンプソン夫人はおそらくヨーロッパに戻ったのだろう。わたしたちも帰る潮時かもしれないとダーシーが言った。

「ヴァン・ホーンは去った。荷物を調べたが、罪になるようなものはなにも見つからなかった。シリルは、ケニアのクーデターを先導するにはふさわしくないと思われているようだから、ぼくたちはしばらく平穏に過ごせるよ。ナチスが今後も、世界中のあらゆるところで紛争をあおろうとするのは間違いないだろうけれどね」

「それじゃあ、宝石泥棒を捜すのはあきらめるの？」わたしは尋ねた。「ミスター・ヴァン・ホーンがここに来た目的は、ダイヤモンドを手に入れることじゃないって結論づけたのね」

「その答えはわからないままだと思うよ。きみにも言ったとおり、彼はナチスのスパイであると同時に取引の仲介をしている。捜したときには出てこなかったが、ダイヤモンドは彼の手を通ったのかもしれない」

「残念だわ。ルパートかロウェナが宝石泥棒だといいと思っていたのに」

「きみは本当にふたりのことが嫌いなんだね」

「あなたは嫌いじゃないの？　ふたりとも本当に不快な人たちなんですもの。学生時代、彼女がどれほど意地悪だったか、あなたに見せたかったわ」

ダーシーは笑った。「ぼくが初めて寄宿舎に入ったとき、感じがいいとは言えなかった少年たちみんなに恨みを抱いていたら、ノイローゼになっていただろうね。ラグビーがうまくなって、ぼくはようやく一目置かれるようになったんだ」彼は考えこみながら、言葉を切った。「とにかく、双子のことは忘れて、自分たちのことを考えよう。きみはそろそろ帰るつもりがある？」

「ええ、帰ってもいいわ。動物も鳥もたくさん見たし、処理が終わったライオンの毛皮ももらうことになっている。これ以上、なにがあるかしら？　それにはっきり言って、ごく当たり前の振る舞いをする人たちがいるところに戻りたいわ」

「きみのお母さんの振る舞いは当たり前かな？」ダーシーはまたくすりと笑った。

「お母さまは別よ。あとベリンダも。でも、ひとつお願いがあるの」

「なんだい？」

「飛行機じゃなくて、船で帰れないかしら？　新婚旅行はまだ終わりにしたくないし、犯罪も陰謀もない船の上ならあなたをひとり占めできるもの」

ダーシーは笑って言った。「もちろんさ。モンバサからの次の船を予約しよう」

ディラミア卿がわたしたちのためにお別れのディナーを開催してくれた。ディディが訪ねてきた。シリルは一緒ではなく、彼はナイロビに戻ったのだと教えてくれた。田舎の暮らしは窮屈だと思ったらしい。「ほかにだれがいなくなったと思う？」ディディが訊いた。「人当たりだけはいい能無しのジョスリンよ。彼の父親が激怒して、いますぐ戻ってこいって命じたらしいの。ここだけの話だけれど、彼はここでの暮らしにはまったく向いていなかったと思わない？」

というわけで、ジョスリン・プリティボーンが何者で、なんのためにケニアにやってきたのかは、わからないままになりそうだった。わたしたちはナイロビからモンバサまで列車で向かい、数日そこで海岸と美しい景色を楽しんだあと、船で帰路についた。紅海を進み、スエズ運河を抜け、地中海を渡って九月下旬に英国に到着した。すでに秋は深まっていて、空は重苦しい灰色で舗道には落ち葉が積もっていた。どこまでも広がる青空を経験したあとだったから、その空はひどくどんよりとして見えた。ゾゾはアイルランドに行っていたので、わたしたちはまっすぐアインスレーに向かい、そこで母と再会した。

「とても元気そうね、ダーリン」母はわたしを抱きしめると、いつものように頰から七センチ離れたところにキスをした。「言ったとおりでしょう？　セックスは体にいいのよ。楽しかった？　のんびりできたの？」

「楽しかったけれど、あまりのんびりはできなかったわ」

「あら、それはそうね。寝室で情熱的な時間を過ごしたら、お腹もすくものね」

「そういうことじゃなくて、象に追いかけられたり、もう少しでライオンに食べられそうになったりしたものだから」

「なんてこと！　なんて野蛮なのかしら。それで、イディナはどうだった？　本当にわたしよりもふしだらだった？」

「お母さまよりもずっと」わたしは答えた。「ダーシーに言い寄ったくらいよ。好きになりたくはなかったけれど、好きにならずにはいられなかったわ」わたしはあたりを見まわした。「おじいちゃんは？」不安にかられた。「おじいちゃんは元気なの？」

「家に帰ったのよ。一週間ほど前に。自分の家をあまりに長く留守にしすぎたし、いつもどおりの毎日に戻りたいって言っていたわ。人に給仕されるのは落ち着かないんですって。わたしがいなくなったら、時々あなたを訪ねてくるそうよ」

「お母さまも行ってしまうの？」

母はうなずいた。なにか危険で悪いことを企んでいる子供のように、わくわくする思いと不安を同時に感じているような表情を浮かべている。「マックスから連絡があったの。わたしに会いたくてたまらないんですって。わたしなしでは生きていけないって言うのよ。我慢してほしいって懇願されたわ。いまはお母さんを動揺させるわけにはいかないし、彼は仕事で手いっぱいだから、ルガーノ湖のヴィラにいてくれないかって言うの。行けるときに行くからって」

「なんてこと。意外な展開ね」

「わたしの魅力に抗える男性はいないのよ」母は満足そうな笑みを浮かべた。

「でも、サー・ヒューバートはどうなるの？」その後、ふたりきりになったところでわたしは母に尋ねた。「またそういう流れになっているのかと思っていたのに」

「心は動いたわ」母が言った。「魅力的な人だし、彼のことはずっと大好きでしょうね。でもマックスは——彼はとんでもなくお金持ちだし、セックスはそれはそれは素晴らしいんですもの」

「でもドイツで暮らすのよ。お願いだから、よく考えてね。ダーシーはいまの情勢をとても心配しているの。あの人たちはまた戦争をもくろんでいるって考えているのよ。あのヒトラーという人は世界を征服したがっているって。お母さまは本当にそんなところに行きたいの？」

母はためらった。「わたしが先のことを考えるのが苦手なのは知っているでしょう？　ヒユーバートはまた、どこか人里離れた危険なところに行きたがっているし、マックスはわたしにヴィラにいてほしいと言っている。あなたは、ここアインスレーで母親にうるさく言われたくないと思っているはずよ。だからどういうことになるのか、しばらく様子を見る必要があるわ。もちろん、わたしがおばあちゃんになるのなら、すぐに戻ってくるわよ」

母は笑みを浮かべた。

「家に帰ってくるのはいいものね」ディナーのための着替えをしながら、わたしはダーシーに言った。「少なくともここでは、外出するたびに蟻や蛇や象の心配をしなくてすむわ」

「現実に戻ってきたね」ダーシーは難しい顔つきでため息をついた。わたしは彼に近づいて、手を取った。「ダーシー、あなたに事務仕事を引き受けてほしくないの。あなたがしていることが危険なのはわかっているけれど、でもあなたはその仕事が気に入っている。わたしが時々ひとりで残されることも、どこへ行くのかを訊けないこともわかっているけれど、でもそれがあなたなんだわ。あなたに老けこんだり、退屈したり、落ちこんだりしてほしくないのよ」

ダーシーはわたしをすっぽりと抱き締めた。「本当にいいのかい？」

「わたしはあなたに幸せでいてほしいの。机の前で書類を整理するだけで、あなたが幸せになれるとは思えない」

ダーシーはまたため息をついた。今度は安堵のため息だ。

現実に戻ってきた。その言葉がわたしの頭のなかで繰り返されていた。地方にある美しい屋敷でミセス・ダーシー・オマーラとしての新しい人生がはじまるのだ。わくわくするような未来が待っている。ため息をつくようなことはなにもなかった。

わたしたちはすんなりと新しい暮らしになじんでいった。ゾゾが訪ねてきた。旅行の話を聞かせてほしいと、王妃陛下からお茶の誘いが届いた。招待状は秘書が書いたものだったが、その下に王妃陛下が直々に書かれた文面があった。

国王陛下の具合がよくありません。心配です。今回の旅行でデイヴィッドが君主の義務を少しでも理解して、父親のあとを継ぐ覚悟を持って戻ってきてくれることを願います。

わたしも同じ気持ちだった。

母は急いで出発する様子を見せなかったので、いまのドイツの状況についてわたしが言ったことを考えているのかもしれないと思った。ともあれ、ルガーノ湖の母のコテージはスイスにある。母にとってはいい折衷案なのかもしれない——マックスは訪れるけれど、ナチスはいない。数日後、ダーシーが村の薬局で現像した旅行中の写真を受け取ってきた。サバンナの動物やポロの試合の写真を母に見せた。母は興味津々でイディナを眺めていた。

「老けて見えない？」というのが、第一声だった。

その後母は、一枚の写真をしげしげと見つめた。「この顔、知っているわ」

母が指さしていたのは、ジョスリン・プリティボーンだった。「彼を知っているの？」

「ロデリックなんとかっていう人よ。知人がプロデュースした舞台に出ていたの。スウェーデンの伯爵を演じたんだけれど、なかなか上手だったわ。アクセントは完璧だったし、いかにもスカンジナビア人っていう感じですごく邪悪だった。彼はケニアでいったいなにをしていたの？」

「違う役を演じていましたよ」ダーシーが答えた。

ダーシーはすぐにジョスリンの写真と母から聞いた情報を携えてロンドンに向かい、ようやく本当のことが判明した。ジョスリンは貴族の三男ではなかった。宝石泥棒でもなかった。麻薬の運び屋だった。だれにも疑われないような人物に扮《ふん》してコカインをどこかのコミュニティに運び、その後もっともらしい理由をつけて去っていくのだ。母の言葉どおり、彼は優れた役者だった。

フレディから最後に聞いたところによれば、ジョセフはまだ捕まっていないということだ。タンガニーカへの国境を越えたに違いない。わたしはほっとしていた。

この物語の追記として、ダイヤモンドのネックレスはそもそも盗まれていなかったことを記しておく。マハラジャの妻が企てた保険金目当ての狂言だったのだ。夫に知られたくない借金があって、そのために金が必要だったらしい。彼女のメイドが尋問の圧力に耐えかねて、本当のことを打ち明けた。面白いことに、結局は真実が明らかになることがしばしばある。わたしはと言えば、偽りの生活を送らずにすんでよかったと思っている。それってとても疲れることだもの。そうでしょう？

歴史に関する覚書

この物語は完全なフィクションだと思われたかもしれませんが、実は歴史上の事実に基づいています。

レディ・イディナ・サックヴィルは、一九二〇年から三〇年にかけてイギリス貴族たちが酒や麻薬、夫婦交換に溺れる生活をしていた、ワンジョヒ・ヴァレー――ハッピー・ヴァレーとして知られていました――の中心的存在でした。そのほかの登場人物には架空の名前をつけていますが、一部は当時に実在した人物をモデルにしています。

チェリトン卿の事件は、ヴァレーのカリスマ的リーダーであったエロル卿が殺された事件からヒントを得ました。エロル卿は、人気《ひとけ》のない道路に止められた車のハンドルにぐったりともたれかかった状態で発見されました。彼が誘惑した女性たちの夫を含め、容疑者は大勢いましたし、彼がナチスに協力していたという噂もありましたが、結局、事件は未解決のままとなっています。

事実にこだわる方々には、ひとつお詫びがあります。本書では、ロンドンからケニアへの旅にかかる時間を短くしました。実際には、カイロとジュバでそれぞれ一泊ずつするので、もう少しかかります。ですが、物語の進行を速めるため、空港の地上スタッフにより有能になってもらいました！　フライトと航空機の正確性についてですが……経験者から直接仕入れた情報です。わたしの義理の父親が、インペリアル航空の創業者のひとりで、ロンドンからケープタウンに向かう最初のフライトに搭乗していました。経由地ごとに彼が写した写真やそこから送ってくれた手紙がいまも手元にあります！

訳者あとがき

英国王妃の事件ファイル一三巻『貧乏お嬢さまの危ない新婚旅行』をお届けいたします。

前巻では、様々な困難を乗り越えて、ようやく結婚式当日を迎えることができたジョージーとダーシーに、肩の荷をおろした気分になった方もいらっしゃることと思います。駆け落ちしそこなったあたりからは、まるでお預けをくらっているようでしたから、最後の最後でお約束どおりにクイーニーがしでかしてくれたものの、滞りなく式が終わったときには、わたしも本当にほっとしたものです。さて、そんなこんなでついにミセス・ダーシー・オマーラとなったジョージーですが、最初の活躍の場はなんとも意外な場所でした。ダーシーが新婚旅行先に選んだ地が、当時イギリスの植民地だったアフリカのケニアだったのです（もちろん、それには裏の事情があったのですが）。

ケニアについては野生の動物がたくさんいる暑い国、というくらいしか予備知識のなかったジョージーにとって、そこは驚きの連続でした。ふたりが向かったのは、アバデア山脈近くにあるワンジョヒ・ヴァレーの一角の〝ハッピー・ヴァレー〟と呼ばれるところで、標高が二五〇〇メートル近くある場所でしたから、ジョージーはまずその地の涼しさに驚かされます。そしてなにより衝撃だったのが、そこで暮らす英国人たちの生活ぶりでした。英国でも一部の貴族たちが羽目をはずすことがあるのは知っていたものの、女主人がバスタブのなかから全裸で客を迎え、相手かまわずベッドを共にするというパーティーに、ジョージーは言葉を失います。

ハッピー・ヴァレーで暮らしているのは裕福な人ばかりで、その中心人物のひとりが、つい最近貴族の称号を相続してチェリトン卿となったブワナ・ハートレーでした。身ひとつでこの地にやってきて、己の力で財を築いただけのことはあり、エネルギーと自信に満ちあふれた男性です。その分、敵も多かったようですが、女性にはなぜか人気があって複数の愛人がいました。新婚旅行でこの地に来ているジョージーにさえ迫ってくるような男性でしたが、ある朝、死体となって倒れている彼をジョージーとダーシーが発見します。体の一部をなにかの動物に食べられていたので不運な事故かと思われましたが、実は……。

著者の『歴史に関する覚書』にも記されていますが、本書は歴史上の事実に基づいています。ジョージーの母親がライバル視していた妖婦のイディナは、実在の女性レディ・イディナ・サックヴィルをモデルにしていて、客を緑色のオニキスのバスタブのなかから迎えることもあったというくだりは、事実だったようです。イディナは生涯で結婚と離婚を五回繰り返していますが、著者が本書のヒントを得たという事件の被害者は、彼女の三人目の夫であるエロル伯爵でした。結婚後、ケニアに渡ったふたりはその地に暮らすほかの人々と共に享楽的な暮らしを始め、そういった人々は〝ハッピー・ヴァレー・セット〟と呼ばれるようになります。やがてエロル伯爵は負債を増やし、ふたりの結婚生活は六年ほどで終止符が打たれます。エロル伯爵はその後まもなく別の女性と再婚したものの、女癖が悪いのはそのままで、ハッピー・ヴァレーだけでなく周辺に住む様々な女性とも、相変わらずベッドを共にしていたようです。数年後、妻がアルコールと薬物が原因で命を落としてまもなく、ハッピー・ヴァレーに新たな住人がやってきます。ジャック・デルヴィス・ブロートン準男爵と三五才年下のその妻ダイアナでした。エロル伯爵はダイアナと愛人関係になり、ブロートン準男爵はそれを受け入れる立場を取りますが、ある夜、車のなかで死体となったエロル伯爵が発見されます。銃痕があったため殺人であると断定され、ブロートン準男爵が容疑者として逮捕されたものの、証拠不十分で無罪となりました。いまも事件は未解決のままとなっています。

余談ですが、本文中にマサイ族にとって走ることは生まれ持った才能だという一節がありますす。そう言えば、陸上長距離界でケニアの選手の名前をしばしば聞くことを思い出し、ちょっと調べてみました。二〇二〇年一二月現在、マラソン世界歴代記録の男子は一〇位までのうち六人が、女子は同じく五人がケニア人でした。どちらも一位はケニア人です。ここまで圧倒的な強さを見せられると、確かに生まれ持った才能なのかもしれないと思わされますね。

　舞台をケニアという地に設定したこともあって、サファリの様子や遭遇した野生動物などにたっぷりとページを割き、異国情緒満点の物語になっています。一九三〇年代の飛行機の旅もとても興味深いものでした。本書ではそのあたりもお楽しみいただければと思います。

次作は二〇二一年一一月に刊行予定です。そちらもどうぞご期待ください。

コージーブックス

英国王《えいこくおう》妃《ひ》の事件《じけん》ファイル⑬

貧乏《びんぼう》お嬢《じょう》さまの危《あぶ》ない新婚旅行《しんこんりょこう》

著者　リース・ボウエン
訳者　田《た》辺《なべ》千《ち》幸《ゆき》

2021年3月20日　初版第1刷発行

発行人　成瀬雅人
発行所　株式会社　原書房
〒160-0022 東京都新宿区新宿 1-25-13
電話・代表　03-3354-0685
振替・00150-6-151594
http://www.harashobo.co.jp
ブックデザイン　atmosphere ltd.
印刷所　中央精版印刷株式会社

落丁・乱丁本はお取り替えいたします。
定価は、カバーに表示してあります。
 ISBN978-4-562-06114-3 Printed in Japan